‖ 시나리오 모음집 ‖

솔로를 위한 애가

‖ 시나리오 ‖

솔로를 위한 애가

신 외 숙 저

도서출판 한글

작가의 말

어린 시절 나는 '암행어사' 같은 라디오 연속극을 들으며 극작가를 꿈꾼 적이 있었다. 연속극은 현실성을 넘어 상상 속의 세계를 가장 리얼하게 표현하는 안방극장이었다.

영화와는 달리 오직 소리로써 상상력을 극대화함으로 아슬아슬한 국면을 계속 청취하게 만드는 연속극의 재미가 거기에 있었다. 어린 나는 날마다 라디오를 끼고 살면서 허무맹랑한 공상에 시달렸다. 청소년 시절에는 TV 드라마에 심취했다.

아니, 아예 드라마 속에 정신을 처박고 살았다고 해도 과언이 아닐 만큼 중독 증상마저 일으켰다. 그중 대표적인 것이 고현정 이정재가 나오는 모래시계였다. 드라마는 상상속의 사건을 현실로 이끌어주면서 혼연일체 현상을 일으켰고 손에 땀을 쥐게 하며 다음 편을 예고했다.

한마디로 나는 드라마 광이었다. 뿐만 아니라 영화광이기도 했다. 적게는 한 달 2,3번 많게는 일주일에 2번 이상 영화관을 출입하며 상상 드라마에 빠져 살았다. 현실을 영화의 후속편 같이 여겨진 적도 있었다. 현실에서 오는 욕구불만을 상상 드라마로 치부하며 소설 습작에도 끊임없이 매달렸다.

소설은 영화가 표현하지 못한 다양한 심리묘사를 할 수 있었고 발표지면이 있어서 더 의욕이 넘쳤다. 반면 영화 시나리오는 소설과 달리 전문적인 기법을 필요로 했다. 인터넷에 보니 드라마 작가 방이란 카페가 있어 다른 작가들이 쓴 시나리오를 보면서 공부했다.

요즘 유투브에 고전영화가 자주 방영돼 옛 시절로 돌아간 심정으로 시청해 보았다. 예전에 문예 드라마가 한창 유행했던 적이 있었다. 내 윗 선배 소설가들의 작품이 영화화된 것들도 많았다. 그런데 어느 때인가부터 공상과학 첩보스릴러 영화가 흥행에 성공하면서 판세가 달라지기 시작했다.

자극적이다 못해 선정적인 장면이 관객의 이목을 집중시키면서 영화는 이념적인 측면을 넘어서 날로 센셔널해지는 것 같다. 영화는 흥행이 가장 중요하겠지만 작품성도 고려해서 다시금 문예드라마가 등장했으면 하는 바람이다.

언젠가 국제 영화제에서 유명 배우가 한 말이 떠오른다.

"영화는 우리 사회의 현실과 이상, 꿈 기쁨과 슬픔을 비추는 거울이자 거울을 통해 새로운 꿈을 꾸게 하는 힘이라 생각합니다. 영화제는 그 힘을 모으는 축제이고요. 영화는 소년에게 꿈을 주었고 배우가 되어 타인의 삶을 표현하는 행운을 주었습니다. 이제는 영화인으로서 우리의 더 나은 미래를 꿈꾸는 삶을 살 수 있도록 길을 제시해 줄 것입니다. 오늘날 우리가 만드는 현실은 새로운 미래를 열어갈 것입니다."

영화에 대한 상징적 의미와 자신의 어릴 적 꿈을 매치시킨 가장 절묘한 표현이었다. 영화는 가상현실이고 다양한 삶의 압축

판이다. 영화는 삶에 대한 메시지를 영상화면과 사건으로 관객들에게 다양하게 제시한다. 영화는 영상 화면으로 우리에게 보여 주는 삶의 표현이자 스토리다.

영화는 삶의 길목에서 인생을 헤쳐 가는 노하우와 가치를 알게 한다. 또 영화는 삶의 현실을 일깨우는 최첨단 기계 방식이다. 왜냐하면 사람들은 영화에서 인생의 희로애락과 쾌감을 만끽하기 때문이다. 영화는 우리 삶을 떠나서는 절대 존재하지 않는다.

영화는 현실이고 상상이고 삶의 현주소를 그대로 적나라하게 표현해 주고 있기 때문이다. 다양한 영화 표현에는 미치지 못하지만 내가 쓴 극본도 한 편의 드라마로 방영되어 시청자의 가슴에 작은 울림이 되었으면 좋겠다. 본 시나리오는 소설가로서 처음 시도해 본 작품들이다. 원작이 내 소설이고 그것을 바탕으로 약간의 허구를 포함해 대사로 연결시켜 보았다.

소설 속의 대사를 시나리오로 이끌어내는 데 있어 기법이 많이 떨어졌던 게 사실이다. 대사에 있어 자극적이지 않아 다소 엉성할 수 있다. 소설보다 시나리오는 열 배는 더 힘든 것 같다. 완성도를 높이기 위해 많은 노력을 기울였다. 전문가가 보기에는 졸작으로 보일 수 있겠으나 처녀극본집이라 몹시 기쁘고 설렌다. 굳이 변명하려 들자면 문예 드라마로 취급되었으면 하는 바람이다.

판매지수와 상관없이 용기를 내서 출간을 결심해 보았다. 코로나 19로 인해 어느 때보다 출판 현황이 열악하다고 한다. 하지만 작가는 작품집을 출판할 때마다 항상 꿈을 꾼다. 독자들을 향한 관심과 지지를.

올 2021년도에는 코로나와 상관없이 독자들의 삶속에 늘 평안이 넘치길 바라며 이번에도 책을 출간할 수 있도록 도와주신 도사출판 한글의 심혁창 아동문학가님께 깊은 감사의 절을 올린다.

2021년 3월

작가 신외숙 배상.

‖ 목 차 ‖

시나리오

회 상

시놉시스 : 기획 의도

인생에 있어 만남은 중요하다. 좋은 인연으로 만나 성공으로 운명이 바뀌는 경우가 있는가 하면 잘못된 만남으로 인해 파멸로 치닫는 경우도 있다.

잘못된 인연은 불행을 가져오고 일평생 올무 역할을 하기도 한다. 그러나 명심해 둘 말이 있다. 인생에는 언제나 반전의 법칙이 존재하고 있다는 사실이다.

또 고진감래라는 희망도 때가 되면 언제고 찾아올 수 있다. 그러기에 잘못된 인연은 용서로 풀고 끝까지 미래로 향해 나가야 한다. 포기하지 않고 끝까지 인생을 경주한다면 행운과 예상치 못한 또 다른 만남이 나타날 것이다.

등장 인물 (1998년 현재)

민혜 (주인공 50세) 현재 주부

> 다소 어리숙하고 나약한 성격의 소유자. 대학생부터 운동권 학생인 정제민을 짝사랑한다. 그러다 정제민과 같

은 운동권인 현미의 꼬임에 넘어가 엄청난 모략에 휘말리고 만다. 심약한 성격 탓에 고문 후유증을 이기지 못해 정신착란증에 시달리다 정신병동에 입원한다. 나중에 정제민과 재회 결혼, 아들 장현을 낳는다.

현미 (50세) 현재 주부

민혜의 대학 친구, 민혜의 아버지가 내무부 고위 관료라는 점을 이용, 운동권에 합류시킨다. 정제민을 좋아하지만 다른 남자와 결혼 가정을 꾸린다.

정제민 (52세 민혜의 남편)

민혜와 현미의 대학 동기생, 현미와 운동권에 활약하다 자기도 모르는 사이 민혜를 끌어들인다. 40세가 넘도록 독신으로 지내다 우연히 민혜와 해후, 결혼한다.

김정숙 (73세) 민혜의 친정 어머니

정신병에 시달리는 딸을 불쌍히 여기는 평범한 엄마

김경식 (75세) 민혜의 친정아버지

가족애보다 세상적인 체면과 명예를 중시하는 사람이다. 딸을 불쌍히 여기면서도 성가시게 생각한다.

경자 (50세) 무직

민혜와 같은 정신병동에서 지냈던 동년배의 여자. 퇴원 후에도 정신이상 증세에 시달린다. 민혜와 만나 방황을 거듭한다.

영혜 (민혜의 여동생)

신경질적이고 반항적이다. 언니를 도로 정신병동에 가두라고 성화를 한다.

여사장 (민혜가 다니는 회사 사장)

　　　　인색하고 교만한 성격의 소유자, 아랫사람을 무시하면서

　　　　은근히 잘난 척한다.

미스현 회사 여직원

김대리　회사 남자 직원

　　　　그 밖의 민혜 친구들. 형경 경숙 소현, 정신병원 환자들.

　　　　간호사. 성가대원. 봉사대원들.

행인 남자 1. 2. 3. 4　포장마차 주인과 취객들1. 2

맞선보는 남자들 1. 2. 3. 4

　　　　행인 청소년, 운동권 대학생들. 민혜의 이모들. 김정순.

　　　　김정화

아역: 장현 (10세) 민혜와 정제민의 아들, 형경과 현미의 딸

　　　　　(경아 애경)

왕진 온 의사.

정신병원 상담 의사.

스토리 개요.

　주인공 민혜는 7080 세대다. 민혜는 내무부 고위 관료인 아
버지 덕분에 안락한 시절을 보낸다. 그러나 바로 그 점 때문에
운동권 친구인 현미와 정제민의 꼬임에 넘어가는 계기가 된다.
그녀는 현미의 부탁으로 기밀 문서를 전해 준 게 발각돼 운동권
으로 연루되어 대공 분실로 끌려가 모진 고문을 당한다.

　심약한 민혜는 고문 후유증으로 정신병이 발발 정신병원에 입

원한다,

4년 후 퇴원하지만 정신병력이라는 꼬리표 때문에 어딜 가나
사람들로부터 외면과 냉대를 받는다. 간신히 취직하여 밥벌이를
하지만 그곳에서도 냉대와 멸시가 이어진다. 냉대가 심할수록
민혜의 피해의식은 가중된다. 가족들은 그녀를 부담스러워한 나
머지 결혼시키려는 계획을 세우고 맞선을 보게 한다. 하지만 그
녀 앞에 나타나는 남자들은 하나같이 노처녀에게 있을지도 모르
는 목돈을 노리는 후안무치들뿐이다.

사람들은 그녀의 약한 처지를 이용 더 많은 상처를 안겨준다.
그녀는 같은 정신병동 출신인 경자와 함께 병든 세상을 비관하
며 차라리 정신병동이 낫다고 절규한다. 그러던 어느날 그녀는
현미의 집에 들렀다가 사건의 모든 전말을 알게 된다.

망연자실, 분노가 치밀지만 그녀는 지나간 세월 앞에 용서를
선택한다.

또다시 방황이 이어진다. 그러나 그녀는 포기하지 않고 끝까
지 삶을 경주 한다. 어느덧 세월의 격랑 속에서 IMF를 맞는다.
온통 IMF 세일 광고로 뒤덮여진 거리를 걷는 그녀. 우연히 상
가를 쇼핑하는데 그녀 앞에 느닷없이 정제민이 나타난다.

반가워 어쩔 줄 몰라하는 두 사람.

두 사람은 과거를 회상하고 서로의 애정을 확인한다.

십 년 후, 두 사람은 결혼하여 가정을 꾸리고 아들 장현을 데
리고 종로 거리를 걸어간다.

1. 용인 정신병원(1990년 봄)

정신병동을 나서는 민혜. (30세, 평범한 외모)
> 불안한 눈빛으로 사방을 두리번거린다. 햇빛이 눈부신
> 듯 손으로 하늘을 가린다. 손에 작은 가방을 들고 정신
> 없이 걷는다. 행인들 길을 지나며 민혜를 기웃거린다.
> 빌딩 위에 설치된 대형 전광판을 손가락으로 가리키며
> 웃는 민혜.
> 신기한 듯 계속 주변을 두리번거린다.

2. 시내 번화가 (초저녁)

> 전광판에 뉴스 특보가 보인다. 젊은 연인들 허리를 껴안
> 고 거리를 지나고 거리에 요란한 락음악이 울려 퍼진다.
행인 남자 1. (술에 취해 비틀거리며) 미쳤어 모두가 미쳐버린
> 거야
행인 남자 2. (머리를 쥐어뜯으며) 아! 정말 미치겠네.
행인 여자 1. (가방을 흔들며) 속 터져 미치겠네.
청소년 1 야! 이거 참 야마 돌아 미치겠네
민혜(NA) 내가 막 정신병동을 퇴원하고 나왔을 때 사람들은 모두
미쳐 있었다. 도심은 광기를 띠고 있었는데, 한 가지 공통적인
사실은 알코올 중독자가 늘어가고 있다는 것이었다.

3. 거리 골목

　　　취객들이 웩웩거리며 토하는 모습 (카메라 클로즈업)
　　　유흥업소 앞에서 삐끼 청소년들, 행인들에게 노골적으로
　　　호객행위를 한다.
　　　중년 남녀들 어깨를 부둥켜안고 거리를 지나 여관골목으
　　　로 사라진다.
　　　카메라. 중년나이트클럽, 카바레, 거리에 흩어진 전단지
　　　클로즈업. 오락실에서 게임에 열중하는 사람들. 카메라
　　　창 밖에서 비췬다.
　　　노래방에서 흘러나오는 고성방가. (FO)

4. 횡단보도 앞

　　　민혜 넋 나간 표정으로 횡단보도를 건넌다.
　　　극장 앞을 배회하고, 전자오락실에 들러 게임에 열중한
　　　다. 오락실을 나와 거리를 걷는 민혜. 사방을 두리번거
　　　리며 혼자 웃는다.
　　　남자들 지나가며 그녀를 힐끔거린다.
민혜(신기한 표정으로 사방을 기웃거리며)
　　　이때 남자들 민혜 곁을 지나며 흥분된 표정으로
행인 남자 1 (주먹을 흔들며) 야! 차라리 미쳐 버리고 싶더라
행인 남자 2 (남자 1의 어깨를 치며) 야! 진정해라 진정해
행인 남자 3 야! 이 세상에 제 정신 갖고 사는 놈 있음 나와 보

라 그래.

5. (시간 경과) 민혜의 집안

평범한 가정. 거실에 책장과 창가에 화분이 보인다.

소파에 벗어 놓은 옷가지가 보이고, 한쪽 구석에 진공청
소기가 보인다.

김정숙과 민혜 서서 이야기를 하고 있다.

김정숙 (민혜의 모 53세) 자! 여기 돈 있어, 그리고 이건 동전
　　　이야 차비해, 너무 쏘다니지 말고 일찍 들어와, 수상한
　　　사람 만나면 큰소리 지르고 막 도망쳐, 알았지?

민혜(즐거워하며) 응, 알았어.

민혜(동전을 세며 기분 좋게 대문을 나선다)

　　　동네 골목길을 지나며

　　　민혜 라리랄 라라라 (FO)

6. 명동 성당 앞

경자 (손을 흔들며) 야! 민혜야 여기야 여기

민혜 (뛰어가며) 경자야,

경자, 민혜 (서로 반가워 어쩔 줄 모르며)

민혜 (동전을 꺼내든다) 여기 돈 좀 봐 오늘은 엄마가 돈을 더
　　　많이 줬어.

경자 (천 원짜리 지폐를 한 움큼 꺼내 든다) 애개, 겨우 고거,
　　　난 더 많은 데. 짠

민혜 우리 이 돈으로 뭘 할까?

경자 우선 떡볶이부터 사 먹자.

민혜 그래 그래, 그 다음엔 뭘 사먹을까.

경자 (머리를 때리며) 아! 또 잊어버렸다. 음 그러니까 김밥
　　하고 라면도 사 먹자
　　(민혜와 경자 손잡고 명동 거리를 걸어간다.)

(NA) 경자와 난 정신병원 동창생이다. 우리는 한 병동에서 만났
　　고 많은 사건을 겪었는데 정확한 건 기억나지 않는다. 아직
　　도 기억이 오락가락 하는 상태니까.

7. 과거 회상 (1980년대 초)

민혜 (21세 명청한 표정)
　　버스에서 내려 종로 2가에 있는 YMCA를 향해 걷고 있
　　다. 이때 갑자기 와! 소리가 나며 사람들 흩어진다. 젊
　　은이들, 우르르 지하 계단으로 내려가고 뒤쫓는 전경들.
　　호루라기 소리 들리고. 길가에 흩어진 전단지 사람들 발
　　길에 짓밟히고 현미 전경에게 양팔을 잡힌 채 걸어오고
　　있다. (FI)

민혜 (놀란 표정으로) 현미야!

민혜 (명청한 표정으로 가까이 다가간다)

전경 1,2 (순간 전경들의 눈이 교활하게 빛나며).

전경 1 너도 이년이랑 한패지?

민혜 (놀라 벌벌 떨며) 네? 한패라뇨?

전경 2. (민혜의 얼굴을 자세히 보며) 가만 가만 어디서 많이
　　　본 듯한 얼굴인데?

민혜 (표정이 새파랗게 질리며) 보다니 어디서 봤다는 거예
　　　요? (도망치려 한다)

전경 1. 그리고 보니까 그 비디오에서⋯⋯.

전경 1,2 (거의 동시에 민혜의 팔을 낚아채며) 너 자알 만났
　　　다, 너도 같이 가자.

민혜 (당황하여 울며) 아저씨 왜 이래요,

현미 (대들며) 쟤를 왜 잡아가는 거예요, 나와 무슨 상관이
　　　있다고,

전경 1 왜 상관이 없어, 니 끄나풀이잖아

현미 (거칠게 항의하며) 쟨 아무 상관 없다니까요 제발 놓아
　　　달라구요.

민혜 (갑자기 가슴을 움켜쥐며 자리에 주저앉는다) 아아!
　　　종로 거리 한복판에서 민혜와 현미 전경들에게 끌려 수
　　　송차에 오른다. 행인들 지나가며 구경한다.

10.　대공분실 조사실

　　　좁은 공간에 탁자와 의자 4개가 보인다. 천장에 회전등
　　　이 보이고 벽 한가운데 영상화면이 보인다. 한쪽으로 고
　　　문 기구가 보이고 옆방에서 찢어지는 듯한 비명이 들려
　　　온다. 아아악! 푸지직! 소리도 들린다.
　　　옆방에서 들려오는 소리

형사 야! 임마, 살살 다뤄 그러다 죽으면 책임질 거야?

피의자 으아악! (탁! 내리치는 소리, 이어 째지는 듯한 여자
　　　비명 소리가 들린다)

형사 (민혜에게 얼굴을 밀착시키며) 너 이현미 끄나풀 맞지?

민혜 (겁에 질린 표정으로) 전, 전 데모 안 했는데요.

형사 아니긴 뭘 아냐, 이미 이현미가 다 불었단 말이다. 좋게
　　　말할 때 순순히 불어 아님!

　　　(험악한 인상을 지으며 옆방을 가리킨다)

민혜 (말을 더듬으며) 그 글쎄 저 전 모, 모른다니까요.

형사 (손을 민혜의 어깨 위에 올려놓으며) 너 방금 저 옆방에
　　　서 들려오는 소리 들었지? 너도 쟤들처럼 깨지고 싶냐,
　　　확 그냥, 여자 구실도 못하게 조져놓는 수가 있다.아,
　　　그러니 순순히 불라구.

민혜 (공포스런 눈빛으로) 그 글쎄 뭘 불라는 건지 전 도 도
　　　대체.

형사 (우악스런 표정으로) 이거 안 되겠구먼.

형사 (밖을 향하여) 야! 들어와 봐.

　　　험악한 인상의 형사 2 들어온다.

형사 2. 예, 부르셨습니까?(옆눈으로 민혜를 흘겨본다. 이윽
　　　고 비웃으며)

형사 야! 그 비디오 있지 그거 틀어 봐, 얘가 도대체 말을 안
　　　들어먹어.

형사 2. (벽 뒤쪽으로 돌아가 버튼을 누른다)

영상 화면이 떠오른다.

군중들 군부독재 타도! 군부독재 타도! 살인마 전두환
은 물러가라 군중들 와! 하는 함성과 함께 돌과 화염병
을 던진다. 아스팔트 한가운데 불붙는 화염병, 전경들
소화기로 불을 끄며 최루탄 연이어 터지고 전경들 방패
를 앞세우며 포위망을 좁혀 간다. 쫓기는 데모 행렬 속
에 현미와 동급생들 모습 보인다.

민혜 아! (짧은 신음소리)

비디오 계속 돌아가며 화면에 민혜의 얼굴 보인다. 옆에
서 현미 민혜에게 무언가를 건네주며. 비디오 멈춘다.

형사 2 (밖으로 나간다)

형사 자! 봤지. 저 비디오 속에 니 얼굴 똑똑히 봤지, 이래도
딴 소리 할 테냐.

민혜 저 저기에 왜 제 얼굴이 있죠?

형사 (구둣발로 바닥을 탁 차며) 너 자꾸 딴 소리할 거야? 엉
이거 안 되겠구만.

형사 2 (문을 열고 나타난다)

형사 애, 손 좀 봐줘.

형사 2 예, 염려 마십쇼(민혜를 잡아끌고 옆방으로 간다)

11. 고문실

벽에 핏자국이 보인다. 고문도구들 하나같이 끔찍한 모
습들이다. 어두운 조명 속에 바닥에 쓰러져 있는 여자

보인다. (카메라 클로즈업)

채찍을 들고 서 있는 형사 3, 담배를 꺼내 불을 붙이며 한쪽 다리를 의자 위에 걸친다. 이윽고 문이 열리고 형사 2 민혜를 끌고 들어온다.

형사 3 뭐야? 얘가 걔야?

형사 2 (고개를 끄덕이며) 영 불지를 않아, 손 좀 봐줘야겠어.

형사 3 (민혜의 얼굴을 바짝 들여다보며, 고개를 갸웃한다)

형사 2 (갑자기 민혜를 바닥에 밀친다)

민혜 아악!

형사 3 (가까이 다가오며 구둣발로 민혜의 어깨를 짓밟으며)

형사 3 야! 너희 아버지 내무부 공무원이라며?

민혜 (깜짝 놀라며) 그 그걸 어떻게?

형사 3 척하면 삼천리지, 니 동생 육사 다닌다며? 이미 다 조사 끝내 놨어. 너 쟤 누군지 아니?

민혜 (쓰러져 있는 여자 바라본다, 놀라며) 현 현미야.

현미 (피투성이가 되어 있다. 얼굴이 짓뭉개지고 처참한 모습이다)

현미 미, 미안해, 민혜야.

민혜 미안하다니 그게 무슨 말이야?

형사 3 (형사 2에게) 야, 쟤 끌어다 전기의자에 앉혀.

민혜 (공포에 질린 목소리로) 저 전기의자?

형사 2 놀라긴 이제부터 새로운 경험을 하게 될 것이다. 야!

이리 와!

(민혜를 끌어다 의자에 앉힌다. 이어 스위치를 올린다)

민혜 (온몸에 전율을 일으키며 비명을 지른다.) 으아악! 어 엄
마아!

형사 3 (스위치를 한 단계 더 높이며) 빨리 니 계보를 대, 니
가 접촉한 계보와 명단을 대라구.

민혜 기절한 채 축 늘어진다, 형사 2, 3 달려들어 찬물
을 끼얹는다. 깨어나자 다시 고문을 시작한다. 민혜의
처절한 비명소리 어두운 공간에 울려 퍼진다.

12. 시간 경과

형사 2, 형사 3 (함께 민혜를 내려다보고 있다)

형사 2 이거 왜 이래. 꼭 시체 같잖아.

형사 3 야! 조서 꾸며서 넘겨버려, 더 캐낼 것도 없다.

형사 2 그나저나 쟤 정신이 너무 허약한 것 같지 않아, 여느
데모꾼들 하곤 영 달라서 말야.

형사 3 어쨌든 물증은 확실하고 이미 자백도 다 받아 났으니
까 넘겨 버리라구.

13. 대공분실 내부

민혜의 아버지 김경석(47세 강인한 인상) 형사와 마주
앉아 있다. 초조한 눈빛, 그러나 어딘가 분노에 찬 모습
이다. 주먹을 불끈 쥔 채. 벽에 걸린 전두환 대통령 사

진을 연거푸 바라본다. 사무실 내부 전화벨 소리 울리고 형사들 고함치는 소리, 살벌한 분위기다.

형사 4 (다리 한쪽을 탁자 옆으로 비스듬히 세우며) 저희의 조사한 바로는 따님께서는 단순 가담자인 것 같습니다. 못된 놈들의 농간에 넘어가 그만⋯⋯. 순진한 게 잘못이라면 잘못이겠죠.

김경석 (머리를 조아리며) 그저 죄송하단 말씀밖에 드릴 게 없습니다. 이게 다 딸자식 잘못 둔 죄죠, 차후로는 제가 철저히 단속하겠습니다. 네, 네 죄송합니다.

형사 4 (격앙된 목소리로) 요즘 대학생들 사이에 좌경화 세력이 번져 가는 추세에 있습니다. 못된 놈들이 순진한 학생들 꼬드겨서⋯⋯. 따님도 피해자인 것 같습니다. 앞으로 단속 잘하시고 더 이상 말씀드리지 않겠습니다.

김경석 예, 예 감사합니다. 이 은혜 평생 안 잊겠습니다.

형사 4 (종이봉투를 접으며) 그럼 이 각서는 저희가 따로 보관하도록 하겠습니다. 그럼 저는 이만.

(형사 사라진다)

14. 경찰서 밖 마당

대기해 놓은 지프차가 보인다.

민혜 형사의 부축에 의해 끌려 나온다. 몰골이 초췌하다. 정신이 나간 듯한 민혜, 김경석을 바라보자 그만 울

어 버린다. 김경석 민혜를 안고 자동차에 오른다. 이윽
고 자동차 엔진 소리를 내며 떠난다.

15. 혜화동 저택 앞

지프차에서 내린 김경석과 민혜 집안으로 들어간다.
마당에 꽃나무와 연못이 보인다. 돌계단을 지나 현관으
로 들어서는 부녀. 안방에서 김정숙(민혜의 어머니 46
세 교양 있는 외모) 뛰어 나오며

김정숙 (민혜의 팔을 붙잡으며) 아이구, 이것아. 그래 어짜자
고 데모를 해. 어짜자고 그래. 몸은 괜찮아?

(김정숙 민혜의 몸을 이리 저리 살핀다. 민혜 몸 여기
저기에 멍자국이 보인다)

김정숙 (깜짝 놀라며) 아니, 이게 뭐야? 애, 민혜야, 민혜야!
민혜 엄마(멍한 표정으로 서 있다 쓰러진다.)

김정숙 (놀라며) 아이고 여보 이게 웬일이래요, 우리 민혜가
민혜가 어쩌다가(대성통곡한다)

김경석 (화난 표정으로) 에잇! 죽일 놈들 같으니 사람을 이
꼴로 만들어 놓다니.

이때 현관문을 열고 영혜(민혜의 여동생 19세) 책가방
들고 나타난다.

영혜 (당황한 표정으로) 엄마, 왜 그래? 무슨 일 있어?

김정숙 (울면서) 아이구 우리 민혜가 민혜가 이 일을 어쩌면
좋나?

영혜 (민혜를 흔들어 깨우며) 언니, 언니 왜 그래, 정신차려 도대체 왜 그래?

(NA) 그때부터 우리 집의 대환란은 시작되고 있었다. 나는 수시로 정신병동을 드나들었고 가족들은 처음에는 측은해 하더니 점차 지겨워하기 시작했고 끝내 외면하기에 이르렀다.

16. 시간 경과 (민혜의 집 안방)

김경식 (불만스런 표정으로) 요즘 내 체면이 말이 아냐, 딸년 하나 잘못 둔 죄로 지난번 승진 대상에서 또 누락됐어, 나보다 늦게 들어온 놈들도 다 앞서 나가는데 말야.

김정숙 (걱정스런 표정) 민혜하고 당신 승진하고 무슨 상관인데요?

김경식 왜 상관이 없어? 대학 보내놨더니 데모질을 해 애비 망신을 시켜? 하긴 목 안 잘린 것만도 천만다행이지.

김정숙 (불안한 목소리로) 쟨 안 했다잖아요, 그게 다 그 현미란 년이……. 그나저나 아무래도 민혜가 제정신이 아닌 것 같아요.

김경식 (화난 표정으로) 그게 또 무슨 소리야?

김정숙 (작은 목소리로) 아무래도 고문 후유증 같아요.

김경식 (큰소리로) 뭐야?

김정숙 애 듣겠어요, 방금 잠들었는데.

김경식 가지가지 하는구만, 참내 기가 막혀서……. 잘못하면 우리 성철이도 육사에서 쫓겨나게 생겼어.

김정숙 아니, 왜요?

김경식 왜긴 왜야 더 저년 때문이지, 내 우리 아들만큼은 꼭
　　　　장군으로 출세시키고 싶었는데 아. 국으로 얌전히 있
　　　　다 시집이나 갈 일이지 데모는 왜 해? 아! 지들이 그
　　　　런다고 정권이 바뀌어 바뀌냐구, 어림없지.

김정숙 설마 성철이를 퇴학이야 시키겠어요.

김경식 (한숨을 내쉬며) 휴! 아무래도 힘들 것 같아.

　　　　이때 민혜의 방안에서 괴성이 들려온다.

민혜 (공포에 찬 목소리로) 전 아 아니에요, 아무 잘못 없다
　　　　구요. 아무 것도 모른다니까요. 아아악! 아저씨 제발
　　　　제발.

김경식 (기겁할 듯이 놀라며) 아니? 이게 도대체 무슨 소리
　　　　야?

김정숙 쟤가 끌려가 끔찍한 고문을 당한 모양이에요, 하루 종
　　　　일 저래요.

김경식 미치겠군.

김정숙 아무래도 정신병원에 입원시켜야겠어요.

김경식 거긴 치료비도 만만치 않을 텐데.

김정숙 그럼 어떡해요?

　　　　이때 민혜의 방에서 유리병 깨지는 소리가 들려온다.

김경식 김정숙 (동시에) 이 이게 무슨 소리야?

　　　　놀라서 민혜의 방으로 뛰어 들어간다.

17. 민혜의 방안

어질러진 유리 파편들, 거울과 화병이 깨져 바닥에 딩굴
고 민혜 헝클어진 머리칼을 쥐어뜯으며 울고 있다. 발바
닥에 선혈이 흐른다.

민혜 (머리를 쥐어뜯으며) 아아악! 난 아냐 아니라구, 난 안
    그랬어

김경식 김정숙 (놀라며) 민혜야, 민혜야, 무슨 일이냐? 도대
    체 왜 그러냐 응?

민혜 (손으로 방어 자세를 취하며) 가까이 오지 마세요, 가까
    이 오면 난 죽어버릴 거야 (허리를 숙여 깨진 병조각을
    집어든다)

민혜 (유리 파편을 들고서 찌를 태세로) 이걸로 얼굴을 화악
    그어버린다.

김정숙 아이구, 민혜야. 민혜야 이걸 어쩌냐! 허이구, 나쁜
    놈들 몹쓸 놈들.

민혜 아무도 가까이 오지 마, 다 죽여 버릴 거야, 흐흐응.
    (마구 울부짖는다)

민혜 (바닥에 꿇어앉으며) 아저씨, 아저씨 잘못했어요, 다신
    안 그럴께요.
    두 손을 모고 싹싹 빌다 험악한 표정으로 변하는 민혜.
    이때 영혜 나타난다. 갑자기 소리를 지른다.

영혜 (발작하며) 아니 이게 다 뭐야? 언니 또 발작 시작한 거
    야? 내가 못 살아 못 살아.

영혜 (독한 표정으로) 엄마 아빠 뭐해 당장 정신병원으로

보내버려.

18. 민혜의 방안

이불을 뒤집어 쓴 채 두려움에 떠는 민혜. 왕진 온 의사가 민혜의 팔뚝에 링거를 꽂고 있다. 옆에 차려놓은 밥상이 보인다. 먹지 않은 채 그대로다. 민혜 의사의 얼굴을 바라보다 자리에서 벌떡 일어난다.

민혜 (공포에 찬 목소리로) 당신 형사, 형사 맞지?

김정숙 얘가 또 왜 이래? 민혜야, 이분은 의사 선생님이셔, 여긴 우리 집이고.

민혜 (환상) 의사의 얼굴 위에 대공분실 형사 얼굴이 오버랩된다.

민혜 (두 손을 내저으며) 아아악! 무서워 무서워.

의사 링거에 수면제를 넣었으니까 곧 잠들 겁니다. 우선 안정을 취하도록 가족들께서 도와주십시오.

김정숙 예, 예 선생님 감사합니다.

19. 민혜(꿈)

링거를 꽂은 채 잠든 민혜, 꿈을 꾼다. 대공분실에서 고문당하는 모습. 형사 구둣발로 민혜를 마구 짓밟는다. 채찍에 이리저리 뒹구는 모습, 물속에 머리를 처박고,

20. 정신병원 상담실

　　　의사와 김정숙 민혜 의자에 앉아 있다. 심각한 분위기,
　　　김정숙 초조한 표정으로 민혜와 의사를 번갈아 보며

의사 (차트를 내려다보며) 아무래도 정신착란 증세인 것 같
　　　습니다. 충격에 의한 의식 장애를 일으켜 지적 능력을
　　　상실한 것 같습니다. 일종의 혼미상태라고나 할까.

김정숙 (당황하며) 그, 그럼 어떻게 치료방법은 없는 건가요?

의사 당장 입원시키십시오.

민혜 (의사를 향해 눈을 부릅뜬 채) 당신 형사지?

의사 여긴 병원 상담실입니다.

민혜 (두 손으로 얼굴을 가리며) 당신 그 손에 들고 있는 건
　　　뭔데? 그걸로 날 찌르려고 그러지? 당신 형사 맞지 그
　　　치?

김정숙 (민혜를 바라보며) 쟤가 하루 종일 저래요. 지난번엔
　　　제 아빠 보고도 형사라면서, 내 참 속상해서 살다가 별
　　　꼴을 다 보고.

민혜 (두 손으로 귀를 막으며) (E) 어서 대란 말야. 너의 계
　　　보를 대라구. 순순히 불면 될 것 가지고 뭘 그렇게 오
　　　래 끄는 거야. 그래봐야 너만 손해라구. 자! 시간낭비
　　　하지 말고 어서 불란 말야.

민혜 (괴성을 지르며 병실 바닥을 뒹군다) 아아악! 제발 제발
　　　요.

(회상) 형사가 구둣발로 허리를 가격하고 전기고문 하는
          모습 떠올리며

민혜 아아악! 무서워 아니에요, 난 안 그랬어요, 제발, 제발!

(NA) 내 몸무게는 50에서 35킬로그램으로 줄었다. 아버지는 승
      진 대상에서 계속 누락됐고 동생은 육사에서 끝내 퇴학당
      했다. 나는 점점 가족의 애물단지로 변해 갔다. 드디어
      난······.

20. 용인 정신 병원

병원 내 산책로를 걷는 민혜와 경자. 환자복을 입은 사
람들, 멍한 표정으로 하늘을 바라보고 자꾸만 웃는다.
카메라 정신병동 내부를 비춘다.
침대에 앉아 멍한 표정으로 바깥 풍경을 바라보는 환자
들. 차꼬에 묶여 있는 남자. 침대 바닥에 꿇어앉아 있는
남자. 침대에 앉아 거울을 보며 열심히 화장하는 여자.

(NA) 나는 바깥세상보다 차라리 정신병동이 더 자유롭다. 왜냐하
      면 우리는 서로 동질의식을 가지고 있었고 외부 사람들처
      럼 이상한 동물 보듯 하지는 않았으니까.

21. 병동 내부를 비취는 카메라

커다란 룸을 비춘다. 룸 안에 환자 여러 명이 모여 이야
기를 하고 있다. 어디선가 찬송가가 들려온다.
'죄에서 자유를 얻게 함은 보혈의 능력 / 주의 보혈 시
험을 이기는 능력되니 / 참 놀라운 능력이로다. 주의 보

혈 능력 있도다 / 주의 피 믿으오, 주의 보혈 그 어린양
의 매우 귀중한 피로다'

(NA) 난 누굴까. 난 왜 여기에 와 있는 걸까, 저 사람들은 다 어
디서 온 걸까. 내 머릿속은 하얀 백짓장 같다. 내가 알 수
있는 건 다만 한 가지. 내가 있는 이곳이 정신병동이란 사
실이다.

간호사 (박수를 치며) 자 자! 여러분 오늘은 여러분들을 위해
특별한 손님들이 찾아 오셨습니다. 서울에서 오신 유
명한 교회의 교우들입니다. 네에 물론 맛있는 다과도
있고, 또 좋은 노래도 많이 들려주신답니다. 자! 함께
예배실로 가십시다.

카메라 룸을 빠져나가는 환자들 뒷모습 비춘다.

환자들 웅성대며 예배실을 향한다.

22. 예배실 내부

가운데 긴 탁자 위에 음료수와 과자 김밥 등이 보인다.
한쪽에 성가대 가운을 입은 남녀 모여 있고 피아노 소리
들린다. 환자들, 탁자에 몰려들어 과자를 마구 손으로
집어먹는다. 창가로 다가가 손을 흔드는 환자도 있다.
창밖으로 새가 날아간다. 성가대 사이를 뚫고 들어가 서
는 환자도 보인다. 서로 장난치며 웃는 환자들, 벽에 머
리를 찧으며 우는 환자도 있다.

성가대로 달려가 여자의 손등을 물어뜯는 환자도 있다.

성가대원 1 (손을 털며) 아아! 아퍼

여자환자 1 헤헤헤 몰랐지롱. 내 별명이 드라큐라라는 걸.

사람들 시선 집중된다. 환자들 웃음소리.

그 틈을 타 남자 성가대원에게 다가가 안아달라고 조르
는 여자 환자 모습(카메라 클로즈업)

여자 환자 2(허리를 꼬면서 남자 봉사대원에게 다가간다) 아
이 아이 한번만 딱 한번만 아이.

여자 환자 2 (남자에게 몸을 밀착시킨다. 놀라 뒤로 물러가는
성가대원)

봉사대원들 달려가 환자를 남자에게서 떼어놓는다.

사회자 자! 자! 여러분 이제 예배를 드립시다. 자리 정돈하시
고요 (피아노를 향해 손짓한다)

피아노 연주를 시작한다. 성가대원과 환자들 모두 따라
부른다. 눈물짓는 환자도 있다.

'주 예수 내 맘에 들어와 계신 후 변하여 새 사람 되고
내가 늘 바라던 참 빛을 찾음도 주 예수 내 맘에 오심
주 예수 내 맘에 오심 주 예수 내 맘에 오심
물밀 듯 내 맘에 기쁨이 넘침은 주 예수 내 맘에 오심'

민혜 예배 도중 밖으로 나온다. 환자들 몇 명 따라서 나
온다.

23. 현재(1990년)

거리 풍경, 진달래와 개나리 벚꽃이 한창이다. 민혜 경
자와 함께 거리를 배회한다. 주머니에 짤랑거리는 동전

소리.

명동거리를 지나며 또 뽑기 장사에게 다가가 동전을 내려놓고 판을 돌린다.

화살이 꽂일 때마다 환호하는 민혜와 경자. 물고기 모양의 설탕 과자를 집어 들고 돌아선다. 리어카상에서 천 원짜리 지폐를 내놓고 파인애플을 집어 드는 민혜

옆에서 경자도 덩달아 따라 한다. 거리에서 패스트 푸드점 내부를 들여다보며 웃는 민혜와 경자

사람들 지나가며 손가락질을 한다.

24. 낯선 거리를 걷는 민혜와 경자

주택가 주변에 동산이 보인다. 흐드러지게 핀 봄꽃들 (카메라 클로즈업)

민혜와 경자 동네 구멍가게로 들어가 아이스크림을 사들고 나온다.

경자 이제 우리 어디로 갈까, 나 배고파

민혜 나도 배고파(길가의 포장마차를 가리키며) 아! 바로 저기다

경자 어디 어디?

민혜와 경자 쏜살같이 포장마차로 달려간다.

25. 포장마차 내부

유리 케이스 안에 든 안주를 바라보며 웃는 민혜와 경자

민혜 경자 (동시에) 맛있겠다. 그치?

주인 뭘로 해드릴까요?(호기심 어린 눈빛으로 바라본다)

민혜 (입맛을 다시며) 꼼장어 주세요.

경자 난, 난 홍합 먹을 테야.

주인 (장난기 어린 표정으로) 술은 뭘로 드릴까 소주?

민혜 경자 (동시에) 술?

주인 (빈정거리며) 응 술, 술 말야 술은 뭘로 드실 거냐구?

민혜 (고개를 갸웃하며) 소주, 아, 아 아니 맥주, (손을 내저
    으며) 아 아니 막걸리

경자 (장난스런 표정으로) 난 맥주가 더 좋단 말야, 아저씨
    맥주 맥주로 주세요, (어깨를 으쓱대며) 이래봬도 나
    대학 다닐 때 맥주 여왕이었거든.

주인 (맥주병을 건네며) 맞은편에 앉아 있는 남자손님에게
    눈짓을 한다.
    남자 손님 주인과 눈짓을 한다.

26. 시간 경과(포장마차 내부)

취해 널브러져 있는 민혜와 경자, 옆자리에 앉은 남자들
손가락으로 두 사람을 찔러본다. 손가락으로 머리를 가
리키며 동그라미를 그리다 자리에서 일어난다.

취객 1,2 (서로 주머니를 뒤지며) 아저씨, 여기 얼마요?

주인 예, 그러니까 오천 원만 내쇼.

취객 1 옛수다(돈을 건넨다)

취객 1,2 (민혜와 경자의 어깨와 엉덩이를 만지며) 거 오늘
　　　　밤 약속만 없었어도 어떻게 해보는 건데, 아쉽다.

취객 1,2 포장마차 밖으로 나간다.

민혜와 경자, 인기척에 놀라 일어난다.

민혜(취한 목소리로) 어! 방금 누구야! 내 엉덩이 만진 게,
　　　　에이 씨

주인 (비웃는 눈초리로 바라보다 들어오는 손님에게 인사를
　　　　한다) 어서 옵쇼.

민혜 (취한 몸짓으로 술잔을 탁 내려놓으며) 경자야, 세상이
　　　　말야, 사람들이 말야, 모두 미친 것 같지 않냐?

경자 (손사래를 치며) 그렇지 모두 미쳤지. 제정신인 놈들이
　　　　하나도 없지

민혜 (옆자리의 취객을 향해) 아 아저씨, 아저씨 생각은 어때
　　　　요?

취객 3 (고개를 끄덕이며) 아암 맞는 말이야, 미쳤지 모두 미
　　　　쳤지 않구, 그런데 말야, 이놈의 세상이 미치지 않고는
　　　　살아갈 수가 없거든.

취객 4 (비웃으며) 뭐가 말야, 세상이 어땠다구?

경자 (손을 내저으며) 다아 미친 것 같지 않냐구요.

주인 (민혜의 몸을 훑어보며) 아암 미쳤지 다 미쳤지 않구,
　　　　제정신 갖구 이 험한 세상 어떻게 살아 가냐.

경자 (비틀거리며) 아 아저씨 여기 얼마예요 우리가 먹은 게
　　　　다 얼마냐구요?

주인 (능청스런 표정으로) 만 오천 원

민혜 (깜짝 놀라며) 뭐요? 만 오천 원이라구요? 너무 비싼
　　　거 같은데.

주인 (낮은 목소리로) 응 그냥 만원만 내.

민혜 경자 주머니를 털어 돈을 내고는 밖으로 나온다.

27. 어두운 거리에 서서

민혜 (비틀거리며) 경자야 어떡하지? 집에 갈 차비가 없다.

경자 (주머니를 뒤집어 보이며) 나도!

　　　이때 바로 앞을 지나가는 젊은 남자

민혜 (남자 뒤를 따라가며) 아, 아저씨 자 잠깐만요

남자 (뒤돌아보며) 네? 저 말인가요?

민혜 (손을 내밀며) 네 저어 차비가 없어서 그러는데요, 돈
　　　좀 빌려주시라고(끄윽 트림한다)

남자 (민혜와 경자를 돌아보며) 술 한 잔 하셨구먼 여기(주머
　　　니에서 동전을 꺼내 준다)

민혜와 경자 (동시에 허리를 숙이며) 예, 고맙습니다. 야! 신
　　　난다.

　　　거리를 뛰어다니며 즐거워하는 두 사람

28. 버스 안

　　　맨 뒷자리에 앉아 잠든 민혜와 경자(카메라 클로즈업)
　　　바깥 풍경, 동숭동 로데오 거리 지나간다.

(NA) 난, 비교적 정신이 온전할 때 취직이란 걸 하기로 마음먹었다. 정신적 홀로서기에 돌입한 것이다.

29. 시간 경과.(5년 후)

건물 (카메라 클로즈업) 경동 식품회사 간판이 보인다.
내부 풍경. 사무실에 여사장과 민혜 또 다른 여직원 미스현(20대) 남자 직원 김대리(30대 초반)가 앉아 있다.
책상 위에 각종 다이어트 식품과 건강식품이 보인다.
민혜 사무실에서 전화를 받으며 응대를 하고 있다.

민혜 (사무적인 목소리로) 네 네 그러니까 저희 제품은 약품이 아니기에 전혀 후유증이 발생하지 않고 단기간에 살을 빼는 것입니다. 예, 물론 요요현상도 발생하지 않습니다.
여사장(40대 교활한 인상) 미스 리, 아까 주문 들어온 것 어디다 두었지.?
민혜 (갑자기 허둥대며) 조금 전에 여기가 두었는데 (책상 서랍과 주변을 살핀다)
김대리 (비웃으며) 그러면 그렇지 오늘은 왜 까마귀 고기를 안 먹었나 했지
민혜 (책상 위의 종이를 넘기며) 여 여기 있어요
여사장 (비웃으며) 굼벵이 같긴.
여사장 서류를 들고 사장실로 들어간다.

민혜 (수화기를 집으며) 여 여보세요? 어! 끊어졌네.

    사장실에서 들려오는 소리

여사장 (절박한 목소리로) 글쎄 이번 제품은 틀림없다니까요.

김대리 (비웃으며) 순 구라 치고 있네, 틀림은 무슨 틀림 순
    뺑이면서.

미스현 (맞장구치며) 왜 아주 그냥 약장수로 나서지.

    (사장실을 향해 눈을 흘긴다)

김대리 (빈정대며) 일은 뼈 빠지게 부려먹으면서 월급은 왜
    맨날 제자리야.

미스현 매년마다 오 프로씩 인상해 준다더니 이건 아예 꿩 귀
    먹은 소식이야요.

김대리 그나저나 차암 신기해, 사람들은 저 선전문구를 믿고
    제품을 사주니 말야. 암튼 사장은 얼마 안 가 떼부자
    되겠어.

미스현 그런데 새로 나온 다이어트 식품이 효과가 있긴 있는
    모양이지, 불티나게 팔려 나가는 걸 보면.

김대리 거래처에선 서로 달라고 난리야. 그렇게 많이 팔리면
    뭘 하나, 우리에겐 돌아오는 건 국물도 없는데

미스현 (손가락으로 사장실을 가리키며) 어휴 저 지독한 엑
    스 엑스.

    이때 갑자기 사장실 문이 열리고 사장 나타난다. 미스현
    민혜 김대리 모두 깜짝 놀라 자리에서 일어난다

여사장 (독기 뜬눈으로) 무슨 일 있습니까?

여사장 (민혜 앞으로 다가오며) 미스 김 얼굴빛이 왜 그렇지? 또 잠을 못 잔 모양이군. 그러니 허구헌날 실수 투성이지.

여사장 (미스현과 김대리를 향해) 일들 똑바로 하라구, 짤리기 싫으면.

여사장 (민혜를 쳐다보며) 여자 나이 삼십대가 작은 줄 알아? 그 나이에 어디 가서 직장 생활을 하겠어, 나나 되니까 써주는 줄 알라구.

　　　이때 전화벨 요란하게 울린다.

민혜(절절 매며) 예, 그렇습니다. 잠깐만요, 저 사장님 전화 왔는데요.

여사장 (일부러 거만한 표정으로 전화를 받는다) 네에 네에 그렇습니다. 제가 바로 대표입니다.

여사장 (직원들 들으라는 듯) 네, 제가 좀 그래요. 사람이 부족하다 보니 제 것은 못 챙기면서 늘 남 챙겨주기에 바쁘답니다. 그래 손해를 밥 먹듯 합니다만 하느님은 공평하셔서 모자란 부분은 늘 채워주시곤 하지요. 네? 네? 뭐라고요? 아, 예 그 점에 있어서는 걱정 안 하셔도 됩니다. 이래봬도 제가 식품과 출신이거든요. 전 자격증이 두갭니다. 영양사 면허증과 식품 제조 가공 기사증이요. 사실 몇 년 안 가면 법이 바뀔 거라 생각해요. 건강식품을 아무한테나 팔게 해선 안 된다고 생각합니다. 반드시 영양사 면허증이 있는 사람에

한해 허가증을 내줘야 한다고 생각합니다. 아예 법제
화해야 한다구요. 네? 아, 예 바쁘시다구요. 네 그럼
다음에 또 예 감사합니다.

여사장 (전화기를 소리 나게 내려놓으며 직원들을 향해 거만
한 몸짓으로) 뭘 봐? 일들 해.

30. (시간 경과) 민혜의 집안

김정숙 김경식 거실 소파에 앉아 있다. 텔레비전을 시청
하는 두 사람, (얼굴에 주름살이 보인다)
텔레비를 보다 말고 한숨을 쉬는 김정숙.

김경식 (짜증내며) 왜 또 한숨이야?

김정숙 (걱정스런 목소리로) 민혜가 직장 다니기가 싫은 모
양이에요.

김경식 (퉁명스런 목소리로) 세상에 쉬운 게 어딨어? 다 그
렇지 뭐.

김정숙 더 나이 먹기 전에 시집보내야겠어요.

김경식 걜 누가 데려 가겠어, 이제 곧 나이 사십이 될 텐데.
정신병력 있는 것 알아봐, 일이 다 되다가도 파토 날
걸.

김정숙 그러니까 서로 처지가 비슷한 사람들끼리 하면 되잖
아요.

김경식 하긴 짚신도 제 짝이 있다고 지들만 좋다면야……

31. 분위기 좋은 커피숍

민혜의 대학 친구 현미, 형경, 경숙이 모여 잡담을 하고 있다. 옆에 딸려 나온 아이들이 보인다. 민혜 아이들의 손을 잡고 즐거워한다.

민혜(아이의 옷을 만지며) 이 옷 누가 사줬어?

경아(10세 경숙의 딸) (옷을 잡고 한 바퀴 빙그르르 돈다) 아빠가 아빠가 사 줬어.

민혜(머리를 쓰다듬으며) 그래애? 우리 경아는 좋겠구나, 우리 경아는 누구 닮아 이렇게 예쁠까?

경아 (자랑스럽게) 엄마 아빠 반반 닮았지.

이때 스테레오에서 올리비아 뉴튼존의 피지칼이 나온다.

형경 (스테레오를 손가락으로 가리키며) 어머, 어머 이 곡 피지칼 아냐? 우리 대학 다닐 때 유행했던 팝송 아니니? 정말 오랜만에 듣는다.

형경, 경숙(동시에 몸을 흔들며) 피지칼, 피지칼 그러게. 정말 옛날 생각난다.

형경 애, 너희들 이 가사 내용 생각나니?(손을 앞으로 내밀며) 오! 난 기다릴 만큼 기다려 왔어요 이제 더 이상 기다리긴 싫어요, 육체적으로 나와 주세요.

현미 경숙 (크게 웃으며) 쟤는 세월 지나도 여전해.

경숙 (민혜를 가리키며) 쟤 좀 봐. 아까부터 우리 딸 보면서 좋아 죽는다. 사람 보는 눈은 있어 가지고.

형경 왜 아니겠니? 이제라도 좋은 짝 만나 결혼해야 할 텐데.

현미 (작은 목소리로) 말만하지 말고 중매라도 해라.

경숙 (귀엣말로) 야! 만일 그랬다가 재 정신병원 갔다 온 것 들통나 봐라, 너 뒷감당 할 수 있어.

형경 하긴 그래.

경숙 그저 시대를 잘못 타고 죄지(현미를 향해) 넌 괜찮니?

현미 (못 들은 척 자리에서 일어나며) 애 그만 가자, 우리 애 학교에서 돌아올 시간 됐어.

(NA) 나이가 사십을 향해 줄달음을 칠수록 난 집안의 거친돌이요 부끄러움의 상징이었다. 난 언제 또다시 발발할지 모르는 시한폭탄과도 같은 존재였다.

32. 민혜의 집 거실

일가친척들 모여 있다.

김정순 (68세 민혜의 큰이모) 별 수 없어, 더 이상 나이 먹기 전에 적당한 남자 골라 시집보내, 언제까지 끼고 살 작정이냐.

김정숙 그러지 말고 언니들이 나서서 중매 좀 해, 이모 좋다는 게 다 뭐유.

김정순 (결심한 듯) 이제 곧 나이 사십이야, 서로 비슷한 처지끼리 엮어주면 되는 거야, 아! 막말로 재 병원 갔다 온 사실 알아 봐, 누가 데려가려고 하겠어, 적당한 상대 나타나면 시간 끌지 말고 빨랑 해 치워.

김정숙 그래도 착하고 믿음직스러운 사람이어야지,
아무리 내세울 건 없어도 아무데나 가라고 할 순 없
지.

김정순 (거친 말투로) 막말로 나이가 작기를 해? 빼어난 인
물이 있어? 겨우 내세울 거라곤 대학물 먹었다는 것
뿐인데, 그게 어디 내세울 조건이나 되냐구.

김경식 그저 처형께서 알아서 해주세요. 사람이야 저희보다
처형께서 잘 보시지 않습니까?

김정순 (격앙된 목소리로) 내 우리 집 양반보고 알아보라 했
으니까 저쪽에서 좋다고 하면 무조건 보내세요, 혼수
고 뭐고 할 것 없이 빨랑빨랑 해치우세요.

김경식 (비굴한 목소리로) 예에 예.

김정숙 (안타까운 표정으로) 불쌍한 것

김정화 (60세 민혜의 작은이모) 사실은 말야, 우리 옆집에
총각이 있는데 학교는 중학교 나왔고 기계 만드는 공
장 다녀, 인물은 없어도 착실하고 돈도 꽤 모아 놨대,
흠이 있다면 홀로 된 시어머니가 있다는 거지.

김정숙 그건 너무하다. 최소한 고등학교는 나와야지, 그리고
어떻게 쟤를 시집살이를 시켜?

김정화 그럼 쟤를 어떤 자리에 내놔, 데모하다 정신병원 다녀
온 것 알아 봐, 누가 중매하려고 들겠어?

김정순 아무튼 일단 선 자리가 나서는 대로 보게 해, 지들이
좋다면 따질 것 없이 보내버려.

33. 시내 커피숍

낯선 남자와 앉아 맞선을 보는 민혜.
남자(40대 초반) 교활하고 야비한 인상. 손을 비비며
사방을 둘러보면서 뭔가 탐색하는 눈치다. 가끔씩 민혜
의 몸매를 훑어 내리며

남자 (속으로) 구두니 옷이니 싼 티가 줄줄 나는군, 그래도
　　　지금까지 직장생활을 했다면 모아 놓은 돈은 꽤 되겠
　　　지, 보아 하니 발랑 까진 것 같진 않고.

민혜 (남자 앞에서 당황해 어쩔 줄 몰라하며)

남자 (비웃듯) 지금까지 직장 생활을 했다면 빌딩 한 채라도
　　　가지고 있어야 하는 것 아닙니까?

민혜 (깜짝 놀라며) 네? 지금 뭐라고 하셨죠?

남자 (기분 나쁜 듯) 아아, 농담입니다. 모아 놓은 목돈은 있
　　　으시냐고요? 결혼자금 말입니다.

민혜 (당황하며) 저, 전 직장생활 한 지 얼마 안 되는데요,

남자 (따지듯) 이거 이야기가 전혀 다르네. 내가 듣기로는 꽤
　　　오래 됐다 하던데.

민혜 네? 뭐가요?

남자 (손을 내저으며) 아! 뭐 됐습니다. (작은 목소리로) 이
　　　거 완전히 속았잖아.

민혜 네? 속다니요? 그게 무슨?

남자 (기가 막힌 듯) 정말 대학 나온 것 맞아요?

민혜 그 그런데요. 왜요?

남자 (속으로) 이 여자 또라이 아냐?

민혜 (멀뚱멀뚱 남자 눈치만 보며)

남자 (속으로) 재수 없으려니까, 에이 공연히 커피 값만 날렸
      네.

      남자 자리에서 일어나 카운터로 걸어간다.

민혜 왜 저러지?

34. 호텔 커피숍

창밖으로 자동차 지나고 맞선보는 커플들 여기 저기 보
인다.

카메라 커플들 비취고

민혜와 낯선 남자, 자리에 앉아 인사를 하고 있다

남자 (40대 얼굴색이 검고 천한 인상이다. 손바닥을 비비며)
      안녕하십니까? 만나서 반갑습니다.

민혜 (자리에서 일어나며) 아 안녕하세요

남자 (호기심 어린 눈빛으로) 아버님께서 내무부 고위 직책
      에 계셨다구요? 집안이 꽤 명망이 높으시다구 들었습
      니다.

민혜 (엉뚱한 표정으로) 네?

호텔 여직원(다가오며) 차 주문하십시오.

민혜 차는 뭘로?

남자 (주머니에 손을 넣었다 빼며) 네 먼저 시키시죠.

민혜 전 커피요

여직원 (손가락으로 메뉴판 가리킨다) 여기 메뉴판 참고해
　　　주시죠.

민혜 (메뉴판 보는둥 마는둥) 그 그냥 아메리칸 커피

남자 (못마땅한 표정으로) 저도 그걸로 주세요.

여직원 돌아서 간다.

남자 여직원의 뒷모습을 바라보며 미소 짓는다.

남자 (속으로) 거 몸매 한번 죽이는구만.

　　　(민혜 주변의 맞선보는 커플들을 바라보며 창밖을 바라
　　　본다.)

남자 (속으로) 뭐야 이거 인물도 없고 별 볼 일 없네. 어디서
　　　꼭 콩쥐같이 생겨 가지고선.

35. 회상 (대학 시절)

　　　대학 캠퍼스 대학생들 대학 본관 앞, 삼삼오오 모여 있
　　　다. 심각한 표정들.
　　　현미와 정제민(현미의 과 동료 23세 순진하고 착한 인
　　　상) 여러 명의 남학생이 모여 무언가 의논하고 있다. 이
　　　때 민혜, 정제민을 발견하고 달려간다,

민혜 (반가운 목소리로) 정선배 오랜만이에요

정제민 (의외라는 듯) 으 응, 민혜구나?

현미 (민혜를 바라보며 경계하는 눈빛을 하며) 정선배

정제민 그래 민혜야 지난번 중간고사 잘 봤니?

민혜 네에 선배는요

정제민 (머리를 긁적이며) 나야 뭐, (생각난 듯) 나도 잘 봤어

현미 (낮은 목소리로) 잘 보긴 뭘 잘 봐, 짭새에게 계속 쫓겨
　　　다녔으면서

정제민 (현미의 옆구리를 찌르며) 조용히 해.

민혜 (정제민 바라보며 웃는다) 선배 나중에 시간 나면 저 커
　　　피 사주세요.

정제민 (마지못한 듯 어색한 목소리로) 그래 그러자.

현미 (정제민에게 귀엣말로) 쟤, 선배 좋아하는 것 아냐? 얼
　　　굴 빨개지는 것 좀 봐.

정제민 야! 신경 끄고 우리 하던 말이나 계속 하자.

36. 현재. 호텔 커피숍

　　　민혜 커플들 바라보다 눈시울을 적신다. 정선배의 모습
　　　떠올리며(영상)

남자 (기분 나쁜 듯) 왜 지난날 로맨스라도 생각나시나요?

민혜 (깜짝 놀라며) 네? 방금 뭐라고 하셨죠?

남자 (기가 막힌 듯) 아! 예 됐습니다. 하던 이야기나 합시
　　　다. 뭐 저한테 궁금한 것 있으면 물어 보시죠.

민혜 (고개를 숙인 채 손가락만 만지작거린다) 저 이런 자리
　　　가 어색해서요

남자 (속으로) 아니 저거 진짜로 순진한 거야, 아님 순진한
　　　척하는 거야, 알 수가 없네, 나이에 비해 좀 모자란 것

같기도 하고.

민혜 직장은 어딜 다니세요?

남자 그건 아까 물어봤던 것 같은데.

민혜 아 예! 그 그럼 집안에서는 몇 째세요?

남자 장남입니다. 여동생 둘에다 남동생 하나요. 여동생 둘은
　　 결혼해서 대전과 부산에서 살고 있고 남동생은……

민혜 남동생은 결혼했나요?

남자 (곤란한 표정으로) 아! 그 자식 때문에 창피해서

민혜 네?

남자 영등포에서 구멍가게 같은 거 하나 하더니 지난달에 부
　　 도내고 숨어버렸지 뭡니까. 나 참, 남사스러워서(망설이
　　 다) 그동안 직장생활 하셨으면 모아 놓은 돈이 꽤 되겠
　　 네요. 큰 거로 이 정도(오른손 손바닥을 쫙 펼쳐 보이
　　 며)는 되겠죠?

민혜 (어리둥절한 표정으로) 네? 큰 거라니요?

남자 (불량스런 몸짓으로) 아참, 다 아시면서.

민혜　네?

남자 (속으로) 아니, 저 여자 또라이 아냐? 왜 저렇게 눈치가
　　 없어

민혜 (머리를 만지며) 저 저 돈 없는데요.

남자 대답하기 곤란하면 안 해도 돼요. 내가 뭐 그 돈 달라는
　　 것도 아니고

남자 (속으로) 아! 오늘도 역시 꽝이구만.

남자 그럼 제가 먼저 일어나겠습니다. 오늘 감사했습니다.

민혜 (엉거주춤 따라 일어나며) 예 예

　　　　카운터를 향해 걸어가는 두 사람.

37. 공원

　　　　주변에 낙엽 흩어져 있고 민혜와 경자 추위에 떨며 벤치
　　　　에 앉아 있다.

민혜 (슬픈 표정으로) 경자야, 우리 용인 있을 때 생각나니?

경자 (떨며) 응, 생각나. 난 차라리 그때가 더 좋았던 것 같
　　　　아. 그땐 우리를 무시하거나 상처 주는 사람도 없었는데

민혜 난 병원 밖으로만 나오면 살 것 같았는데, 이건 세상이
　　　　또 다른 정신병동 같아.

경자 (두 팔로 머리를 감싸며) 사는 게 꼭 지옥 같아.

민혜 우리 병원에 있을 때 피그말리온 효과라고 너 생각나니?

경자 피그말리온? 기대를 가지고 정성껏 돌보면 태도가 바뀌
　　　　고 관심과 의욕이 높아져 능력까지 변한다는 것 말이니?

민혜 응, 우리한테도 그런 일이 생겼으면 좋겠는데

경자 응 그러게나 말야.

민혜 반대로 스티그마 효과라는 것도 있잖아. 무시당하고 부
　　　　정적인 낙인을 찍으면 자신도 모르게 나쁜 쪽으로 변해
　　　　간다는…….

민혜 플래시보 효과도 생각나, 심리적인 효과에 의해 증상이
　　　　호전된다는…… 왜 내가 잠이 안 온다고 하니까 가짜 약

을 먹여서 잠을 재웠잖아.

경자 나도 그런 적 있었어,

민혜 그때 우리 방 옆 동에 치과 의사하고 정신과 의사가 있었잖아 생각나니?

경자 응, 그 뚱뚱하고 신경질 많은 의사, 자기가 서울대 나왔다고 큰 소리 탕탕 치던.

민혜 응

경자 그런데 그 의사 얘기는 왜 꺼내는 건데?

민혜 병원 있을 때 나보고 그러더라. 퇴원하고 세상에 나가면 소설 쓰라고. 그래서 이 안에서 일어나는 복잡한 일들을 세상에 알리라고.

경자 그래서 소설 쓸 거야?

민혜 아니, 내가 어떻게, 경자야.

경자 응

민혜 난 아직도 불안해, 누군가 나를 훔쳐보면서 해칠 것 생각 때문에 자꾸만 무섭고 슬퍼져.

경자 나도 그래, 난 세상이 사람이 너무 무서워.

민혜 아! 하느님 하느님은 어디 계세요 절 좀 지켜 주세요.

경자 하느님 저희들을 불쌍히 여겨 주시고 지켜 주세요. 예수님의 이름으로 기도드립니다.(갑자기 깔깔 웃으며) 정말 하느님이 우리의 기도를 들으실까?

38. 또 다른 커피숍

커다란 수족관이 보이는 곳에서 민혜와 맞선보는 남자 앉아 있다. 스테레오에서 보니엠의 '펑키 타운'이 나온다. 이어 올리비아 뉴튼존의 '피지칼'이 나온다.

민혜 (반가운 듯) 아! 이 음악 피지칼(손가락을 들어 올린다)

남자 (속으로) 어린애 같긴

민혜 이 음악 제가 대학 다닐 때 엄청 유행했던 음악이에요, 생각나세요?

남자 아! 생각 나고 말고요.

남자 (속으로) 넌 그때 대학 다니고 있었냐? 난 공장에서 기름때 묻혀가며 뼈 빠지게 일하고 있었다.

민혜 (회상에 잠기며) 그때 5월인가 한참 축제 때였어요, 쌍쌍 파티가 열렸는데, 게스트로 당시 대학가요제 출신으로 유명했던 임백천이랑 왕영은이 왔었어요. 얼마나 재미있었는지.

남자 꽤 즐거웠겠습니다. 난 그때 공장에서…….

민혜 네? 방금 뭐라고 하셨죠?

남자 아 아닙니다. 계속하십시오.

민혜 (들뜬 목소리로) 그때 임백천이 말했어요. 지옥 이야기였는데 재미있을 것 같지 않아요?

남자 지옥 이야기요 예, 재미있을 것 같네요.

민혜 (신난 듯 손을 앞으로 내밀며) 지옥에 많은 사람들이 모여 있었습니다. 지옥이라 분위기는 매우 어수선하고 질서도 없고 혼돈 그 자체였습니다. 그때 어떤 남자가 일어나 소리쳤습니다. "어이 여러분, 모두 조용히 해 주십시오. 우리가 있는 이곳도 질서가 필요한 곳입니다. 그러니 모두 서열을 정해 번호를 매깁시다" 그러자 어떤 머리가 새하얀 노인이 말했습니다. "당신 언제 이 지옥에 들어왔어?" "저요, 이 년 전에 왔는데요." 그러자 나이가 어린 아이가 말했습니다. "짜식들 놀고 있네 야! 너 머리 새하얀 놈 너 말야 너 언제 들어왔냐?" 그러자 노인이 말했습니다. "뭐라구? 이 자식이 암마 여기가 아무리 지옥이라지만 넌 어린 자식이 어른도 몰라보냐!" 그러자 어린 아이가 말했습니다. "글쎄 언제 들어왔냐니까" "그렇게 궁금하냐 나 그저께 들어왔다 왜?" "뭐라구 이 짜식아, 난 임진왜란 때 들어왔어. 너 앞으로 날 형님으로 잘 모셔 알았어?

남자 (웃으며) 정말 재미있는 이야기네요.

민혜 (신난 듯) 재미있죠. 그런데 세월이 이렇게 많이 흘러 버렸네요.

남자 그러게나 말입니다. 세월만큼 빠른 게 없다더니…….

민혜 (회상) 남자 얼굴 위로 정제민의 얼굴 오버랩 된다. 아! 정선배

남자 (속으로) 정말 수준 차이 나는구먼.

남자 (자리에서 일어나며) 저 그만 일어나시죠, 제가 약속이 있어서요.

　(민혜 따라서 일어난다).

남자 오늘 만나서 즐거웠습니다. 다음에 또 만날 기회가 있겠
민혜 (멋쩍은 듯) 네, 저도 즐거웠어요, 감사합니다.

　　　　남자 뒤돌아서 나간다. 민혜 엉거주춤 남자 뒤를 따라
　　　　나간다.

39. 또 다른 커피숍

　　　　민혜와 우락부락한 인상의 남자, 남자의 어머니로 보이
　　　　는 여자가 앉아 있다.
　　　　표독한 인상의 여자, 민혜의 몸매와 얼굴을 살피며 아들
　　　　에게 눈짓을 한다.
　　　　스테레오에서 시끄러운 락음악이 나온다. 민혜 음악에
　　　　맞춰 발장단을 하고 들어오는 손님마다 민혜와 남자를
　　　　호기심 어린 표정으로 쳐다보며 지나간다.

여자 아버님께서 공무원 하셨다고? (아니꼬운 눈빛으로) 인상
은 선해 보이는구먼, 그래 양부모님은 다 살아 계시고?
민혜 네에 (고개를 숙이며) 내무부에 계셨었어요.
여자 그래, 처녀는 지금 나이까지 직업은 뭘 했지?
민혜 직업?(우물쭈물 한다)
남자 (여자의 옆구리를 찌르며) 아! 네 곤란하시면 대답 안 하
셔도 됩니다.
　여자 (도도한 자세로) 설마 그 나이까지 놀면서 지내지는 않
　　　았겠지. 우리 아들이 3대 독자라는 것 알고 있지요.

민혜 네, 알아요.

여자 (속으로) 꼬박 꼬박 말대답은. 순진한 것 같긴 한데 뭔가
　　　좀 이상하긴 해.

　　　　(민혜 들고 있던 커피 스푼을 바닥에 떨어뜨린다)

민혜 (얼른 들어올리며) 왜 자꾸 떨어지지

여자 (민혜의 인상을 살피며) 요즘은 여자도 능력이 있어야 해.
　　　그래야 남편한테나 시집 식구들에게 큰 소리 칠 수 있는
　　　게야. 그리고 아무리 시대가 바뀌었다지만 여필종부란 예
　　　나 지금이나 똑같다고 할 수 있지. 여자는 그저 살림 잘
　　　하고 애 잘 키우고 시부모 봉양 잘 하는 게 첫째 되는 덕
　　　목 아니겠어?

남자 게다가 경제적 능력까지 갖추면 더 좋고요.

여자 (맞장구치며) 아암, 그렇고말고. 그런데 말야, 현재 우리
　　　가 살고 있는 집이 좁아요. 그래서 말인데 장차 아이들도
　　　태어나고 하면 방도 여럿 필요할 것 같고.

남자 어머니, 이사하시게요.

여자 이사는 무슨? 아무래도 집을 짓던가 해야 할 것 같아. 지
　　　금까지 직장생활 했다면 모아 놓은 돈이 꽤 될 것 같은데.

민혜 결혼하면 분가시켜 주신다고 하시지 않았던가요?

여자 무슨 소리? 애가 3대 독자에다 할머니도 아직 살아 계신
　　　데.

민혜 할머니요?

여자 (시침 떼며) 아니 처음부터 알고 나온 것 아니었나? 그러

니까 큰집으로 이사 가면 위층 아래층 따로 쓰면 서로 편하고 좋잖아. 애가 태어나면 우리가 키워 줄 수도 있는 문제고.

민혜 (남자와 여자를 당황한 눈빛으로 바라보며)

여자 (민혜를 째려보며) 흥 돈이 없는 모양이군. 그렇담 아가씬 지금까지 뭘 하고 살았누?

남자 (민혜를 꼬아보며) 이거 영 이야기가 틀린데.

여자 (아들의 옆구리를 찌르며) 야! 더 볼 것도 없다. 그만 일어나자

남자 저 화장실 좀.

　　　여자 따라 일어난다. 카운터 쪽에 가려다 말고 민혜를 바라본다.

민혜 (멍하니 앉아 있다. 잠시 후, 남자 나타나며)

남자 저 급한 약속이 있어서 그만 일어나야겠습니다. 나중에 또 만나 뵙기로 하고 오늘은 이만.

남자 (여자와 함께 황급히 출입구로 걸어간다.)

민혜 (카운터에서 계산을 하며) 어어, 이게 어떻게 된 거지.

40. 현재 민혜의 집 거실

　　　가족들 거실 소파에 앉아 과일을 먹으며 TV를 보고 있다. 코미디 프로를 보며 즐거워하는 가족들.
　　　이때 민혜의 방에서 괴성이 들려온다.

민혜 (큰소리로) 야이! 죽일 것들아, 이 악마 사탄 같은 것들

아!
　쨍그랑하고 병 깨지는 소리가 들린다. 이어 탁! 하고 물
　건 떨어지는 소리도 들린다.
김경식 (대수롭지 않은 듯) 또 시작이군, 시작이야
민혜 (고함을 지르며) 지옥의 불가마니에 떨어질 것들아, 내가
　　니들 눈에 지렁이로 보이더냐, 내가 뭘 잘못했다고 지랄
　　이냐, 망할 것들아!
김정순 (탄식하며) 저걸 도대체 어쩌면 좋지, 또다시 정신병원
　　에 가둘 수도 없고.
민혜 망할 새끼들, 나쁜 놈들 그 놈들은 그 형사 새끼보다 더
　　나쁜 놈들이야, 다 죽어버려라. 지옥에 콱 처박혀 다신 나
　　오지 말아라.
　　물건 부수는 소리.
　　와장창하고 거울 깨지는 소리 들린다.
김정순 쟤 저러다 일내지 일내.
김경식 하루 이틀도 아니고 차암 미치겠군, 갖다 버릴 수도 없
　　고
김정순 이게 다 그 현미년 때문이라니까요.
민혜 아악 정말 분해 못살겠네, 세상에 나쁜 놈들은 모두 잘되
　　고 도대체 하느님은 계신 거야 안 계신 거야, 나쁜 놈들
　　죽일 놈들 악마가 와서 콱 물어가라.
김정순 김경식 (동시에 가슴을 치며) 어이구 속 터져, 속 터져
　　죽네.

41. 다음날 아침

민혜 (정장 옷차림을 한 채 거울 앞에서 콤팩트로 얼굴을 두
드리며 거실을 향해)

민혜 엄마 내 구두 닦아 놨어?

김정순 신발은 니가 닦아 신어, 그런 것까지 엄마가 해줘야
하니?

민혜 엄만 괜히 난리야.

(민혜 거실로 나온다. 말쑥한 차림, 손에 핸드백을 들고
서 있다)

김정순 (민혜의 옷에 묻은 티를 털며) 오늘도 일 잘해, 지난
번처럼 실수하지 말고.

민혜 (신발을 신으며) 알았어.

김정순 (민혜의 뒤에 대고) 점심 꼭 챙겨 먹고, 누가 싫은 소
리해도 참어, 지난번처럼 쌈박질해서 경찰서 가지 말고.

민혜 어휴 또 잔소리.

김경식 (안방에서 나오며) 차비는 있는 거야?

민혜 그럼 차비도 없이 출근할까 봐. 날 무슨 어린애 취급하
고 있어

김경식 (걱정스런 목소리로) 차라리 어린애면 무슨 걱정이겠
냐, 이건 나이 사십이 다 돼 갖고.

민혜 (신경질적인 말투로) 또 그 나이 타령!

42. 과거 회상(1980년)

종로 거리 시위 현장.
데모를 벌이는 대학생 시위대와 전경들.
최루탄 터지고 와! 함성과 함께 격렬한 투석전 전개된
다. 시위대 중 현미와 정제민 보이고 그 옆의 대학생들
숨바꼭질하듯 스쳐 지나간다.

43. 대학가 대자보

광주학살 사건과 관련된 사진 붙어 있다.
모여서 구경하는 대학생들, 민혜도 끼어 있다. 모두 흥
분된 표정이다.
멀리서 '군부독재 타도'를 외치는 함성 들려온다.
이때 전단지 한 뭉치를 들고 그들 곁을 지나는 현미와
정제민
이때 민혜 정제민 발견하고 가까이 다가간다.
민혜 (반가운 목소리로) 정선배 어디 가요?
정제민 어! 민혜구나.
현미 민혜야, 너 여기 있었구나.
민혜 두 사람 지금 어디 가는 거야?
현미 으응, 너도 같이 갈래?
민혜 (정제민 바라보며) 그래도 돼?
정제민 (마지못한 듯) 그 그럼

민혜, 현미, 정제민 캠퍼스를 지나 교문 밖으로 나온다.
이때 형사 한 사람 그들 뒤를 따라 붙는다.

44. 학교 근처 건물

건물 지하로 들어가는 세 사람.
인쇄 기계 소리 요란하게 들리고, 형사 멀리서 세 사람
을 지켜보고 있다.
카메라 건물 내부 비친다.
인쇄 기계 돌아가는 소리 갑자기 크게 들리고
바닥에 떨어진 전단지 여기 저기 보인다.
이때 민혜 현미, 정제민이 나타나자 빙 둘러싸는 여러
명의 남자들. 민혜를 보자 경계한다.

남자 1 (정제민에게) 누구?

정제민 응, 내 후배야.

정제민 (현미와 귀엣말을 나누며 남자들과 눈빛을 교환한다) 알
　　　았지?

남자들 눈치 챈 듯 동의의 표시로 고개를 끄덕인다.

현미 (민혜에게 전단지 뭉치를 건네주며) 민혜야 내일 이걸 가
　　지고 종로로 와. 전에 우리 만나던 다방 있지, 거기로.

민혜 이거 뭔데?(정제민을 바라본다)

정제민 (민혜의 어깨에 손을 얹으며) 별 거 아냐, 내일 만날 때
　　　가지고 나오면 돼.

민혜 (정제민을 바라보며) 알았어요, 선배.

현미 그럼 가봐, 우리끼리 할 얘기가 있거든.

민혜 아 알았어.

　　(민혜 전단지 뭉치를 들고 밖으로 나온다)

　　조그맣게 노랫소리가 들린다.

　　"산 자여 따르라"

　　'사랑도 명예도 이름도 남김없이 한평생 나가자던 뜨거
　　운 맹세 동지는 간 데 없고 깃발만 나부껴 새날이 올 때
　　까지 흔들리지 말자 세월은 흘러가도 산천은 안다. 깨
　　어나서 외치는 뜨거운 함성
　　앞서서 나가니 산 자여 따르라. 앞서서 나가니 산 자여
　　따르라'

45. 과거 회상

　　대학 캠퍼스 학생회관 건물 내부.

　　머리에 흰 띠를 두른 대학생들 모여 뭔가 의논하고 있
　　다. 탁자 위에 현수막과 전단지가 어지럽게 흩어져 있
　　다. 이때 현미 여학생들과 어울려 들어온다.

대학생 남자 1. 그러니까 현미 너가 국문과 대표니까 애들 좀
　　모아 봐.

현미 여자애들은 겁이 많아 놔서

대학생 남자 2 년 동생이 광주에서 시민군으로 싸우다 죽었다
　　며, 좀 더 적극적으로 나서 봐, 지금 동지들은 감옥에서
　　얼마나 고생하는데…….

대학생 남자 3 야! 저기 애들 온다.

대학생 1,2,3 어디, 어디?

　　　이때 민혜 나타난다. 좁은 스커트에 화려한 문양의 블라
　　　우스를 입었다.

대학생 남자 2. (실망한 말투로) 난 또 누구라고.

현미 (작은 목소리로) 쟤 우리 국문과 애들 중에서 제일 소심하
　　　고 겁쟁이야, 별 볼일 없어.

대학생 남자 1 아빠가 내무부 요직에 계시다며?

현미 그렇긴 하지.

대학생 남자 1 그 그럼 잘하면

　　　(이때 남자 2 남자 3 현미의 눈빛이 마주친다)

대학생 남자 2(귀엣말로) 현미야 니가 잘해 봐라.

현미 (주먹을 꺾으며) 알았어.

46. (회상, 1981년도) 대학 근처 다방

　　　민혜와 친구들 모여 음악을 들으며 이야기를 하고 있다.
　　　스테레오에서 심수봉의 '그때 그 사람'이 나온다.
　　　「비가 오면 생각나는 그 사람 언제나 말이 없던 그 사
　　　람……」
　　　이어 캐니 로저스의 '레이디'가 나온다.

경숙 (22세 민혜의 국문과 과 친구) 민혜 너 요즘 현미랑 자
　　　주 어울린다며?

소현 (22세 경숙의 친구) 너 현미 주변에 형사 따라붙은 거
　　　아니?

형경 (22세 국문과 동료) 너도 조심해, 현미 요즘 독이 잔뜩
    올랐다더라, 동생이 광주에서 죽은 이후 열혈분자가 되어
    그러니까 정선배랑…….

민혜 (깜짝 놀라 자리에서 일어나며) 뭐? 정선배랑 어쨌다구?

경숙 (놀라며) 민혜야 너 갑자기 왜 그래? 정선배 얘기 나오
    니까 막 흥분하네.

소현 (민혜의 팔을 잡으며) 너 무슨 일 있니?

민혜 (자리에 도로 앉으며) 아 아니야.

형경 (주변을 살피며 작은 목소리로) 요즘 현미한테 형사가 여
    럿 따라붙는다는 소문이야, 너도 괜히 현미랑 엮이지 말
    어, 잘못하면 골로 가는 수가 있어.

소현 (손바닥으로 입을 가리며) 야! 지난번에 정선배 친구 중에
    데모 주동했다가 감옥 갔다 온 사람이 있는데 고문 후유
    증으로 죽었대, 너도 조심해

민혜 (겁에 질린 표정으로) 뭐 뭐라구? 하지만 난 아무 짓도 안
    했어 데모 안 했어 정말이야.

형경 니가 데모했다는 얘기가 아니고, 현미가 문제라니까

민혜 (손으로 머리를 만지며) 뭐? 그 그러니까 그게 (쓰러진다)

형경 (당황하며) 민혜야 갑자기 왜 그래, 정신 차려

47. 회상(1981년도)

    가방을 들고 종로 거리를 지나는 민혜
    거리에 전경들 쫙 깔려 있다.

이때 확성기로 데모가 들려온다.

대학생들 어깨 스크럼을 짜고 도로 점검하기 시작한다.

전경들 호루라기 소리 들리고 바삐 움직인다.

노랫소리 들려온다,

「긴 밤 지새우고 풀잎마다 맺힌 진주보다 더 고운 아침이슬처럼

내 맘에 서러움이 알알이 맺힐 때 아침 동산에 올라 작은 미소를 배운다

태양은 묘지 위에 붉게 타오르고 한낮에 찌는 더위는 나의 시련일지라

나 이제 가노라 저 걷힌 광야에 서러움 모두 버리고 나 이제 가노라」

전경들 방패와 방망이를 휘두르며 데모꾼들을 뒤쫓는다.

지하도로 숨어드는 젊은이들

시민들 우왕좌왕한다.

민혜 (가방을 들고서 사방을 두리번거린다)

이때 어디선가 나타나는 현미,

현미 (민혜가 들고 있는 가방을 낚아채며) 누구 따라온 사람 없었지?

민혜 (놀라 벌벌 떨며) 으응 없었어

현미 (주변을 살피며) 조심해 가, 누가 따라붙나 눈여겨보고

(현미 YMCA 뒷 건물로 사라진다)

이어 따라붙는 전경들. 민혜 뒤돌아서자 데모대의 함성에 파묻힌다

데모대 군부독재 타도, 전두환은 물러가라, 물러가라
　　시민들 코를 손으로 막고 지하도로 사라진다.
최루탄 터지는 소리 퐁 퐁!
사람들 발길에 파묻혀 쫓기는 민혜, 이때 형사 한 사람 민혜 뒤
　　를 쫓다가 놓치고 만다.
형사 (사람들 속에 서서) 어? 어디로 갔지 내 이년을 잡기만 해
　　봐라.

48. 그 후, 1998년

　　거리를 지나는 민혜. 거리는 IMF세일 물결로 뒤덮여 있
　　다.
　　민혜 (40세). 눈가에 잔주름 보이고 몹시 지쳐 있는 모
　　습이다.
　　빌딩 위의 대형 전광판에 IMF 환란을 알리는 뉴스가 전
　　해지고 있다.
　　길거리를 걷다 멍하니 전광판을 바라보는 민혜.
　　민혜 (세종로 거리를 걷고 있다)
　　카메라 조선일보와 동아일보, 광화문 이순신 장군 동상
　　을 비춘다.
민혜 (주변을 둘러보며) 옛날에 이 근처에 국제극장과 무교동
　　낙지집이 있었는데.
　　길거리 한복판에 서서 감회 어린 표정으로 조선일보와
　　동아일보 전광판을 읽는 민혜. 눈가에 눈물이 맺힌다.

지하도 계단을 내려가 교보문고로 들어서는 민혜,
소설책 코너에 눈길이 머문다. 서점을 둘러보고 밖으로
나온다
종로 거리를 걷는 민혜, 지난 세월을 추억한다. 1980년
대의 거리 상황 재연한다.

49 지난 세월(회상)

데모대의 물결, 현미와 함께 걸어가는 민혜
다가오는 전경들. 대공분실에서 고문당하는 모습
용인 정신병원에서 예배드리는 장면. 경자와 포장마차에
서 술을 마시는 민혜
맞선 보는 장면들
민혜 하염없이 걷는다.

50. 현미의 집. 거실

아파트 창 밖 (카메라 비췬다), 주변에 고층 아파트와
주차해 놓은 대형 승용차
카메라 클로즈업. 거실 소파에 앉아 과일을 깎는 현미.
고급 샹들리에와 소파, 베란다 쪽에 골프채 보이고 커다
란 에어컨이 돌아가고 있다. 민혜 넋 나간 표정으로 대
형 TV를 보고 있다

현미 (민혜에게 시선을 외면한 채) 요즘도 그렇게 불안하니?

민혜 (여전히 TV를 바라보며) 응, 그러니까 정신 병원까지 갖
　　　다 온 것 아니겠어?

이때 초인종 울린다. 딩동댕

현미 (현관문으로 다가가 문을 열며) 우리 딸 왔나 보다, 애경
　　　이구나

애경 (반갑게) 응 엄마

현미 (애경이의 엉덩이를 두드리며) 우리 딸 오늘도 학교에서
　　　공부 잘했어?

애경 응 엄마. (민혜를 가리키며) 엄마 누구야?

현미 응 엄마 대학교 때 친구야, 어서 인사드려.

애경 (두 손을 앞으로 모으며) 안녕하세요

민혜 (두 팔을 내밀며) 그래 참 예쁘게 생겼구나

애경 감사합니다.

민혜 (머리를 쓰다듬으며) 올해 몇 살이야?

애경 열한 살이에요

민혜 공부 잘해?

애경 에! 그냥요 (빙그레 웃다가 방으로 들어간다)

현미 (애경의 뒷모습을 보며) 저 하나라고 오냐 오냐 키웠더니
　　　좀 버릇이 없는 편이야. 커피 마실래? 마침 향이 좋은 게
　　　있어.

민혜 (고개를 끄덕인다)

현미 (돌아서서 커피를 탄다. TV를 보는 민혜를 곁눈질하며 정
　　　이 굳어진다)

현미 (커피를 민혜 앞에 내려놓으며) 자 마셔봐, 향이 좋은 커
피야

민혜 (커피를 마시며 여전히 TV를 본다)

현미 (TV 소리를 낮추며) 민혜야 너 사귀는 사람 없니?

민혜 누가 나한테…….

현미 사람 살면서 마음 편한 게 제일인데, 미안하다 다 나 때
문이야.

민혜 (잔을 내려놓으며) 너 때문이라니? 그게 무슨 소리야?

현미 (손끝을 덜덜 떨며) 그 때 내가 그런 심부름만 안 시켰어
도…….

민혜 (놀라며) 심부름이라니?

현미 몰랐니?

민혜 뭘?

현미 내가 그때 너한테 정선배한테 전해 주라고 한 전단지 묶
음 있잖니. 그게 사실 우리 서클의 기밀 문서였어. 아주
중요한 문건이었는데 다른 사람한테 부탁하면 들킬 것 같
고 해서 너한테 부탁했던 건데…… 그 형사가 너한테 모
든 걸 뒤집어씌운 것 같애…… 미안하다

민혜 (자리에서 일어서며) 그 그러니까 결국 그래서…….

현미 (울음을 터뜨린다) 미 미안해 내가 죽일 죄인이었어. 너
희 아버지가 내무부 고위 관료라 너는 안전할 줄 알았어

민혜 (기막힌 표정으로) 그 그럼 내가 대공분실에 끌려간 것도,
고문을 당한 것도 결국…… 현미 니가 나를? 그렇다면

정선배까지도?

민혜 (머리를 쥐어뜯으며) 아악!

51. 과거 회상

김경식 (형사에게 머리를 조아리며) 죄송합니다. 딸자식을 잘못
　　　가르쳐서… 앞으로 철저히 단속하겠습니다.

52. 현재. 현미의 집 거실

현미　사실 네가 정신 병원에 있는 동안 나 몇 번인가 자살을
　　　시도하려고 했었어. 한 때는 수녀가 될 생각도 했었지.
　　　나 그동안 늘 속죄하는 기분으로 살았어. 미안해 정
　　　말……

민혜　(자리에서 일어나 창가로 다가가 베란다 문을 활짝 연다.
　　　바람에 머리칼이 휘날린다).

현미　(불안한 목소리로)　민혜야

민혜　처음에 정신병원 퇴원하고 나왔을 때 정말 막막하더라.
　　　아무 것도 할 수가 없을 것만 같았어. 도로 입원했으면
　　　좋겠다고 수도 없이 생각했어. 병원에 있을 때 가끔씩 찾
　　　아오는 성가대원들이 있었어. 다른 사람들은 다 우리를
　　　무서워하는데 그 사람들은 그렇지가 않았어. 난 그 사람
　　　들을 기다렸어. 그들이 성가를 부를 때마다 이상하게 마
　　　음이 안정되는 거야. 가끔씩 수녀님들도 찾아 왔어. 난
　　　그때 생각했어. 차라리 수녀나 되었으면…… 하지만 누가

정신 이상자를 수녀로 받아 주겠니…… 우린 서로 공통되
는 생각을 하고 있었던 것 같아. 둘 다 똑같이 종교를 피
난처로 생각하고 있었다니…….

(회상) 찬송가 들려온다

「주 예수 내 맘에 들어와 계신 후 변하여 새 사람 되고
내가 늘 바라던 참 빛을 찾음도 주 예수 내 맘에 오심
주 예수 내 맘에 오심 주 예수 내 맘에 오심 물밀 듯 내
맘에 기쁨이 넘침은 주 예수 내 맘에 오심」

(성가대원과 환자들 모두 따라 부른다. 눈물짓는 환자도
있다)

현미 지금 다니는 직장은 어때. 다닐 만하니?

민혜 그런 대로 (고개를 끄덕이며) 그나마 다행이야 남
들은 아이 엠 에프 때문에 다니던 직장에서 쫓겨나는데.

현미 (눈치를 보며) 그건 그래, 감사할 일이지. 너도 어
서 결혼해야할 텐데.

민혜 (신경질 적인 말투로) 이젠 그런 말조차 듣기 싫어

현미 …………

현미 (눈물이 글썽한 모습으로) 너 올해 우리 나이가 몇
인줄 아니? 불혹의 나이 사십이야. 공자는 나이 사십에
이르러 세상일에 미혹되지 않았대. 거기에서 유래된 말이
기는 하지만 그러니까 우리…….

민혜 (자리에서 일어나며) 나 그만 가 볼게

민혜 (현관으로 다가간다)

   쾅! 문 닫는 소리.

현미 (뒤에 대고) 민혜야, 정선배가 말야…….

53. 상가 거리.

   행인들 분주히 오가며, 민혜 지하도를 빠져 나와 거리를
   걸어간다.
   상가마다 IMF 파격 세일이란 커다란 현수막이 보인다.
   매장 안으로 들어서는 민혜. 걸려진 옷가지를 보며 구경
   하는데 정제민 한쪽 구석에서 민혜를 쳐다보고 있다. 민
   혜 눈치 못 챈 듯 계속 구경한다. 민혜 매장을 나가려는
   데 정제민 민혜에게 다가가며

정제민 (민혜의 팔을 붙잡으며) 나 모르겠니?

민혜 (정제민의 얼굴을 한참 바라보며) 아! 정선배

정제민 (감격 어린 눈빛으로 민혜를 바라보며) 민혜야

민혜 (반가워 어쩔 줄 모르며 큰소리로) 정선배 맞아요?

정제민 (민혜의 손을 맞잡는다) 이게 몇 년 만이야. 아마 졸업
   하고 처음이지?

민혜 아마 그렇죠? 그런데 여긴 웬일이에요?

정제민 나 여기서 장사해. 작년에 명퇴 당했거든. 너 결혼했니?

민혜 (고개를 저으며) 아 아뇨

정제민 (민혜에게 귀엣말로) 사실은 나도 그래

민혜와 정제민 (함박웃음을 터뜨리며 매장 내의 사람들 시선 집

중한다)

　　상가 유리창에 손을 잡고 서 있는 민혜와 정제민의 모습
이 비친다.

　　(효과) 요란한 락음악이 들린다.

　　이어 올리비아 뉴튼존의 '피지칼'이 들린다.

54. 시간 경과(10년 후, 2008년도)

　　길거리를 지나는 민혜와 정제민.

　　열 살 된 아들의(장현) 손을 잡고 종로거리를 걸어가고
있다.

장현 (거리의 풍선 장수를 가리키며) 아빠 엄마, 나 풍선 사줘

민혜 정제민(동시에) 그래 그래 아저씨 풍선 하나 주세요

장현　하나말고 두 개.

정제민　알았어, 두 개 주세요

장현 (풍선을 받아 들며) 야! 신난다.

　　웃음소리 퍼지고.

　　경쾌한 락 음악 들린다.

　　엔딩

　　시그널 음악

　　암전

과거와 현재

시놉시스
기획 의도

현재는 순간순간 이루어졌던 과거의 결집체다.

또 과거는 현재의 나를 무의식적으로 조종하고 다스린다.

과거의 경험과 기억들이 생각과 행동을 주장하기 때문이다.

그러나 우리는 과거에 조종당할 필요가 없다. 왜냐하면 과거는 과거일 뿐 현재를 변화시킬 힘이 전혀 없기 때문이다. 누구든 과거에 묶여 있는 이상 더 이상 미래로 나아갈 수 없다. 과거에 묶여 현실을 직시하지 못하는 인생은 발전이 없다. 과거가 찬란했든 어두웠든 과거는 과거일 뿐이다,

하지만 미래는 다르다. 미래는 현재의 나를 통해 얼마든지 변할 수 있다. 과거를 벗어버리고 현재에 충실하면 미래의 가능성이 보인다.

과거는 더 이상 힘이 아니다. 하지만 미래는 힘이다. 또한 꿈이다. 그 미래의 힘과 꿈을 위해 과거를 버려야 한다. 추억이라는 이름으로.

등장 인물

민정 (여주인공) 48세 가정주부, 소설가.

어린 여고시절부터 민영기를 만나 사랑에 빠진다.

민영기가 육사에 입교하기 이틀 전, 함께 양수리로 여행을 떠난다.

평생 잊지 못할 추억을 만들자며 민정을 유혹하는 영기. 그날 민정은 민영기와 양수리에서 아름다운 추억을 만들고, 소설가가 될 것을 약속한다. 그 날의 기억을 평생의 추억으로 간직하며 살아가는 민정.

혁철과 결혼 후에도 그 추억을 간직한 채 살아간다.

혁철 (남주인공) 49세 군수업체 사업가(전직 육군 장교)

친구(민영기)의 애인인 민정을 강제로 빼앗아 결혼한다. 아들 딸 낳고 단란한 가정을 꾸리는 것 같지만 옛 애인을 못 잊는 아내에게서 서운함을 느낀다. 그런 아내와 종종 말다툼을 벌이지만 여전히 아내를 끔찍이 사랑한다.

민영기(육군 대위)

민정의 옛 애인. 타고난 화술과 뛰어난 외모로 여자들의 마음을 사로잡는다. 생도시절은 물론 장교가 되어서도 수많은 여자와 염문을 뿌린다. 그러다 가장 친한 친구에게 애인을 양보하고 급히 결혼한다. 누구보다 빨리 진급하기 위해 최전방 지역을 자원하고 위험한 지뢰 매설 작업에 뛰어들다 일찍 생을 마감한다.

29세에 국립묘지에 안장.

현회 (민영기의 아내)

> 미남자 영기를 만나 결혼하지만 일찍 사별한다.
>
> 뱃속에 생명을 잉태한 채 과부가 된다. 아들을 낳아 키우다가 중년에 이르러 재혼한다. 재혼한 남자는 성격이 거칠고 본남편과 달리 추물에 가깝다. 재혼 후 임신하지만 남편의 반대로 중절 수술하기 위해 산부인과로 향한다.

경혜 (22세) 민정의 딸

> 아빠를 닮아 강인하고 의지가 강하다. 공부에 탁월한 능력을 보여 대학을 수석 졸업한 뒤, 미국에 있는 대학에도 수석으로 입학한다. 엄마 아빠를 잇는 사랑의 가교 역할을 한다.

경민 (21세) 민정의 아들

> 부모를 사랑하는 효자다. 아빠의 잃어버린 꿈을 위해 학사장교를 지원, 군대에 말뚝을 밟겠다고 선언한다.
>
> 그 밖의 인물들, 박대위. 김대위, 이대위, 군 장교 부인들. 버스 기사. 현경, 문숙. 박대령, 여 모델. 의사. 현회의 아들과 재혼한 남편 등.

스토리 개요.

민정은 어린 여고시절 만난 민영기를 목숨 걸고 사랑한다.

영기가 육사에 입교하기 이틀 전, 함께 양수리로 여행을 떠나며 평생 잊지 못할 추억으로 만드는 민정.

온통 민영기와의 사랑에 매달린 채 살아가는 그녀. 그런 그녀를 몰래 짝사랑하는 영기의 친구, 혁철이 있다. 그는 민정을 처음 본 순간부터 자기 여자로 만들 것을 결심한다. 한편 민정은 어느날, 영기로부터 청천벽력과 같은 이별 통고를 받는다. 충격을 이기지 못하고 방황하는 그녀. 그 배후에는 혁철의 계략이 숨어 있다. 영기의 약점인 여자관계를 물고 늘어지면서 민정과 이별을 강요하는 혁철, 영기는 혁철에게 민정을 양보하고 급히 결혼한다.

그러나 도저히 이별을 받아들일 수 없는 민정. 괴로움에 몸부림치다. 마지막 지푸라기라도 잡는 심경으로 혁철을 찾아간다.

혁철은 자신을 찾아와 하소연하는 민정에게 술을 권하며 유혹한다. 마치 절호의 기회를 잡은 것처럼. 마침내 민정이 쓰러지자 여관으로 유인해 임신시킨 뒤 결혼한다. 결혼한 뒤 가정을 꾸리고 살아가면서도 여전히 영기를 못 잊는 민정.

그러던 어느 날 영기의 충격적인 죽음 소식이 들려온다.

민정, 영기와의 추억을 떠올리며 괴로워한다.

겉으로는 단란한 가정을 꾸리고 살아가는 것처럼 보이지만 민정과 혁철의 갈등은 깊어지기 시작한다. 혁철은 영기의 생전의 여자관계를 상기시키며 민정의 마음을 돌이키기 위해 애쓰지만 그때마다 민정은 오히려 혁철을 몰아세운다.

영기와의 약속을 지키기 위해 소설가로 등단하는 민정.

민정은 소설 속에서도 영기를 등장시켜 가며 그리움을 달래는데…….

그런 내막을 알 길 없는 혁철은 여전히 아내를 사랑하며 적극

외조하기에 바쁘다. 어느 날 독자들로부터 이메일이 도착한다. 단편소설에 나오는 영기와의 대화를 적은 부분에 관한 독자들의 반응이다. 대부분 주부인 독자들은 자신들이 처녀시절 사귀었던 남자로부터 들었던 말과 소설에 나오는 내용이 일치하다는 것이다.

더구나 상대 남자가 하나같이 육사 생도란 것까지.

바로 다음 부분이다

"세상에 태어나 여자는 네가 처음이야."

"처음이란 건 모든 면에서 중요한 의미를 가지는 거야. 처음이란 아름답고 신비하고 그리고 멋진 추억이 되는 거지. 그러니까 처음이란 사실은 움직일 수 없는 태고적 신비. 그 자체인 거야 너와 난 그 처음이 되는 거야."

혁철이 민정에게 했던 말이 모두 사실로 밝혀진 것이다.

분노하는 민정. 과거의 환상이 깨지면서 어느날 암병동 수술대에 오르게 된다.

퇴원하는 날이다. 민정과 혁철은 병원 마당에서 우연히 죽은 민영기의 본처, 현희와 그 아들을 만난다. 다시 또 그리움에 사로잡히는 민정.

집으로 돌아온 민정에게 가족의 따뜻한 배려와 사랑이 이어진다. 혁철의 극진한 간호와 정성 속에 딸 경혜는 대학을 수석 졸업함과 동시에 미국 버클리 대학에 수석 입학하여 민정을 기쁘게 한다. 한편, 민정은 혁철을 몰아세우기도 하지만 다 사랑에 대한 투정에 불과하다. 서서히 사랑의 기운이 민정의 가슴속에 휘몰아친다.

민정이 정기검진을 받는 날이다. 의사로부터 상태가 호전되었다는 말을 듣고 병원 문을 나서던 중 민정과 혁철은 또다시 현희와 맞부딪친다. 그런데 그녀 곁에 서 있는 중년남자가 이상하다. 대화 중, 그들의 모습에서 심상찮은 기류를 발견하는 민정과 혁철.

현희와 남자는 재혼한 커플이다. 돌아서면서 민정과 혁철은 웃음이 터진다. 현희의 본남편과 재혼한 남편의 외모가 너무나 상반되기 때문이다. 혁철은 영기가 국립묘지에 안장되던 날 들었던 말을 떠올리며 웃는다.

"처음엔 다 저렇게 죽을 것처럼 저러지만도 세월 지나봐라 언제 그랬나 싶게 싸악 잊고 새 출발하는 기라. 세월이 약이라 안 카나."

과거의 미망이 깨지면서, 민정과 혁철, 두 사람 사이에 진정한 사랑의 기운이 싹트기 시작한다.

> # 1 (NA) 사람은 누구나 과거와 현재를 넘나들며 살아간다. 몸은 어쩔 수 없이 현실에 묶여 살아가지만 정신은 과거의 지배를 받으며 추억을 먹고 산다. 과거의 향수를 그리워하며, 내 정신연령은 항상 열여덟에 머물러 있다.

2. 청량리 역 앞 버스 정류장

> (70년대 말) 거리는 눈이 쌓여 있고 두꺼운 외투를 입

은 행인들은 종종 걸음을 치며 지나간다.

　　　　방패막을 든 전경과 경찰 차량이 보인다.

　　　　벽보나 광고지 등에 유신철폐라고 써진 낙서가 보인다.

　　　　버스 도착하면 행인들 우르르 몰려가고.

　　　　가끔씩 눈길에 엉덩방아를 찧는 모습도 보인다.

　　　　양수리와 청평으로 가는 버스가 지나간다.

　　　　버스 정류장 앞에서 초조하게 주변을 살피는 민정

　　　　영기를 기다리느라 표정이 상기돼 있다.

민정(18살) 여고생 갈래 머리를 하고 있다. 날씬한 체격에 미
　　　모이다.

민정의 앞에 영기, 미끄럼을 타면서 서서히 나타난다. (FI)

민영기(19세) 육사 입교생. 짧은 스포츠 머리다. 체격이 좋고
　　　미남형의 얼굴이다.

　　　　민정과 영기, 반가움에 함박웃음을 터뜨리며.

　　　　약속이나 한 듯 양수리로 가는 버스가 그들 앞에 와 선
　　　다.

#3. 버스 안

　　　　두 사람 버스에 올라 맨 뒷자리에 앉는다.

영기 (민정의 손을 잡으며) 나 내일 모레 육사에 입교하는 거
　　　알지?

민정 (손을 풀으려 애쓰며) 네에.

영기 (차창 밖을 내다보며) 지금이 계엄령 중이라 언제 면회가

가능할지, 하긴 민정이 네가 아직 어려서 아마도 여름 방학에나 보게 될 거야.

　　차창 밖으로 눈 쌓인 거리와 제설 작업을 하는 모습이 보인다.

영기　눈이 많이 왔네, 춥지?

민정　(자꾸만 주변을 살피며) 괜찮아요.

　　(시간 경과)

　　버스. 중랑교를 거쳐 망우리를 지나고 있다.

민정　(주위를 둘러보며) 이 손 놔요, 누가 봐요.

영기　괜찮아.(손을 더 꼬옥 잡는다)

　　마침 스테레오에서 패티김의 '이별'이 흘러나온다.

　　「어쩌다 생각이 나겠지 둥근 달을 쳐다보며 그날 밤 그 언약을 생각하면서 지난날을 후회할 거야……」

　　불안해하는 민정의 표정.

영기　민정아 너 대학에 꼭 합격해서 나 면회 오는 거 있지 마라, 그리고 너네 과 애들이랑 우리 육사 생도랑 꼭 미팅하자.

민정　오빠 여름 방학 때 꼭 면회 신청할게요.

영기　그래 그때쯤이면 면회가 가능할 거야.

민정　양수리 가면 좋아요? 멋있는 데 있어요.

영기　응, 내가 좋은 데로 안내할게, 멋진 추억의 장소로.

　　(천장을 바라보며 웃는다)

　　창 밖으로 강이 보인다. 벌써 교문리를 지나고 덕소로 접어들고 있다. 레일 위로 기차가 지나가는 모습이 보인다.

영기 육사는 3가지 금기 사항이 있어. 술 담배 여자…….

    (영기 안타까운 표정으로 민정의 머리를 쓰다듬는다)

영기 다음에 만날 때까지 공부 열심히 잘하고, 보고 싶어도 참을 수 있지?

    민정 (고개를 끄덕 끄덕한다)

    그들 옆자리에 앉아 있는 중년 신사, 의심에 찬 표정으로 둘을 바라본다.

영기 (눈 덮인 산야를 가리키며) 세상이 온통 눈 속에 파묻혀 숨바꼭질하는 것 같구나, 저기 강물 좀 봐, (들뜬 목소리로) 물오리 한쌍이 헤엄치면서 우리를 보고 있어.

민정 어디요?(드디어 발견한 듯) 어머! 물오리가 너무 귀여워요.

영기 민정아, 우리 오늘 평생 잊지 못할 소중한 추억을 만들자.

    (또다시 스테레오에서 패티김의 이별이 흘러나온다.)

    불안해하는 민정.

영기 (민정의 어깨를 안으며 패티김의 노래를 따라 부른다)

영기 지난날을 후회할 거야아…….

    버스 양수대교를 건너가고 있다.

    어둠이 내리기 시작하는 풍경.

    민정과 영기, 차창 밖을 내다보며 환호한다.

민정 영기 (동시에) 야! 정말 멋있다.

    이윽고 버스, 양수리 정류장에 닿는다.

아직도 정신없이 밖을 내다보는 두 사람

버스 기사 둘을 바라보며

기사 종점입니다. 다 내리세요.

4. 양수리

버스에서 내리는 두 사람.

양수리 읍내가 보인다.

눈발이 점점 굵어지고 있다.

주변에 낚시 도구 파는 가게와 음식점이 보인다.

음식점 앞으로 횡단보도가 보이고

차량들 지나간다.

어깨동무를 한 채 횡단보도를 건너는 민정과 영기.

두물머리로 향하는 신작로로 접어든다.

영기 (눈송이를 손으로 받으며) 말이지 인생은 소설 같은 거
야. 그러니까…… 이제 우리 지금부터 소설을 써볼까.

(영기 민정의 어깨를 강하게 끌어당긴다)

영기 내 집안 형편만 괜찮았다면 소설가가 되어 베스트 셀러를
꽝! 치는 건데.

민정 (추운 듯 어깨를 움츠린다) 나중에라도 그렇게 하면 되잖
아요.

영기 (민정의 어깨를 끌어당기며) 내 이 꿈 네가 이루어 주면
안 될까.

민정 (놀란 듯) 저보고 소설가가 되라구요?

영기 너 전에 나한테 그랬잖아 어릴 때 꿈이 소설가였다구.

민정 그렇지만 엄마는 제가 교사가 되길 바라세요

영기 교사 생활하면서 소설 쓰면 되잖아 내가 도와 줄게.

민정 어떻게요?

영기 이렇게. (영기 민정을 품에 안더니 얼굴을 비빈다.)

　　　　지나가는 행인들, 둘을 향해 흘끔댄다.

　　　　중학생으로 보이는 아이들 민정과 영기를 향해 손가락
　　　　질을 하며 웃는다.

영기 어떡하나, 내일부터는 우리 공주님을 못 보는데, 민정아
　　　이담에 니가 소설가가 되면 지금 이 장면을 꼭 넣어 알
　　　았지.

　　　　점점 어두워지는 거리.

　　　　이상하게 인적이 드물다.

　　　　바람소리 거세게 지나가고 어디선가 물결치는 소리가
　　　　들린다.

　　　　눈이 쌓인 길을 두 사람 힘겹게 걷는다.

민정 지금 어디로 가는 거예요?

영기 (신이 난 듯) 소설 쓰러 가는 거잖아.

민정 (놀란 표정으로) 이 밤중에.

영기 왜 겁나니? 내가 널 어떻게 할까봐서.

민정 그래도…….

영기 아가야, 이런 것도 나중에 두고 보면 좋은 추억 거리가
　　　된단다.

　　　　물결치는 소리, 점차 가까이 들려온다. 추위에 두 사람

몸부림을 한다. 밭이 어둠속에 지나가고 좁은 골목길을
지나자 커다란 느티나무가 나타난다.

5. 회상

고등학교 교정, 등나무 밑. 현경과 문숙 민정이 앉아
이야기를 하고 있다.
음악실에서 가곡이 들려온다.
무슨 이야기를 하는지 어깨를 들썩이며 웃는 민정과 문
숙 현경.
현경 (은근한 목소리로) 수풀 림 밑에 남녀는 무슨 뜻이게.
문숙 뻔할 뻔자지 뭐.
민정 (E) 그렇다면 강과 어둠은?

6. 양수리 강가

얼음에 묶여 옴쭉달쭉 못 하는 거룻배가 보인다.
강을 바라보고 서 있는 두 사람.
눈 쌓인 산야가 어둠 속에 빛난다.
영기 춥지 않니?
민정 추워요.
영기 내 품에 안겨 봐 훨씬 견디기 쉬울 거야. 우리 이 밤을
평생 잊지 말자. 서로 운명을 다하는 순간이 있을지라도.
포옹하는 두 사람
건너편 인가에서 불빛이 비쳐온다. 물결이 넘실대고 있

다.

영기 (강물을 가리키며) 처음이란 건 모든 면에서 중요한 의미
　　　를 가지는 거야. 처음이란 아름답고 신비하고 그리고 멋
　　　진 추억이 되는 거지.

　　　　(두 사람의 얼굴이 점점 밀착되고 있다).

영기 그러니까 처음이란 사실은 움직일 수 없는 태고적 신비.
　　　그 자체인 거야 너와 난 그 처음이 되는 거야.

　　　　(두 사람 키스하기 위해 얼굴을 돌려댄다)

영기 처음이란 사실은 움직일 수 없는 진실이야. 이담에 이 사
　　　실을 꼭 소설에 쓰라구.

#7. 현재

　　　중년의 민정 모습
　　　아파트 거실 소파에 민정과 남편 혁철 딸 경혜 아들 경
　　　민이 앉아 있다.
　　　대형 TV를 켜 놓은 채 이야기에 몰두하는 모습.
　　　실내 고급스런 분위기.
　　　샹들리에 불빛에 거실 한쪽에 혁철의 군 재직 시절 받
　　　은 훈장이 보인다.
　　　베란다 쪽에 골프채가 보이고
　　　커다란 벽시계 아래 수족관이 보인다.
　　　벽장 안에 각종 상패와 장신구들이 들어 있다.
　　　탁자 위에 과일과 음료수가 보이고
　　　단란한 가정의 일상이다.

민정 중년임에도 여전히 날씬하고 미모다.

혁철 (50세) 왜소하고 날카로운 인상.

경혜 (22세) 미모이나 강인해 보이는 인상

경민 (21세) 혁철을 닮아 체격이 왜소하고 강인해 보인다.

경혜 엄마 요즘 세상에 누가 소설을 읽는다고 그래? 인터넷 바
    람에 밀려 이젠 소설 안 읽는다고, 뭐 하러 힘들게 소설
    읽어? 차라리 영화 한 편 때리고 말지.

민정 영화하고 소설하고 같니? 영화는 느낌만 강조하는 거고
    소설은 사고력, 즉 생각하는 힘을 키워주는 거야. 알겠
    어? 요즘 사람들이 말야 책을 외면하고 인터넷에 미치고
    영상물에만 몰입하는데 이게 다 망국적인 현상이라구, 국
    민이 책을 안 읽으면 그 나라의 미래가 어떻게 되겠어.

경혜 우리 엄마 또 문학 강의 시작했다. 망국병 나오는 거 보
    니.

민정 당신 당신 생각은 어때? 내 말이 틀려?

혁철 무슨 소리 지당하신 말씀이지.

경혜 아빠는 엄마 말이라면 무조건 옳대.

경민 그러게나 말야.

혁철 사실이 그렇잖아, 애들이 공부는 안 하고 맨날 게임에다
    영상물 중독에 빠져 지내기 때문에 범죄 양상도 극렬해지
    는 거라구, 사이버 경찰수사대가 괜히 생긴 줄 알아,
    아!~ 얼마 전에도 말야 초등학교 아이들이 인터넷에서
    본 영상물 흉내 내다가 큰일 낼 뻔했잖아.

민정 그러게 인터넷이 원수라니까요, 순 못된 것만 배워 가지고선.

혁철 당신 소설 쓰는 것 난 대찬성이야, 난 처음에 당신이 소설 쓴다고 해서 기껏해야 페미니즘 정도겠거니 했는데 말야 상당히 수준이 높더라구, 특히 심리묘사는 누구도 흉내낼 수 없을 만큼 훌륭해, 잘하면 대성할 것 같아.

민정 정말 그렇게 생각해요?

혁철 그럼, 크게 한번 히트 치라구 내 힘껏 밀어 줄 테니.

민정 그러고 보니 당신 꽤 멋진 구석이 있네, 와이프 외조 할 줄도 알고, 혹시 당신 사업에 내 소설 끌어들이는 건 아니겠지.

혁철 당신 좋을 대로 해석해, 하지만 이게 다 바다같이 넓은 이 지아비의 배려가 아니겠어, 당신 친구들 중 말야, 나만큼 외조 잘하는 남편 있음 나와 보라 그래, 아마 없을걸.

민정 그래 어떻게 밀어줄 건데?

민정 (NA) 그때만큼 남편의 자상함이 고마운 적이 없었다. 언제 그런 기특한 생각을 했을까. 만일 만일 영기씨였다면 어떻게 했을까.

혁철 우선 말야, 책을 내는 거야.

민정 그런 다음엔?

혁철 판매는 내게 맡겨

민정 어떻게 할 건데?

혁철 내가 말야, 거래처 사람들에게 입 소문 쫘악 내고 한 권
　　　씩 사라고 하는 거야.

민정 그럼 내 책을 강매하겠다는 거야?

혁철 강매는 무슨, 독서 운동을 벌이겠다, 그거지.

민정 그거나 이거나지.

혁철 그것 말고 또 있지.

민정 어떤 건데?

혁철 내 고등학교 동기 중에 신문기자가 있는데 문화면에 실어
　　　달라고 하지 뭐.

민정 그거 쉽지 않을 텐데.

혁철 우선 당신 책부터 내. 다음은 내가 알아서 밀어 줄 테니.

　　　　(혁철 자리에서 일어나며 민정의 얼굴에 뽀뽀를 한다)

8. 회상

　　　민정 영기와의 추억을 떠올린다.

영기 내 집안 형편만 괜찮았다면 소설가가 되어 베스트 셀러를
　　　꽝! 치는 건데.

민정 나중에라도 그렇게 하면 되잖아요.

영기 내 이 꿈 네가 이루어 주면 안 될까.

민정 저 보고 소설가가 되라구요?

영기 너 전에 나한테 그랬잖아 어릴 때 꿈이 소설가였다구.

민정 그렇지만 엄마는 제가 교사가 되길 바라세요.

영기 교사생활하면서 소설 쓰면 되잖아 내가 도와 줄게.

민정 어떻게요?

영기 이렇게.

회상 (영기와 민정 포옹하는 장면)

　　　　민정 눈물 흘리며

9 현재

　　　　민정의 집 안 침대가 보이고

　　　　혁철 방바닥에 누워 TV를 보며 웃고 있다.

　　　　부부 다정한 모습.

　　　　밖 거실에서는 딸 경혜와 경민이 팔씨름을 하고 있다.

　　　　방 고급 화장대와 단란한 가정의 모습.

민정 (갑자기 가슴을 움켜쥐며) 아! 가슴이 가슴이.

혁철 어! 당신 왜 그래 어디 아파?

혁철 (얼굴 표정 사색이 된다)

민정 아아 괜찮아 가끔씩 이래.

혁철 가끔씩이라니 병원 가 봐야 하는 거 아냐?

민정 괜찮아 심전도에는 이상이 없는 거 보니까 신경성이겠지.

혁철 (걱정스런 표정으로) 당신 내 마음 잘 알지, 난 당신뿐이
　　　라는 거.

민정 (대답 없이 멍한 시선으로 혁철을 바라본다.)

　　　　민정 (가슴을 움켜쥐며 웃는다)

　　　　(E) 불쌍한 사람

10 회상

민정의 20대 중반
가수 이용의 '잊혀진 계절'이 배경 음악으로 흐른다
국립묘지 장교묘역
주변에 수북이 쌓인 낙엽이 보이고 비석들이 보인다.
'육군 소령 민영기' 글자가 써진 비석에 카메라 클로즈
업 한다.
그 앞에서 만삭의 모습으로 몸부림치며 우는 현희. 소
복차림이다.
민영기의 미망인이다.
현희 옆으로 혁철과 부대 동료 장교들 모습이 보인다.
현희를 달래는 동료의 부인들.

현희 아이고 여보, 난 이제 어떻게 어떻게 살라고……

오열하는 현희.
함께 눈물 흘리는 사람들.
현충원에 나팔 소리가 울린다.
장교 묘역 왼쪽으로 한강이 보인다.

박대위 고인은 갔지만 그의 애국정신은 길이 빛날 것입니다.

김대위 그는 누구보다도 솔선수범한 모범적인 장교였습니다.
남들이 다 꺼리는 최전방 군무를 자원한 데다 그 위험
한 지뢰 매설 작업까지 마다하지 않고 뛰어든…… (눈
물 흘린다) 그의 애국심은 청사에 빛날 것입니다.

이대위 그는 갔지만 우리의 가슴속에 영원히 남아 우릴 지켜줄

것입니다. 생도시절부터 국가관이 투철하고 솔선수범 의지가 남달랐던 장교였는데, 하나님이 급하셨던지 우리보다 먼저 데려가신 모양입니다. 사모님 태중의 아기를 생각하셔서라도 이제 그만 슬픔을 거두십시오. 그리고 앞으로 어려운 일이 발생하면 언제든 연락 주십시오, 저희가 십시일반으로 도와 드리겠습니다.

현희　아이고 남들은 저렇게 앞날이 구만리 같은 인생을 살아가는데, 아이고 여보 여보.

여인들　(현희를 돌아보며 눈물 흘린다.)

여인 1　불쌍타 나이 서른도 안 됐는데 청상이 되다니……. 세상에 이런 변고가 어딨나. 또 뱃속에 얼라는 무슨 죄고. 쯧쯧 불쌍타.

여인 2　처음엔 다 저렇게 죽을 것처럼 저러지만도 세월 지나봐라 언제 그랬나 싶게 싸악 잊고 새 출발하는 기라. 세월이 약이라 안 카나.

여인 3　하모 하모 처음엔 열녀맹키로 저랬싸도 세월 지나면 새 남자 찾아 딴따다　식 올리고 말기다. 그저 죽은 사람만 불쌍타 안 카나, 산 사람은 다 산다.

여인 4　엊 장례 치르자마자 무슨 잔소리가 이리도 많노, 무덤에 흙도 안 말랐는데.

현희　(더욱 울부짖으며) 영기씨, 영기씨 나도 데려가요. 나 혼자 어떻게 살라고 혼자 가요, 우리 아기 불쌍한 아기 어떻게 키우라고.

일행 현희를 달래며 묘역을 떠난다.
왼쪽으로 한강물이 보인다.
낙엽 일행들 발 앞에 수북이 깔리며.

11. 과거

혁철과 민정 30대 초반의 모습이다.
민정 약간 우수에 젖은 표정이다.
혁철 깡마른 체격에 표정이 날카롭다.
군인 아파트 거실에 앉아 있는 민정과 혁철.
창을 열면 군 부대가 보인다.
이따금씩 군인들 함성소리 들려오고
민정과 혁철 심각한 표정으로 이야기를 하는데
방에서 가끔씩 아기 울음소리가 들려온다.

혁철 (향수에 젖은 듯한 표정으로) 육사 다닐 때 말야, 면회소
　　에서 당신을 처음 보던 날 말야, 난 속으로 생각했지.
　　아! 내 여자다. 내가 그토록 찾아 헤매던……. 그런데 옆
　　에 영기 녀석이 보이더군, 당신은 그 녀석에게 빠져 이미
　　정신이 나간 상태고. 그런데 내 안에서 느닷없이 이런 음
　　성이 들리는 거야, 저 녀석이 왜 남의 여자랑 같이 있지.
　　(혁철 말을 하면서 민정의 허벅지에 손을 갖다 댄다)
혁철 처음부터 당신은 내 여자였는데 그 녀석이 먼저 나타나는
　　바람에 그만……. 난 내 여자를 찾아야겠다고 생각했지,
　　그런데 알고 보니 그 녀석 원래 바람기가 있더라구. 생도

시절은 물론 전방에 근무할 때도 찾아오는 여자가 줄을 이었었어. 매 주말마다 찾아오는 여자가 달랐어. 물론 당신도 그들 중의 하나였지.

민정 (기분 나쁜 표정이다. 바짝 긴장하며 이야기를 듣는다)

혁철 (민정의 표정을 살피며 빈정거리듯)

혁철 물론 나도 처음부터 당신을 강제로 빼앗을 작정은 아니었어, 당신이 그 녀석에게 너무 빠져 있었으니까, 혹여 당신이 상처를 받게 되면 어쩌나 걱정도 많이 했지. 그런데 녀석의 행동이 도가 지나친 거야, 육사 졸업하고 나서 동부전선에서 근무할 때였지, 녀석이 전방과 서울을 오가며 여자를 사귀는데 아마 열 명은 넘었던 것 같애. 도저히 안되겠다 싶어 녀석을 찾아갔어. 그리고 단도직입적으로 말했지. 당신을 포기하라고 말야.

혁철 (의미심장한 표정으로) 그런데 말야 녀석의 태도가 여간 강경한 게 아니었어. 당신에 대해 마치 무슨 권리라도 가지고 있는 것처럼 구는 거야.

민정 (표정이 새파래지면서 바짝 긴장한다)

혁철 (야비한 말투로) 그래 내 말했지, 너 민정씨 말고도 여자 많잖아 내 말해볼까, 국방부에 다니는 미스 정하고 지난번에 유학 떠난 정은실, 또 초등학교 교사로 근무 중인 하선생, 또 말해볼까? 부대장 딸 오혜련하고 탈랜트 지망생 장미리, 녀석은 부대를 옮길 때마다 여자들이 늘어났지, 왕이 처첩들을 거느리는 것처럼. 그 많은 여자들을 두루 섭렵하고 있었지, 그걸 마치 자랑처럼 떠들어대는데……. (민정의 눈치를 살피며) 내가 더 말하려고 하니까 녀석이 손을 내저으며 눈물을 글썽이는 거야.

(혁철 민정의 얼굴을 마주 바라보며)

혁철 녀석 내가 자기의 치부를 건드리니까 마지못해 말하더군. 민정씨 잘 부탁해.

민정 (분노에 파르르 떨며) 거짓말 거짓말이야…….

혁철 거짓말이라구? 내가? 왜?

민정 그럴 리 없어. 그는 그렇게 헤픈 사람이 아냐, 그리고 그런 일이 있었다 해도 그건 여자들이 일방적으로 따라 붙은 걸 거야.

혁철 과연 그럴까. 그렇지만 그건 나 말고 다른 동기들도 다 알고 있는 사실인데도.

민정 그런다구 내가 당신의 거짓말에 속아 넘어갈 것 같아?

혁철 당신 아직도 내 말을 못 믿어?

민정 어쨌든 그건 지난 옛날 일이야, 그런데 이제 와서 그 이야기를 꺼내는 이유가 뭔데?

혁철 당신이 말야, 아직도 녀석을 못 잊어 하는 눈치라서.

민정 그래서 뭘 어쩌겠다는 건데?

혁철 당신도 알 건 알아야지. 지난 일이라고 해서 무작정 아름답게 포장하려 드는 건 옳지 않아. 실상을 알고 이젠 옛 감정을 정리해야지, 언제까지 녀석을 추억하며 살 거냐구.

민정 죽은 사람 이야기라구 함부로 지껄이지 마. 민대위와 당
    신은 달라.

혁철 뭐? 내가 영기와 달라?(흥분한 표정으로) 뭐가 어떻게
    다른데?

민정 당신 아직도 나랑 영기씨를 질투하는 거야? 그는 이미 죽
    었잖아. 그러면 다 끝난 거 아냐?

혁철 아니 끝나지 않았어, 왜냐 당신 아직도 녀석을 못 잊고
    있잖아.

민정 당신이 그렇게 만들고 있잖아.

혁철 (기막힌 표정으로) 뭐, 내가 그렇게 만든다고?

민정 내가 민영기 못 잊어 하는 거, 처음부터 알고 결혼한 거
    아니었어? 그런데 왜 심심하면 민영기 이야기 들먹거리냐
    구?

혁철 것봐, 당신 그러는 게 아직도 민영기 못 잊는 증거라구.

민정 그래 나 아직도 그 사람 못 잊어, 그래서 뭘 어쩔 건데?

혁철 당신 나한테 이렇게 막 나와도 되는 거야, 최소한 나에
    대한 예의는 지켜줘야 하는 거 아냐?

민정 예의? 지금 예의라구 했어? 그럼 지금 당신이 나한테 하
    는 건 예의냐?

혁철 당신 말야, 추억이라구 다 같은 추억이 아냐, 알겠어? 영
    기 그 녀석은 당신이 생각해 줄만큼 좋은 녀석이 아니었
    어. 몇 번이나 말해야 알겠어. 그 녀석은 생도 시절부터
    여자들이 줄을 섰었다구. 인물값 하느라구 여자들이 주말

마다 면회 오고, 암튼 육사에서 그 녀석 모르면 간첩이었
다니까.

민정 그런 식으로 말하지 마, 그 어린 나이에 무슨 여자 스캔
들이 많았겠어, 그거야 여자들이 지들이 혼자 좋아서 난
리 친 거겠지.

혁철 당신 말야, 내 이야기 잘 들어. 누가 뭐래도 당신은 처음
부터 내 여자였어. 난 영기 녀석과는 달라, 아무 여자나
사귀고 그러지 않는다고, 아무 여자에게나 사랑을 고백하
고 농락하고 그러지 않아.

민정 그건 영기씨도 마찬가지야, 그 사람도 아무 여자나 사귀
고 그런 사람 아니라구.

혁철 당신 그 녀석이 여자를 꼬시는 방법이 뭐였는지 알아? 처
음이라는 거였어. 난 니가 내 첫여자야 이건 진실이고 사
실이라구……. 이런 감정 처음이야. 우리 진지하게 새로
운 운명을 만들어 볼까. 녀석은 항상 그런 식으로 여자를
꼬셨어 어때? 당신한테도 그러지 않았나.

민정 (흠칫 놀란다)

#12 회상

양수리 강가 떠오르며 영기가 말한다.

영기 (어린 민정에게) 난 니가 내 첫 여자야 이건 진실이고 사
실이라구…….

민정 (감격스런 표정으로 영기를 바라본다)

영기 처음이란 건 모든 면에서 중요한 의미를 가지는 거야. 처
    음이란 아름답고 신비하고 그리고 멋진 추억이 되는 거
    지. 그러니까 처음이란 사실은 움직일 수 없는 태고적 신
    비. 그 자체인 거야 너와 난 그 처음이 되는 거야.(FO)

#13 과거

군인 아파트 거실

민정과 혁철의 신혼 초 (20대 후반이다)

민정과 혁철 거실에서 심각한 어조로 대화를 하고 있는

혁철 어때? 당신도 처음부터 내가 마음에 들지 않았었나?
민정 (속으로) 천만에······.
혁철 하긴 당신은 영기 그 녀석에게 빠져 제정신이 아니었으니
    까 내가 눈에 들어올 리가 없었지.
혁철 (고개를 숙이며) 언젠가 가을이었지, 당신이 육사에 영기
    녀석 면회를 왔더군. 나도 그날따라 면회소에 들어가는
    데 당신이 보이더군. 얼마나 반갑던지, 그런데 당신이
    영기 녀석을 보더니 정신없이 달려가는 거야, 행복해서
    못 견디는 표정으로.

14. 회상

> 육군사관학교 교정 비추고
> 고급스런 분위기의 생도 면회소.
> 한쪽으로 유리로 된 탁자와 푹신한 소파가 보이고 그곳
> 에 앉아서 담소하는 생도 연인들이 보인다.
> 시골서 막 상경한 듯한 노부모와 이야기하는 생도들의
> 모습도 보이고 그 한켠으로 대형 TV가 보인다. 선후배
> 사이에 거수 경례를 부치는 생도들. 가끔씩 위병소의
> 헌병도 왔다 갔다 하는 모습도 보인다.
> 밝은 음악 실내에 깔리고,
> 혁철 면회소로 들어가다 말고 흠칫 놀란다. 민정이 수
> 족관 옆에서 초조한 표정으로 영기를 기다리고 있다.
> 심호흡을 하며 마음을 다스리는 혁철, 자신도 모르게
> 민정에게 다가가려는데, 영기 나타난다.

영기 (기뻐 어쩔 줄 모르며) 민정아

민정　오빠.

> (두 사람 반가움에 손을 마주 잡는다. 순간 면회소에
> 있던 사람들의 시선이 집중된다)

영기 (민정의 성장(盛裝)한 옷차림에 눈길을 주며) 오늘 따라
　　더 예쁘게 하고 나왔구나, 저기 좀 봐, 다른 생도들이
　　부러워서 모두 쳐다본다. 민정이 오늘 정말 멋지다.

민정 오빠도 생도들 중에서 제일 멋있어요.

영기 당연하지 내가 얼마나 인기가 좋은데.

(혁철 멀리서 둘의 모습을 지켜보고 있다 질투와 부러
움에 어쩔 줄 몰라 하며)
민정과 영기 면회소 밖으로 나간다.

15. 과거

민정의 (20대 후반)
군인 아파트 거실.
탁자 위에 술병과 땅콩 오징어 등 안주가 보인다.
혁철 잔에 술을 가득 따르며, 술에 취한 듯 혁철의 안
색이 불그레하다.

혁철 말이 나왔으니 망정이지 여자들은 영기 녀석을 한번만 봐
도 미치는 거야. 좋아서 몸 주고 마음 주고. 목숨 거는
여자들도 부지기수였어. 짜식 차라리 영화배우를 할 것이
지, 그 녀석 때문에 기가 죽어서 아예 미팅에 안 나가는
생도가 수두룩했다니까.

혁철 (술잔을 탁! 소리 나게 탁자에 내려놓으며) 난 원래 지고
는 못 사는 성격인데 녀석은 당해낼 수가 없더라구. 천하
에 경쟁심 강한 나도 말야.

민정 그래서 경쟁심으로 그와 헤어지게 하고는 나랑 결혼한 거
야?

혁철 (당황한 듯) 그건 그렇지 않아, 난 난 처음부터 당신을
사랑했어. 마치 당신을 사랑하기 위해 이 세상에 태어난
것 같았어, 이건 진실이라구.

민정 왜 솔직히 말하지 못해? 당신은 언제나 자기 감정만 앞세
    우는 사람 아냐? 자기 이기심 때문에 친구의 빈자리를 비
    집고 들어온 거 아니었어? 당신은 뭐든 경쟁으로 생각한
    다며, 뺐고 빼앗기는……. 그래서 나를 영기 씨에게서 빼
    앗고 싶었던 거 아냐?

혁철 그건 당신도 마찬가지 아닌가, 당신 그 친구가 결혼하니
    까 홧김에 나랑 결혼한 거 아니었어? 그 친구에게 보란
    듯이 말야.

민정 (기분 나쁜 듯) 치사한.

혁철 (정색을 하며) 당신 이것만은 알아 둬, 영기가 당신은 얼
    마나 사랑했는지 몰라도 아마 나와는 비교도 안 될 걸.
    영기한테 당신은 수많은 여자들 중의 하나였다구, 아직도
    내 말 이해 못해?

민정 당신은 꼭 그런 식으로 말을 해야 속이 풀려?

혁철 하긴, 내가 무슨 수로 당신 생각을 막겠어, 생각하고 안
    하고는 당신 마음인데, 그리고 녀석은 이미 운명을 달리
    했고.(고개를 푹 숙인다)

민정 (생각난 듯) 눈가에 눈물이 고인다.

민정 (속으로) 영기씨.

혁철 (생각난 듯) 아참! 당신한테 할 말 있어. 나 전역기간 끝
    나면 퇴역해서 사업체 운영할 거야. 아버지가 군수업체에
    줄을 대고 계셔서 아무래도 그쪽이 손쉬울 거 같애. 그
    래야 당신도 이 지긋지긋한 군인 마누라 노릇 집어치우

지. 그동안 당신 이사 다니느라 힘들었지. 이제부터 당신
　고생 끝이야.

민정 (방문을 박차고 나간다)

　　아기 울음 소리 자지러지게 들려온다.

민정 (NA) 남편에겐 모든 게 성취의 대상이었다. 모든 인간관계
**　　역시, 자신의 뜻을 관철시키기 위한 도구였다. 물론**
**　　아내인 나도 마찬가지였다.**

16. 과거

민정의 20대 중반

　　전방의 읍내 술집.
　　민정과 혁철이 술집에 마주 앉아 있다.
　　손님들 대부분이 군인이다.
　　구석진 칸막이에서 술을 마시는 민정과 혁철
　　탁자 위에 맥주와 안주가 흩어져 있고
　　빈병이 차츰 많아진다.
　　초췌한 얼굴의 민정, 많이 여위었다
　　스테레오에서 팝송 바카라의 'yeser I can Boogie'가
　　들려온다.
　　이어서 산울림의 '나 어떡해'가 나온다.

혁철 (못마땅한 말투로) 어제 또 날밤 새웠습니까?

민정 잠을 잘 수가 없어요. 어떻게 잠이 오겠어요, 미칠 것 같
　　아요.

혁철 영기 그 녀석은 결혼한다고 들떠 난리도 아니던데, 민정

씨 그래봐야 소용없습니다. 그 녀석 마음 돌리기엔 이미
늦었어요. 잊어버리십시오. 그 수밖에 없습니다.

민정 그동안 지내온 세월이 얼만데⋯⋯. 어떻게 잊어요, 어린
고등학교 시절부터 그 사람을 좋아했어요. 그 사람과는
모든 게 처음이었어요. 그가 아니고서는 나는 도저히 살
아갈 힘이 없어요.

혁철 (안쓰러운 표정으로) 그래도 잊으셔야 합니다. 그 녀석
절대 민정씨에게 안 돌아간다구요.

　　　(속으로) 어휴 내가 죽일놈이지, 내 여자 만들겠다구
　　　　　　욕심부리다, 저 여자 눈에 피눈물나게 하는구
　　　　　　나.

민정 (안타까운 목소리로) 저 좀 도와주세요. 그 사람과는 친
구 사이잖아요.

혁철 (못 들은 척) 자! 술이나 마시자구요. 제가 한잔 드릴께
마셔요(잔에 맥주를 붓는다)

민정 (정신없이 마시고 나서 아예 병째 들고 마신다. 서럽게
울면서)

민정 (취한 목소리로) 난 정말 살아갈 자신이 없어요. 이대로
끝이라구요, 왜냐구요? 난 난 처음이었으니까, 그 사람이
내 인생의 처음이었으니까, 난 난 그에게 내 모든 걸 다
주었으니까. 그래서 난 그를 보낼 수 없으니까. 그 사람
은 내 목숨이나 마찬가지니까. 내가 얼마나 좋아했는지
하나님도 모르실 거야, 이대로 죽을 것 같아.(탁자 위에

쓰러진다.)

혁철 민정씨 민정씨.(혁철 민정을 흔들어 깨우려 애쓴다)

    혁철(물끄러미 민정을 쳐다보며 이윽고 결심한 듯 민정
    을 엎고 일어선다)

17. 여관방

    시골 전방의 낯선 여관방
    창밖으로 가끔씩 군가 소리 들려오고
    바깥 풍경,
    읍내 거리에 팀스피리트 훈련 현수막이 보이고
    먼지를 일으키며 군인 찌프차와 트럭이 지나간다 .
    군 부대 앞에 '삼청교육대 입소 환영' 현수막 보이고.
    새벽 미명.
    민정과 혁철 같은 이부자리에 누워 있다.

혁철   (민정을 바라보며 눈물 흘린다)

혁철   (속으로) 내가 이런다고 이 여자가 내 여자가 될까. 내
        가 쓸데없이 욕심부린 건 아닐까.

민정 (자리를 뒤척인다)

혁철 (옷을 입고 자리에서 일어선다 민정을 내려다보며)

혁철 미안해 어쩔 수 없었어. 이 방법밖에.

#18 석 달 후

    시외버스 터미널
    민정 철원으로 가기 위해 시외버스를 탄다.

차창 밖을 내다보며 괴로움에 몸부림치는 민정.
머리칼을 쥐어뜯으며 운다.
다음 순간 독한 결심을 한 듯 표정이 어두워진다.
이따금씩 아랫배를 만지며
이윽고 철원 시외버스 터미널에 내리는 민정.
혁철 미리 마중 나와 있다.
반가움에 울음이 나오려는 걸 억지로 참고 다가가는
혁철

민정 (굳은 표정으로) 할 이야기가 있어요. 어디 조용한 곳으
　　로 가요.
혁철 무슨? (불안한 표정)
민정 앞장 서요.

19. 철원

시외버스 터미널 주변 도로
읍내 거리를 걷는 민정과 혁철
소 달구지에 볏단을 가득 쌓은 채 지나가는 농민들.
거리를 뛰어다니며 숨바꼭질하는 어린아이들.
어디선가 군가 소리 들려온다.
'싸나이로 태어나서 할 일도 많다만…… 으샤 으샤.
소리 점점 멀어진다.
무거운 침묵 속에 혁철과 민정 자꾸만 주변을 살피며
걷는다.
도로를 건너 지하 다방으로 들어선다.

일부러 수족관 옆에 자리를 잡는 혁철.

민정 맞은편에 마주 앉는다.

다방 레지 차 주문을 받으러 온다.

혁철 (민정에게) 커피?

민정 (고개를 흔든다) 쥬스로 주세요.

혁철 나도 쥬스.

민정 (계속 표정이 굳어 있다) 저 직장 그만 두었어요.

혁철 무슨? (민정의 눈치를 살핀다)

민정 남사스럽기도 하고 애들 보기에 창피스러워서.

혁철 그래도 천직인 교직을 어떻게…….

민정 (무서운 눈으로 혁철을 노려본다)

혁철 (찔린 듯 움찔한다)

민정 그날 무슨 일이 있었는지 묻지 않을게요. 그쪽 혼자만의
     잘못은 아닐 테니까.

혁철 (안절부절못하며)

     다방 레지 탁자 위에 주스를 내려놓고 돌아선다.

민정 저 임신했어요.

혁철 (당황하며) 지 지금 무슨 말씀…….

민정 벌써 12주 째…….

혁철 그러니까(손가락으로 계산하다 말고 당황하여 어쩔 줄 몰
     라한다)

민정 당신이 그런 방법으로 나올 줄 몰랐어요, 계획적이었나
     요?

혁철 저 정말⋯⋯.

민정 그럼 실수였나요?

혁철 그 그게 아니고.

민정 (결심한 듯) 당신 뜻대로 할게요.

혁철 (속으로) 하나님 이게 꿈입니까 생시입니까? 도대체 어떻
      게 이런 일이.

혁철 제가 책임지겠습니다.

민정 어떻게요?

혁철 민정씨 아기 모두 다요.

20. 현재 출판 기념회 행사장.

> 행사장 입구에 출판 기념을 축하하는 화환들이 보인다.
> 실내에는 뷔페 음식이 차려져 있고 하객들이 보인다.
> 대부분 혁철이 초청한 사람들이다.
> 행사장 입구에 앉아 책 사인을 하는 민정.
> 하객들과 인사하랴 사인하랴 바쁘다.

혁철 (만나는 사람마다 악수를 건네며) 앞으로 책 나올 때마다
      많은 관심 부탁드립니다. 제 집사람이라서가 아니라 글을
      꽤 쓰는 편입니다. 잘 부탁드립니다.

리아 (모델 출신의 화려한 미모의 여인, 어깨가 푹 패인 드레
      스를 입고 있다.) 어머! 부인 사랑이 대단하시네요. 그런
      데 사모님, 아참! 아니지 선생님께서는 물리학을 전공하
      셨는데 소설을 쓰시네요.

민정 (어느새 그녀 곁으로 와 서며) 예, 소설은 제 어릴 적부
　　터의 꿈이기도 했답니다. 바쁘신 중에도 이렇게 제 출판
　　기념회에 참석해 주셔서 감사합니다.
리아 (호들갑을 떨며) 선생님 행복하시겠어요. 남편분의 외조
　　가 막강하다는 소문이 자자하던대요.
민정 (마지못한 표정으로)예, 남편이 많이 도와주는 편입니다.
리아 (과장된 몸짓으로) 어머! 부러워라. 저도 그런 남자　분
　　나타나면 당장 결혼할 텐데.
혁철 (사람들과 이야기를 나누다 얼른 다가온다) 결혼 전 중학
　　교 교사를 했더랬습니다. 원래 문학소녀이기도 했구요.
박대령(40대 후반) (민정과 혁철 가까이 다가온다.)
　　　　육군 군복 차림이다. 어깨에 대령 계급장이 보인다.
박대령 사모님, 아니 작가 선생님 꽤 미인이십니다. 이 사람이
　　얼마나 부인 자랑을 해대던지. 전보다 더 야위신 것 같
　　기도 하고, 워낙 미인이시다 보니까, 예 그렇겠죠.(부러
　　운 눈빛으로 혁철을 바라본다)
　박대령 (혁철의 귀에 대고) 부인께서 전보다 훨씬 여위신 것
　　같네, 어디 편찮으신 데라도 있는 것 아냐?
　혁철 안 그래도 병원에 데리고 가볼 참이네, 가끔 가슴이 아
　　프다고 해서 말야.
박대령 사모님 이번 책 대박 터뜨리시기 바랍니다. 베스트셀
　　러 되셔서 소원성취하세요. 이 사람 소원이기도 하겠지만
　　요, 아참 그거 아십니까? 이 친구가 말입니다. 군에 있을

때부터 부인 자랑을 어찌나 해대던지 애처가로 소문이 쫙
했었습니다. 그런데 어째 날이 갈수록 미인이 되십니다.
나이를 거꾸로 잡수시는 모양입니다.

혁철 (흐뭇한 표정으로 민정을 바라보며) 이 사람 쓸데없는 소
    리.

민정 (의외라는 듯) 그래요? 전 금시초문인데요, 이 사람이 제
    자랑을 해요.

    (혁철과 박대령 민정 모두 웃는다)

민정(NA) 남편이 내 자랑을 하고 다니다니 꿈에도 생각 못한 사
    실이었다. 하긴 그것도 그의 비즈니스일 테니까. 그는
    평소에도 내게 무관심하다가 때만 되면 갑자기 태도
    가 돌변하는 사람이다. 사업상의 이익을 위해 나를 잠
    시 이용하는 것이다. 이번만 해도 그렇다.

21. 현재

    민정의 집안 거실.
    거실 탁자에 앉아 있는 민정과 혁철
    혁철 봉투에서 돈을 꺼내 한 장 한 장 센다.
    다발을 만들어 묶으며 흐뭇해하는 혁철.

민정 (그런 혁철의 모습을 지켜보며)

민정 손해 본 건 아니겠지?

혁철 손해라니? (여전히 돈봉투를 세며)

민정 예정에 없던 출판기념회를 한 이유가 비즈니스를 겸한 많

은 이익을 남기기 위한 것 아니었어?

혁철 무슨 소리하는 거야? 그렇다면 내가 당신 출판기념회를
　　이용해서 장사를 했다는 거야?

민정 아냐 그럼?

혁철 (계속 돈다발을 끈으로 묶는다.)

민정 당신 나 만나기 전에 여자 없었다는 것 거짓말이지?

혁철 (정색하며) 무슨 소리하는 거야? 난 세상에 태어나 당신
　　이 처음인데.

민정 거짓말하지 마. 아까 그 많은 여자들은 누가 다 부른 건
　　데, 당신 사업합네 하면서 이 여자 저 여자 막 만나고 그
　　러는 것 아냐, 내 눈에 걸리기만 해 봐 그땐.

혁철 그땐 뭐? 어떻게 할 건데?

민정 (손톱을 내세우며) 너 죽고 나 죽는 거야.

혁철 지금 당신 질투하는 거야? (웃는다)

22. 현재

　　사방이 책장으로 둘러싸인 서재에서
　　컴퓨터 이메일을 읽는 민정.
　　표정이 착잡하다.
　　카메라 컴퓨터의 이메일을 비추며
　　메일 내용.

　　최민정 작가 선생님께.

선생님의 소설을 즐겨 읽는 애독자입니다.

지난번에 발표하신 단편 '양수리의 밤' 뜻 깊게 읽었습니다. 그런데 말입니다. 밝히기는 좀 뭣하지만요 글 내용 중 대사가 제가 처녀 시절 사귀었던 남자가 하던 말과 똑같아서요.

대학 시절, 육사 생도와 미팅을 한 적이 있었습니다. 한 육 개월 가량 사귀었는데 그 사람이 제게 그러더군요.

세상에 태어나 여자는 제가 처음이라구.

그런데 '양수리의 밤'을 읽는데 그가 제게 했던 똑같은 고백이 나오는 겁니다.

우연의 일치일까요.

"처음이란 건 모든 면에서 중요한 의미를 가지는 거야. 처음이란 아름답고 신비하고 그리고 멋진 추억이 되는 거지. 그러니까 처음이란 사실은 움직일 수 없는 태고적 신비. 그 자체인 거야 너와 난 그 처음이 되는 거야."

바로 그 부분 말입니다.

그 당시 전 그렇게 잘생긴 남자한테 그런 고백을 받고 보니 얼마나 황홀했는지 몰라요.

집안에서 반대해서 헤어지긴 했지만 전 여적 그를 못 잊고 있답니다.

혹시 마음 상하셨다면 용서하시기 바랍니다.

암튼 옛사랑이 생각 나 한동안 흥분되더군요.

선생님께서는 작가라서 그런지 아직도 소녀적 감성으로
사시나 봐요.

그런 글을 쓰시는 걸 보면.

좋은 글 감사했습니다.

화곡동에서 애독자. 주부 올림

민정(NA)그런 비슷한 내용의 이메일을 나는 벌써 열 통 넘게 받
았다.   그런데 모두 한결같이 상대 남자가 육사 출신이라는
것이었다.   대사만 약간 다를 뿐 내용은 거지 반 같다는 것이
었다. 그러면서 그녀들은 나중에 생각해 보니 그런 것이 보
통 남자들이 여자를 꼬시기 위해 써먹는 상투적인 방법이라
했다. 그렇다면 이것도 우연의 일치일까?   나는 가슴이 먹먹
하다. 가끔씩 분노가 치민다. 그때마다 가슴이 아프다.   의사
는 신경성 심장병이라 했다. 그러나 나는 어느새 죽음을 카
운트다운하고 있었다.

23. 현재

종합병원 암 병동 수술실

민정의 유방암 수술이 진행되고 있다.

수술실 밖 복도를 초조하게 왔다 갔다 하는 경혜와 경
민. 혁철의 모습 보이지 않는다.

자꾸만 시계를 보며 발을 구르는 경혜

경혜 아! 아빠가 빨리 수술비를 구해 와야 할 텐데.

경민 그러게나 말야. 그나저나 수술이 잘 끝나야 할 텐데.

(시간 흐르고)

이윽고 수술실을 나오는 의료진들.

다가가는 경혜와 경민

경혜 수술은 성공적인가요?

의사 예, 잘 끝냈습니다. 조금만 늦었더라면 큰일 날 뻔했습니다. 앞으로 항암 치료 잘 받으시고 후유증 발생하지 않도록 만전을 기해야 합니다.

경혜 경민(동시에) 예, 예 감사합니다.

24. 현재

수술 회복실.

혼자 병원 침상에 누워 있는 민정

옆 침상의 여자 환자들은 모두 남편이 간호하고 있다.

남편들, 아내에게 음료수를 먹여 주고,

침대에 눕혀주고 일으켜 주고 핸드폰을 집어주며 시중을 든다.

부러운 듯 쳐다보는 민정. 자꾸만 벽시계를 바라본다.

민정 (핸드폰을 만지작거리며) 내 이 인간 오기만 해 봐라.

옆 환자 여 1 애기 아빠는 여적 안 오시나 보죠?

민정 예, 바쁜 일이 있어서(말을 얼버무린다)

환자 여1 아무리 바빠도 그렇지, 수술 끝난 지 얼마나 됐다고.

민정 경혜 경민이는 도대체 어딜 간 거야?

민정 (NA) 가슴 전체를 도려내고 나서 나는 시체처럼 변했다.

수술이 끝나고 가슴과 팔이 떨어져 나가는 통증이 한동안

지속되었다. 남편은 수술 전에도 수술이 끝난 후에도 나타
나지 않았다. 입만 열면 당신뿐이라고 외워대더니. 그도 역
시 영기씨와 같은 류의 남자일까?

　잠든 민정 (꿈을 꾼다)

25. 꿈에 양수리 강가를 걷는 민정.

　　칠흑같이 어두운 밤이다.

　　강물 속으로 걸어 들어가는 민정

　　무릎 허벅지 위로 가슴까지 물이 차오른다.

　　마침내 목까지 차오르는 강 밑바닥으로 곤두박질치며.

　　그때 강 건너편에서 떠오르는 환상.

　　민영기가 민정을 향해 손짓하고 있다.

　　영기 민정아! 민정아!

　　민정 오빠 나야.

　　점점 다가오는 영기 어깨 위에 계급장이 보인다. 소령
　　이다.

　　민정 (속으로) 어! 이상하다. 분명 대위였는데.

　　민정 (속으로) 맞아 그는 죽었지, 그래서 순직 후 계급
　　이일계급 특진해 소령이 된 거야.

　　민정 그렇다면 저 사람이 서 있는 저 곳은? 천국?

26. 현재

　　　　병원 원무과에서 퇴원 수속을 받는 민정과 혁철

　　　　민정 까칠한 모습으로 혁철의 어깨에 기댄 채 밖으로

　　　　나온다.

　　　　병원 앞을 오가는 많은 행인들.

　　　　휠체어를 탄 환자와 보호자가 마당을 산책하고 있다.

　　　　한쪽으로 병원 앰뷸런스도 보인다.

　　　　그때 민정 앞으로 걸어오는 잘생긴 청년 (FI)

　　　　영기를 꼭 빼어 닮았다, 오가는 사람들 흘끔거린다.

　　　　사람들 청년의 모습에 반한 듯 쳐다보고 또 쳐다본다.

　　　　그때 병원 주차장 옆에 서 있는 중년여자 보인다,

　　　　영기의 처 현희다.

　　　　현희, 살이 찌고 얼굴에 주름살이 역력한　중년의 인상

　　　　이다.

민정 (청년의 얼굴 자세히 보며 순간 흠칫 놀란다.)

민정 (속으로) 영기 영기씨.

　　　　그 자리에 주저앉을 듯 놀라며 눈을 비빈다.

　　　　그때 주차장 앞에 있는 현희에게 다가가는 청년.

　　　　현희 왜 이제야 오는 게야, 엄마가 얼마나 기다렸다고.

　　　　현희와 청년, 민정과 혁철이 있는 쪽으로 걸어온다.

　　　　(네 사람 약속이나 한 듯 모두 자세히 쳐다본다)

현희(이윽고 생각난 듯) 저어 소설가 최민정 선생님 아니세요?

민정 네에? (확인하려는 듯) 절 아세요?

현희 그럼요, 저 선생님 애독자에요(혁철을 바라보며) 그런데

　　　　혹시 남편분이 장교 출신 아니세요?

혁철 (현희를 자세히 바라본다, 잘 못 알아보는 눈치다)

민정 그 그걸 어떻게 아시죠?

현희 (반갑다는 듯) 아! 맞구나 혹시나 했는데, 저 기억나지
 않으세요? 민영기 대위 집사람이에요. 이 애는 아들이구
 요.

민정 혁철(동시에) 네에?

현희 (아들을 향해) 애, 어서 인사드려. 아버지 친구분 되신다.

아들 예, 안녕하세요? 저희 아버지와 같은 육사를 나오셨나요?

혁철 (반가운 듯 악수를 청하며) 같은 부대에서도 근무한 적이
 있었지. 생전의 아버지를 꼭 빼어 닮았구면, 어느새 이
 렇게 자라다니! 영기가 알았더면 얼마나 흐뭇할까(눈물이
 고인다)

현희 정말 오랜만이에요. 벌써 이십 년도 훨씬 넘었네요. 두
 분 다 많이 변하셨네요.

 민정(NA) 아! 세월이 이렇게 많이 변했구나. 복중에 있던 아이
 가 태어나 어엿한 청년이 되도록 세월이 그렇게 많이 흘러
 버렸구나.
 그가 살았다면 지금쯤 어떤 모습이 되어 있을까. 대령이 되
 어 전역을 했거나 스타가 되어 어깨에 별 모양의 계급장을
 달고 있겠지.

혁철 정말 오랜만입니다. 그러니까 세월이 벌써…….

현희 오래 전에 전역하셨단 말씀은 들었어요, 그리고 사모님께
 서 소설가 되셨단 말씀도 들었구요. 소설 잘 읽고 있어

요. 재미있더라구요. 생전에 그 사람이 하던…….

현희 (혁철을 바라보며 입을 다문다)

민정 괜찮아요 이 사람도 다 아는 일인데요 뭘.

현희 그런데 두 분이 어쩐 일이세요? 병원에 무슨 일로…….

민정 오늘 퇴원(말끝을 흐린다)

혁철 (얼른 말을 가로막으며) 훌륭한 아드님을 두셨습니다. 고
　　　민대위를 꼭 빼닮았군요.

현희 보는 사람마다 영화배우 시키라고 야단이지 뭐예요. 잘
　　　생긴 것도 죄라구 어찌나 여자들이 따르는지 꼭 죽은 제
　　　아빠와 똑같다니까요.

민정과 혁철 (대견한 듯 청년을 바라본다)

혁철　그런데 여기는 무슨 일로다…….

현희 (못 들은 척) 저 그럼 나중에…….

현희 (아들의 손을 잡고 황급히 돌아선다.)

27. (회상)

　　　민정 양수리 강가
　　　강과 어둠 속에 희끗 희끗 날리는 눈발…… 온통 적막
　　　속에 바람소리와 물결소리. 그리고 신작로 끝에 보이던
　　　조그만 찻집이 보인다.
　　　칸막이 된 찻집에서 키스를 하는 민정과 영기.
　　　찻집을 나와 횡단보도를 건너는 두 사람.
　　　육사 제복을 입은 영기와 민정 걸어가면 뒤에서 여자들

소곤거린다.

여자 1 누군 복도 많지.

여자 2 세상에 저 여자는 무슨 복이 저리도 많대, 나도 저렇게
　　　 잘생긴 남자와 딱 한번만이라도 사귀어 봤으면.

여자 3 소원이 없겠네.

여자 1 저 사람들 말야, 혹시 영화배우 아닐까?

여자 3 글쎄 그런 것 같기도 하고.

여자 2 설마 무슨 육사생도가 영화배우겠어.

여자 1 아니 남자　말고 여자 말야. 탤런트 정애리하고 닮았잖
　　　 아.

여자 3 그러고 보니 정말 그런 것 같네.

28. (회상)

　　　 30대 초반의 민정
　　　 국립묘지를 찾아가는.
　　　 장교 묘역 앞에서 울음을 터뜨린다.
　　　 〈육군 소령 민영기의 묘〉 묘비를 만지며 우는 민정.
　　　 왼쪽으로 보이는 한강 물 바라보며,
　　　 영기와의 추억 떠올린다.
　　　 영상 (파노라마처럼 지난날의 장면 재현시킨다)

민정(NA) 찰나의 기쁨과 행복감은 그의 죽음 이후에도 간간이
　　　 나를 찾아왔다. 특히 소설을 쓰는 순간은 문득 문득 찾아와
　　　 나를 환희의 극치로 몰아가기까지 했다. 소설은 과거와 현재

를 한꺼번에 일치시키는 힘을 발휘하고 있었다. 나는 과거의
몽상과 현재를 구분 못해 애를 태우는가 하면 미래는 거의
포기하고 있었다.

29. 현재

> 민정의 집 안방.
> 민정 방안에 누워 있다.
> 옆에서 혁철 신문을 보다 말고 민정을 살핀다.
> 혁철 (아내가 걱정스러운 듯 표정이 어둡다)

민정 나 죽고 나면 금방 재혼할 거지?

혁철 (아내의 빠진 머리칼을 만지며) 왜? 그럴까 봐 겁나?

민정 겁나긴…… 괘씸해서 그렇지.

혁철 어차피 당신 나를 사랑하지 않잖아.

민정 뭐라구?

혁철 당신 생각 내가 모를 줄 아나? 당신 머릿속엔 온통영기
   녀석뿐이잖아. 병원에서 퇴원하던 날도 그 녀석 아들 보
   자마자 무슨 생각했는데?

민정 (잠자코 있다)

혁철 세월이 그렇게 많이 흘렀는데도……. 아직도 못 잊나?

민정 (갑자기 격앙된 목소리로) 그래서 너는 아내가 암으로 죽
   어 가는 데도 그렇게 평안한 거니? 단지 그 이유 때문
   에, 내가 니 본심을 말해볼까. 넌 처음부터 날 사랑한 게
   아니었어, 넌 그저 친구의 사랑이 탐났을 뿐이야, 그래

서. 친구의 여자를 빼앗은 거라구. 그 잘난 경쟁심과 질투 때문에. 넌 지금껏 날 사랑하지도 않으면서 거짓 연기를 한 거야, 알겠어, 이제라도 니 실상을 똑바로 알라고.

혁철 또 시작하는군. 그걸 지금 말이라고 하는 건가, 당신 도대체 나에게 어떻게 그렇게 잔인할 수가 있는 거지? 내가 당신한테 뭘 그렇게 잘못했다고.

민정 너가 날 선택한 것부터가 잘못이었어. 니가 우리 둘 사이에 끼어 들지만 않았어도.

혁철 않았어도 뭘?

민정 난 적어도 이렇게 되지 않아.

혁철 당신이 암에 걸린 게 내 책임이란 말인가. 지금 그게 나에게 하는 말인가. 이봐 잘 들어 그 녀석은 당신을 사랑한 게 아니었어, 도대체 몇 수십 번을 말해야 알아듣겠어. 그 녀석 주변에는 여자들로 가득 차 있었다니까 당신은 그들 중에 하나였다구. 그 증거로 녀석은 우리보다 더 먼저 결혼했잖아. 바로 그 사실이 그걸 증명해 주잖아.

민정 (독기를 내뿜으며) 다 너 때문이야, 너 때문이라구

혁철 당신은 나에 대한 예의가 조금도 없어 실망 대실망이야.

민정 실컷 실망해둬 그래야 나 죽고 나면 새출발 하는데 도움이 될 테니까.

민정(NA) 죽음이 목전에 닥치자 말이 막 나가고 있었다. 나는 시간만 나면 남편을 몰아세우고 들볶았다.

30. 민정의 집 거실

식탁에 마주 앉은 민정과 혁철.

분위기가 살벌하다.

민정 (자리를 박차고 일어나 방으로 들어간다)

혁철 밥상을 치우다 말고 급하게 따라 들어간다.

민정 (독기를 뿜으며) 넌 나 죽고 나면 당장 재혼할 인간이
      야. 나를 화장터 불가마니에 넣고 나서 넌 좋아서 춤을
      출 거야. 새 여자를 만나기 위해 한걸음에 달려갈 거라
      구, 넌 여자를 친구에게서 빼앗고 승리감에 도취되고, 나
      를 니 만족감의 대상으로 이용한 거야. 너와 난 처음부터
      인연이 아니었어. 그냥 억지로 맺어진 거라구. 또 말해
      볼까, 넌 내 소설마저도 사업상 유리한 쪽으로 이용해 먹
      었잖아. 넌 내가 죽고 나면 그 죽음마저도 이용해 먹을
      인간이라구. 알겠어 넌 원래 처음부터 그런 인간이었어.

혁철 당신, 당신 도대체 어떻게 나한테……

민정 넌 내가 하루라도 빨리 죽어지길 바라겠지. 새 년 얻어서
      실컷 재미 보려구. 하지만 나 절대로 안 죽을 거야. 너보
      다 더 오래 살 거라구 알겠어?

혁철 (드디어 눈물 흘리며 거실 바닥에 엎드린다) 통곡

민정 너 나 암수술 받을 때 어디 갔었어, 마누라는 사경을 헤
      매는데 넌 그 시간에 뭘 한 거지? 어떤 년이랑 놀아난 거
      지?

혁철 그래 어떤 식으로 말을 해도 좋아. 그러니까 죽지 마, 애
      들 아직도 결혼 못 시켰잖아.

혁철 (계속 소리 내 운다) 수술비 구하러 갔었어. 당신은 모르
　　겠지만 지금 사업이 매우 위태로워. 아버지 돌아가시고
　　나서 자금줄이 끊긴 상태야.

혁철 (눈물을 그치며) 영기와 당신은 처음부터 인연이 아니었
던 거야. 영기의 인연은 현희 그 여자였다구. 난 친구의 여자
를 빼앗은 죄로 지금 그 값을 치르고 있는 중이고.

　　　　(어디선가 페티김의 이별 노래가 들려온다. 어쩌다 생
　　　　각이 나겠지 둥근 달을 쳐다보면은.)

31. 경혜의 대학 졸업식장

　　　　하객들 사이에 민정과 혁철, 경민이 앉아 있다.
　　　　사람들 부산하게 오가고.
　　　　민정과 혁철 오랜만에 행복한 표정이다.
　　　　총장상을 받는 경혜
　　　　우레와 같은 박수가 터진다.
　　　　자리에서 일어나 박수를 치며 좋아하는 민정.
　　　　혁철 감격한 표정이다.

기자 1 축하합니다. 최고 명문여대에서 영예로운 총장상을 받
　　　으셨는데 소감 한마디 해주시죠.

경혜 네, 이 모든 영광을 암과 투병중인 엄마에게 돌립니다.
　　저희 엄마는 유명한 소설가로서 꼭 대성하실 것입니다.
　　왜냐하면 이 딸이 끝까지 후원을 아끼지 않을 테니까요.
　　졸업생과 하객들, 인터뷰 장면을 부러운 눈빛으로 지켜본

다.

하객들 중 여인 1 민정을 향해

좋으시겠습니다. 훌륭한 따님을 두셔서요, 그런데 소설가
시라면서요? 혹시 성함이.

민정 (당당한 목소리로) 최민정입니다.

여인 1 아! 양수리의 밤.

민정 (만족한 듯 웃는다) 감사합니다.

하객들 식장을 빠져나가며.

경민 (혁철의 귓가에 대고) 아빠 전 학사장교로 군대를 가면서
아예 군대에 말뚝을 박겠어요. 아빠의 뒤를 이어 나라의
간성이 되겠어요.

혁철 (눈물 흘리며) 그래 고맙다, 아들아.

경민 아빠가 왜 전역해서 사업을 하셨는지 이제 알 것 같아
요, 엄마 때문이죠?

혁철 우리 아들 어느새 더 커서 아빠를 이해해 주는구나.

(민정의 어깨를 안으며)

혁철 이게 다 당신 잘 만난 덕분이야. 내가 확실히 여자 보는
눈이 있다니까.

민정(NA) 과거의 몽상이 사라지면서 내 안에서 재생의 기운이
꿈틀거렸다. 삶의 의욕이 생겨나면서 항암주사로 빠졌던 머
리칼이 다시 나기 시작했다. 식사량도 다시 늘어나고 그리고
몸과 마음이 한창 바빠지기 시작했다. 실종된 미래가 자꾸
내 마음을 끌어당기고 있었다.

32. 민정의 집안 거실

전화벨이 울린다.

혁철 (흥분한 목소리로) 뭐라구? 우리 경혜가 버클리 대학에
　　　수석 합격했다구? 야호! 야호! 여보, 여보 민정아. 여보!
민정(깜짝 놀라며) 지금 무슨 소리하는 거야? 우리 경혜가 뭘
　　　어쨌다고?
혁철 합격 합격이래, 그것도 수석으로.
민정 정말 정말이야,
혁철 글쎄 그렇다니까. 이게 다 당신 닮은 덕분 아니겠어?
민정 무슨 소리, 다 당신 덕이지. 만일 나를 닮았더라면 유학
　　　은 꿈도 안 꾸었을 걸.

33. 병원 주차장

　　　　차를 파킹하고 나오는 민정과 혁철
　　　　누군가 그들 앞을 스쳐 지나는데.
　　　　현희와 뚱뚱한 중년남자다.
　　　　민정과 혁철 동시에 시선을 집중한다.
민정 (손으로 여자를 가리키며) 저 사람들 어디서 많이 본 듯
　　　한 얼굴인데 당신생각 나요?
혁철 글쎄 누구더라?
혁철 (서서히 현희와 남자 곁으로 다가간다)

중년남자(배가 나오고 뚱뚱한 체격으로 천박해 보이는
　　　스타일이다.

혁철 아이구 또 만나게 되는군요 이곳은 어쩐 일로…….

남자 네?

　　　(현희 놀란 나머지 들고 있던 핸드백을 바닥에 떨어뜨
　　　린다.)

남자 당신 왜 그래?

　　　민정과 혁철 (동시에 놀란 표정을 지으며)

남자 그런데 누구셔?

현희 (민정과 혁철을 향해 한쪽 눈을 찡긋해 보이며)

현희 으응 우리 경민이 친구 부모님, 그런데 두 분이서 여긴
　　　어쩐 일로다…….

혁철 (딴청을 부리며) 아! 예에 두 분이서 그러니까 남편 분
　　　되시는군요.

민정 (혁철의 손등을 꼬집으며) 왜 그래.

혁철 네 저희 집사람 병원에 정기 검진 왔다가……. 네에 그럼
　　　두 분이서…….

　　　혁철 (과장스런 몸짓으로 현희와 남자를 향해)

혁철 네, 그럼 살펴 가십시오.

　　　현희와 남자 돌아서며 서로를 향해 눈빛이 사납게 변한
　　　다. 뒤돌아 걸어가면서 계속 티격태격 다투는 두 사람.
　　　현희 한참 걸어가다 바닥에 주저앉아 운다.
　　　민정과 혁철 그 둘을 바라보며 심각한 표정을 짓는다.
　　　한참을 지켜보는데 현희와 남자, 산부인과 병동으로 발

걸음을 옮긴다.

34. 회상

국립묘지 장교묘역

여인 1 불쌍타. 나이 서른도 안 됐는데 청상이 되다니……. 세
상에 이런 변고가 어딨나. 또 뱃속에 얼라는 무슨 죄고.
쯧쯧 불쌍타.

여인 2 처음엔 다 저렇게 죽을 것처럼 저러지만도 세월 지나봐
라 언제 그랬나 싶게 싸악 잊고 새 출발하는 기라. 세월
이 약이라 안 카나.

여인 3 하모 하모 처음엔 열녀맹키로 저래도 세월 지나면 새
남자 찾아 딴따다식 올리고 말기다. 그저 죽은 사람만 불
쌍타 안 카나, 산 사람은 다 산다.

여인 4 훗 장례 치르자마자 무슨 잔소리가 이리도 많노. 무덤
에 흙도 안 말랐는데. 처음엔 저리 죽을 듯이 저래도 세
월 가믄 다 잊혀지는 거래, 세월이 약이라 안 카나.

여인 3 하모 죽은 사람만 불쌍타 안 카나, 산 사람은 다 산다.

35. 현재

민정과 혁철 병원 암 병동으로 향하며

혁철 (허탈한 듯) 그저 죽은 사람만 불쌍하지, 첫 남편은 잘생
긴 미남자를 얻더니 후남편은 저리도 추남일까.

민정 후남편?

민정 (소리내 웃는다)

혁철 뭐가 그리 우스워? 당신도 나 죽고 나면 저 여자처럼 새
    남자 얻을 거지?

민정 (여유있게) 어떻게 알았어?

혁철 (질투어린 표정으로) 왜? 내가 정곡을 찔렀나.

36. 유방외과 진료실

민정과 혁철 유방외과 진료실로 들어간다.

담담의사와 간호사가 민정과 혁철과 마주하고 앉아 있다.

담당 의사 차트와 엑스레이를 보여주며.

의사 몸 상태는 좀 어떠십니까?

민정 많이 좋아졌어요. 머리칼도 많이 자라고요.

의사 식사는 잘 하십니까?

민정 네에, 고단백 위주로 잘 하고 있습니다.

의사 남편 분께서도 각별히 신경 많이 써 주시고 마음의 안정
    을 취하시는 게 무엇보다 중요합니다. 다행히 혈액검사결
    과 암 수치는 발견되지 않았습니다. 그래도 앞으로 5년간
    항암제는 계속 복용하셔야 합니다.

혁철 (머리를 조아리며) 감사합니다. 선생님 이 모든 게 선생
    님 덕분입니다.

의사 스트레스는 절대 금물입니다. 앞으로도 정기 검진 받는
    것 잊지 마시고요.

혁철 예 예 선생님 감사합니다.

    민정과 혁철 자리에서 일어나 복도로 나온다.

37. 병원 문을 나서며

혁철 사랑만이 특효약이라니까.

　　혁철과 민정 조금 전에 만났던 현희를 떠올리며 사방을
　　둘러본다.

민정 아까 그 사람들 말야. 민대위 안사람, 그 사람들 무슨 일
　　때문에 병원에 왔던 걸까?

혁철 글쎄 아까 보니까 산부인과 병동으로 가는 것 같던데.

민정 자리에 주저앉아 우는 것 같던데 무슨 일이 있나, 그리고
　　보니까 남자 인상이 험해 보이던데 혹시?

혁철 혹시 뭐? 당신 또 소설 쓰려고 그러지? 내 모를 줄 알고.

민정 뭘 아는데?

혁철 당신 속 말야, 어디서 누가 소설가 아니랄까 봐, 소설만
　　써대고.

민정 그리고 또 뭐. 뭐 말해봐.

민정 (민영기의 얼굴과 현희의 재혼한 남편과 아들의 얼굴을
　　떠올리며)

민정 그런데 말야, 아까 그 민대위 안사람, 아 아니지 지금은.
　　그 그러니까 내 말은 아까 그 남자하고 영기씨와　생김새
　　가 너무 대조적이라.

혁철 (생각난 듯 웃음을 터트리며)

혁철 그건 그래 너무 차이가 나지, 인물이.

민정 미남과 추물, 본남편과 후남편의 아! 중년의 못 말리는

인생이여.(팔을 벌리며) 웃는다.

38. 병원 주차장

민정이 자동차에 오르자 시동을 거는 혁철
모처럼 표정이 밝다.
자동차 주차장을 빠져 나온다.
병원 마당을 지나 한강 대교로 들어서는.

혁철 (다정한 목소리로) 당신 말야, 그동안 힘들었지, 암수술
받고 항암치료에다 아이들 신경 쓰랴 또 나 단속하랴, 그
래도 고마워 잘 견뎌줘서.

민정 또 무슨 말씀을 하시려고 뜸을 들이시는 걸까. 할말 있음
빨리 해봐.

혁철 당신 말야, 이제 민영기 그 친구 마음껏 생각해도 좋아,
내 백 번 양보할게. 나 이제 당신 옛사랑 두고 질투할 마
음 조금도 없어.

민정 (의외라는 듯) 지금 무슨 소리하는 거야?

혁철 과거에서 벗어나려고 노력할 필요 없어, 그냥 이렇게 내
곁에 살아 있는 것 만으로도 족해, 당신 같은 미인을 만
나서 지금까지 원없이 산 것만으로도 난 행복해, 내가 그
동안 제정신이 아니었나봐 이미 죽은 사람을 두고 질투하
다니.

민정 뭐? 더 이상 질투를 않겠다고? 그럼 난 뭔데? 혹시 당신
여자 생긴 것 아냐?

혁철 뭐? 여자라구?

민정 그래, 민영기처럼 말야, 그 인간도 헤어지기 전에 꼭 이
　　　랬단 말야.

민정 (자리에서 일어나며 혁철을 향해) 내 이 인간을 확 그냥.

혁철 어어! 왜 이래 난 아냐 아냐,

　　　혁철 핸들을 급히 꺾어 갓길에 자동차를 세운다.

　　　끼이익 자동차 파열음.

　　　시그널 음악 나오며

　　　암전.

　민정(NA) 그 순간 과거는 씻은 듯이 사라지고 현재와 미래만 우
리 앞에 넘실댔다. 자유가……. 과거에서 풀려난 자유가 우리의 미
래를 재촉하고 있었다.

　　　　　　　　　　　　　　　　　　　　　　　　　　　끝

방 황

(시놉시스)
기획의도

누구나 한번쯤 신분상승을 꿈꿀 때가 있다. 꿈과 의지도 중요
하지만 두뇌 수준과 재능이 더 중요하다. 그런데 그 재능을 악
용하는 사람들이 있다. 순수와 진실을 배제하고 이익 갈취를 목
적으로 만남을 이용하는 사람들이다. 그 가해자와 피해자의 면
면과 갈등을 반전으로 꾸며 보았다.

등장 인물
양정란 (여주인공 13세, 33세)
김점분 (42세) 양정란의 어머니
양상철 (46세) 양정란의 아버지
양영란 (31세) 양정란의 여동생
강마담 (43세) 읍내 다방 마담
양상분 (49세) 양상철의 큰형
철식이 엄마 (40대) 시골 동네 이웃 여자
금자 엄마 (40대) 시골 동네 이웃 여자

안수철 (30세) 양정란의 대학 동기

정영실 (30대 후반) 양정란이 근무하는 커피숍 여주인

민자 (23세) 가리봉동 여공 양정란의 동료

이현경 (26세) 안수철의 애인

여진 (22세) 안수철의 대학 시절 연인

카바레 직원들. 손님. 구경꾼들

가리봉동 공장 식당 여공들

입시학원 학원생 1.2.3.

시장 상인들 1,2,3

커피숍 손님들 1,2,3

서울여대 앞 행인들 1,2,3

보석상 주인. 주변 상인들.

그 외. 양정란의 어린 시절 13세. 양영란 어린 시절 11세.

김점분 양상철의 노인.

스토리 개요 (배경) 1990년대 초

다혈질에다 분노 조절 장애가 있는 정란의 어머니는 철저히 자기중심적 사고로 살아가는 여인네다. 남편을 손아귀에 넣고 흔들어야만 직성이 풀리는 성격인데 어느날 남편이 읍내 다방의 마담과 춤바람 났다는 소문을 듣고 일대 소란이 벌어진다.

카바레 앞에서 남편과 정부(情婦)를 놓고 싸움판이 벌어지는데….

고향에서의 청소년 시절을 보낸 정란은 서울로 상경해 공장생

활에 들어간다. 가리봉동에 있는 공장에서 7년쯤 되던 해 그녀는 신분상승을 위한 계획으로 대학입시를 꿈꾸며 도전한다. 27세의 나이에 대학에 들어간 그녀에게 안수철과 그의 애인인 여진이 나타난다.

동기에 비해 나이가 7살 많다는 이유로 이성(異性) 상담을 요청 받는데 정작 그녀는 무경험자다. 가족의 지원을 받으며 대학을 졸업한 그녀, 이번에는 나이가 많다는 이유로 취업문이 닫힌다. 지인을 통해 알게 된 고급 커피숍에서 알바를 시작한다. 그녀는 커피숍에서 일하면서 손님들을 통해 간접적인 인생경험을 하는데 어느날 대학 동기인 안수철이 나타난다.

사기 기질이 농후한 그는 사기 행각을 벌이던 중 그녀의 자존심을 이용해 가짜 금송아지를 반값으로 판매하고 난 뒤 사라진다. 그것도 모르는 정란은 은근히 그를 그리워하며 기다리는데 문득 안수철이 대학 시절 여자들과 염문을 뿌리던 기억이 떠오른다.

그러던 어느날 커피숍에 안수철이 모친과 함께 나타나며 한바탕 소동이 벌어진다. 커피숍이 정란의 소유로 되어 있는 줄 알고 사기행각을 벌이려던 계획이 무산되자 찾아와 분풀이를 한 것이다. 적반하장이 된 안수철과 정란의 싸움이 벌어지는데 이때 갑자기 시골에서 상경한 정란의 부모가 나타난다.

그들은 다짜고짜로 수철을 향해 주먹부터 날리는데 이때 안수철의 모친이 가세하면서 점입가경이 된다. 그렇게 드잡이를 하며 싸우다 갑자기 놀라 상대를 향해 소리를 지르는데.

안수철의 어머니는 옛날 고향에서 정란의 아버지와 춤바람 났던 그 여인이었던 것이다. 이를 확인하자마자 정란의 어머니는 더 기세등등하게 변하는데. 커피숍이 다른 사람에게 넘어가고 난 뒤 정란의 방황이 시작된다. 돈이 궁해진 그녀는 언젠가 수철에게 사두었던 금송아지를 팔기 위해 보석상에 들른다.

거기에서 가짜임을 알고 분노를 터뜨리는데 마침 애인에게 반지를 사주기 위해 방문한 수철 커플과 맞닥뜨리며 또다시 소동을 벌어지고.

2년 후 방황을 끝낸 정란이 결혼한 남편과 함께 종로를 걷다가 안수철과 해후한다. 남편에게 수철을 대학 동기라고 소개하며 정란은 왠지 모를 회심의 미소를 짓는다.

1. 읍내 카바레 주점 앞(1980년대 중반)

뽕짝 음악 시끄럽게 들리고, 중년 남녀들 허리를 껴안고 카바레 안으로 들어서고 있다. 카메라, 홀 안의 사이키 조명을 받으며 춤추는 남녀들 클로즈업
웨이터 부지런히 테이블 사이를 오가며 서빙한다.

2. 김점분(42세, 표독한 인상 뚱뚱한 몸집)

시장 옆 골목에 숨어서 카바레에 들어서는 사람들 노려보고 있다. 주먹을 불끈 쥐며 입술이 바들바들 떨린다.
이윽고 양상철 (43세, 머리를 올백으로 빗어 넘기고) 강마담과 팔짱을 끼고서 카바레에 앞에 당도한다.

이때 김점분 재빠르게 튀어나오며

김점분 (양상철의 뒷목을 움켜쥐며) 야이! 이 웬수같은 인간아.

양상철 (뻔뻔한 표정으로) 아니 당신이 여그 웬일이여?

김점분 (분노를 내뿜으며) 니가 시방 제 정신이냐, 이 호랭이가
　　　　콱 물어갈 인간아 너 여그는 뭐하러 왔냐?

양상철 (한손을 들어올리며) 나 춤추러 왔제.

김점분 (멱살을 쥐며) 뭐여? 춤추러 와? 이 시러베 같은 놈이
　　　　죽고 싶어 환장을 했냐, 너 오늘 나랑 같이 죽어볼 테
　　　　냐?

강마담 (40세 굴곡진 몸매에 요부상이다) 아니 아줌마, 아줌마
　　　　는 도대체 누군데 아까부터 이 양반한테 놈자를 붙이
　　　　는 거예요?

김점분 (삿대질을 하며) 뭐? 이 양반? 그래 너 말 잘했다 이년
　　　　아, 대체 너는 뭣하는 년이기에 넘의 남자 꼬여서 춤추
　　　　러 온 거이냐, 워디 말 좀 들어보자.
　　　　김점분(강마담의 블라우스를 확 잡아 뜯는다. 순간 단추
　　　　가 우두둑 하고 뜯겨져 나가며 가슴이 노출된다)

강마담 (가슴을 손으로 가리며) 어머, 어머! 이를 어째.

김점분 너 오늘 자알 만났다, 워디 오늘 나랑 한번 붙어보자.
　　　　(발로 강마담의 정강이를 냅다 걷어찬다, 동시에 양상철
　　　　의 넥타이를 잡아당기며 이빨로 팔뚝을 물어뜯고)

강마담 양상철 (동시에) 아구구! 나 죽네.

김점분 (큰소리로) 이 죽일 연놈들아, 워디 그것도 주둥아리라

고 함부로 나불대냐 또 지껄여 봐라. 확 간통죄로 집어
쳐 넣기 전에.

양상철 (얼굴빛이 사색으로 변한다) 뭐? 간통죄?

김점분 (팔을 걷어 부치며) 왜 겁나냐, 이놈아 간통죄로 들어가
콩밥을 실컷 먹어야 정신을 차릴 테냐, 딸자식 가진 놈
이 부끄럽지도 않더냐?

김점분 (강마담을 향해 삿대질을 하며) 그리고 너 이 화냥년아
너 쌍벌 간통죄가 얼마나 큰 죈지 모르진 알것지? 너
같은 년은 전공과목인께 잘 알다. 자! 가자 이년아
우선 동네에 조리부터 돌려야겠다.

김점분 (강마담의 목을 움켜쥔다)
카바레 주변에 시장 상인과 구경꾼이 새카맣게 몰려 있
다. 여자들 팔짱을 끼고서 양상철과 강마담을 바라보며
웃고 있다.

김점분 (혼잣말로) 저 마귀 같은 년놈들이 뭔 구경났다고 몰려
든담.

김점분 (주변을 둘러보더니 갑자기 강마담을 향해 돌진하며) 야
이! 이년앗!
김점분(강마담의 브래지어를 이빨로 물어뜯고, 머리채를
쥐고 바닥에 나뒹군다. 양상철 놀라서 시장 쪽으로 마구
도망간다)

여자 구경꾼들 잘한다. 잘해.

김점분 이 호랑말코 같은 년아. 너도 너 같은 딸년 낳아서 평생

속 썩으면서 잘 살아 보거라. 넘의 서방을 꼬여내 춤을
췄! 야, 이 죽일 것아.

　　이때 구경꾼들 사이에서 여자들 몰려나와 강마담에게 벌
　　떼같이 달려들어 치맛단을 들추며 난투극을 벌인다. 남
　　자들, 휘파람 불며 잘한다 부추기고.

여자들 남의 서방 꼬여내는 네년 그것은 어찌 생겼는지 한번 구
　　경 좀 해보자.

강마담 아악! 사람 살려.

　　여자들 강마담의 스커트 벗겨내려 한다. 이때 경찰 호루
　　라기 소리가 들리고.

　　여자들, 놀라서 뒤로 물러간다.

경찰 1, 2 무슨 일이십니까?

철식이 엄마 (비닐 앞치마를 입고 있다) 저런 년은 패 죽여야
　　된당게요. 아암, 넘의 서방 꼬여내는 저런 년들은 가
　　랭이를 찢어 죽여야 한당게.

여자들 맞어, 넘의 남편 꼬여내는 저런 년은 확 그냥 찢어 죽여
　　야제.

금자 엄마 아! 경찰 아저씨 뭣하고 있는 거요, 저런 년은 싸게
　　싸게 잡아가지 않고. 거 뭣이냐 쌍벌간통죄란가 뭔가
　　아! 그것 있잖아요. 그저 저런 년들은 그것을 싹둑 오
　　려내서 개한테나 줘 버려야 하는 것인데.

강마담 (자리에서 벌떡 일어나며) 야! 이년들아 말이면 다 하는
　　것이냐, 니들이 나 간통하는 것 눈으로 봤냐? 어디 본

년 있음 말해 봐라.

여자들 (동시에) 뭐여! 이년이, 야! 이 죽일년아!

　　여자들 우르르 강마담에게 달려들어 욕설과 함께 발길
　　질을 해댄다.

철식이 엄마 야! 이년아 눈으로 꼭 봐야 아냐, 그렇지 않음 이
　　어둔 밤에 왜 넘의 남자랑 카바레로 들어가냐? 워디 그
　　터진 입으로다 말 좀 해 보거라.

강마담 몸 좀 풀려고 그랬다.

금자 엄마 뭐 몸을 풀어? 이년이 워디서……

　　여자들 강마담에게 달려들어 허리와 어깨를 집중 가격
　　한다. 동시에 얼굴을 발로 걷어찬다. 경찰 호루라기 불
　　며 여자들 사이에 들어가 말리고 (FO)

3. 논밭을 지나 집으로 향하는 김점분

　　분이 나서 씩씩거린다.

김점분 이 망할 놈의 인간, 내 손에 잡히기만 혀라. 니 죽고 내
　　죽는 기다, 네 놈이 그러고도 무사헐 것 같으냐. 어이구
　　분혀라 분혀!

　　주먹으로 가슴을 탕탕 친다.

4. 집으로 들어서는 김점분

　　평범한 농가, 대청마루가 보이고 방에서 딸,
　　영란(13세) 정란(12세) 뛰어나오며

영란 정란 (동시에) 엄마아!

김점분 (마루에 털썩 주저앉으며 가슴을 치며) 어이구 속 터져,
정란아, 어 엄마 물 한 그릇만 주그라.

(정란 눈치 보며 부엌으로 들어가 사발에 물을 가져온
다.)

정란 엄마 왜 그리 화났어?

김점분 (분이 나 씩씩대며) 내 이놈의 인간을 확 그냥!

영란 엄마 왜 그러는데?

김점분 아! 니의 애비가 말이다, 글씨 읍내 카바렌가 뭣인가 그
러니께 거그서.

영란 정란 (동시에) 카바레? 그게 뭔데?

김점분 (가슴을 치며) 어이구 내가 속 터져 속 터져, 가만 있어
봐. 내가 이러고 있을 게 아니라. (자리에서 일어선다)

5. 이웃집 금자 엄마네 집

마루에 동네 여자들 모여 잡담하고 있다. 모두 흥분된
표정

금자엄마 아! 그러니께 말이여, 그 강마담인가 뭣인가 하는 여
편네가 먼저 꼬리를 쳤다는구먼.

철식이 엄마 암만 그려도 그렇제 손바닥도 마주쳐야 소리가 나
는 법인디……

금자엄마 아! 글씨 그년이 전에도 여러 남자랑 돌아가믄서 그랬
다는 거여. 전에 대전인가 워딘가 거기서두.

이때 김점분 들어오자 멈칫한다.

금자엄마 (자리에서 일어나며) 정란 엄마 애 아빠는 찾은겨?

철식이 엄마 워디서 찾것어. 벌써 줄행랑 놓았제.

김점분 내 이놈의 인간을 잡기만 혀 봐, 당장 물고를 내고 말
　　　 텡께.

금란엄마 잡히기만 혀면 뼈 부러질 걸 알고 미리 내뺐지, 그럴
　　　 걸 왜 춤바람이 나. 마누라 무서운 줄 알면 조용히 농
　　　 사일이나 하던가.

금자엄마 그저 사내들이란 게 하나같이 똑같구면, 열 계집 마다
　　　 않는 놈 없다구. 아 금자 애비도 읍내 술집 작부년하
　　　 고 눈 맞아 도망가지 않았남.

철식이 엄마 마누라는 길거리에서 장사하며 자식들 먹여 살리느
　　　 라 고생하는데, 그런 은공도 모르고 계집이랑 눈 맞아
　　　 도망했으니.

금자엄마 철식이 엄마도 안 되긴 마찬가지 아니우, 생선 장사하
　　　 느라 비린내 풍겨가며 번 돈, 남편이 다 날려 버리고
　　　 전립선인가 뭣인가 병까지 얻어 끝끝내 고생시키지 않
　　　 았수.

철식이 엄마 그러게 말이우, 차라리 멀리 도망이라도 갔으면 잊
　　　 어버리기나 하지. 그 인간은 평생 오입질에 미치다
　　　 종국에는 병까지 얻어 사람 생고생시키고 흐이구
　　　 징그러운 놈의 인간.

금자엄마 원 말은 그리 해도 제사만 잘 지내주더라.

철식이 엄마 누가 죽은 서방 이뻐서 제사 지내주는 줄 알어, 자
식 새끼들 땜시로 할 수 없이 지내주는 거제.

김점분 암튼지간에 이놈의 인간 내 손에 잡히기만 혀 봐. 내 그
땐 그냥 확! 가만 안 둘 텡게.

금자엄마 가만 안 두면 워떡케 할 긴데?

김점분 (두 팔을 내저으며) 다리 몽댕이를 분질러 놓던가 아님.

철식이 엄마 아님?

김점분 두 연놈을 잡아서 감옥에 확 처박아 놓고 뼈란 뼈는 작
신작신 분질러 놓고 말 텡게.

금자 엄마 도대체 정란이 아빠는 저렇게 무서운 마누라 놓고 워
떻게 춤바람이 난 거래.

철식이 엄마 도끼눈 뜨고 단속한다고 바람 안 피겠는감, 천성이
그러니 어쩔 수 없제?

김점분 (자리에서 벌떡 일어나며) 뭐여? 천성

철식이 엄마 아니 왜 그려, 웅?

김점분 야! 이 여편네야, 니의 서방하고 내 서방하고 워떻게 똑
같은 겨, 니의 서방은 직업적으로다 거 뭣이냐 그러니께
늘상 바람 핀 거이고 정란 아빠는 어쩌다 실수루다 그러
니께 그 강마담인가 그년이 꼬여내서 그런 것이제.

철식이 엄마 아니 워디서 뺨 맞고 워디다 화풀이하는 겨, 아!
말이 나왔으니 말이제 바람은 혼자 피나 손바닥도 마
주쳐야 소리가 난다고.

김점분 뭣이여 이 여편네가!

금자엄마 아! 왜들 이려 이러다 동네 싸움 나겄네

  (김점분 확 돌아서 나온다)

6. 김점분네 집 부엌

  장작불을 붙이는 김점분. 쇠꼬챙이 끝에 빨간 불빛을 보
  며

김점분 내 이놈의 인간 잡히기만 혀 봐라, 당장 고놈의 물건을
  짤라 버리고 말 텡게.

김점분 (쇠꼬챙이를 바닥에 내리치며) 내 이 두 연놈을 잡기만
  혀면 이렇게 뼈란 뼈는 모두 분질러 놓고 말텡께, 어이
  구 분혀, 어이구 분혀라.

  정란 부엌 옆에서 이 광경을 몰래 숨어 보고 있다.

7. 시간 경과

  장롱에서 옷을 꺼내 입는 김점분. 거울 앞에서 머리를
  빗고 옷매무새를 매만진다.

김점분 (혼잣말로) 이놈의 인간이 몰래 숨어버렸다 이거제? 내
  오늘은 무슨 일이 있어도 꼭 찾아내고 말 텡께. 잡히기
  만 혀 봐라, 내 이 두 손으로두다 그냥.

  방문을 열고 나가 신발을 신는 김점분.

정란 (방문을 열고서) 엄마 어디가?

김점분 넌 알 것 없어, 공부나 혀라, 나중에 엄마처럼 고생 혀
  지 말고.

8. 동네 길을 지나는 김점분.

두 팔을 내저으며 씩씩하게 걷는다. 이윽고 생각난 듯 양상분(46세 양상철의 형)의 집으로 들어선다.

9. 솟을 대문집 농가

양상분 마당을 쓸고 있다. 이따금 뒤란을 쳐다본다. 이때 김점분이 나타난다. 김점분의 출현에 화들짝 놀라는 양상분

김점분 (속으로) 그러면 그렇제.

양상분 아이구, 제수씨 아침부터 무슨 일이십니까.

김점분 다 알고 왔응께 순순히 내놓으쇼.

양상분 내 놓다니 뭘요?

김점분 누군 누구요, 아주버님 하나밖에 없는 동생이제

양상분 지금 집에 없는데요.

김점분 없긴 머가 없어요, 다 알고 왔는디, 내 이놈의 인간을 그냥.

(김점분 뒤란의 방으로 쫓아 들어간다, 이윽고 들려오는 소리)

양상철 아이쿠 나 죽네, 나 죽네, 형님!

(양상철 김점분에게 멱살을 잡힌 채 끌려 나온다.)

양상분 (두 손을 싹싹 빌며) 제수씨 한 번만 한 번만 제발 제발 요.

김점분 (들은 척도 않고 양상철에게) 가자 이놈아. 너 죽고 나

죽고 혀 보자.

10. 동네 길을 지나며

김점분 (양상철의 목을 움켜쥐고 길을 걷는다)

　　　사람들 돌아보며 웃고, 양상철 창피해 어쩔 줄 모르다.

김점분 네 놈이 이 김점분 동네 망신을 시켜야, 그래 워디 마누라 동네 망신시킨 소감이 워떠냐, 응? (귀를 잡아당기며) 빨랑빨랑 따라 와, 이 인간아, 그래 그년하고 재미는 좋았냐?

　　　사람들 지나가며 손가락질하며 웃는다.

양상철 아! 이 손 좀 놓고 얘기 혀, 아프당께.

김점분 빨랑 따라오기나 혀.

11. 김점분의 집 안방

김점분 (주먹으로 양상철의 어깨를 두들겨 패며) 아이고 이 인간을 짐승 같으면 팔아먹기나 하지 저 웬수. 내가 자식들 체면 생각혀서 이번만큼은 참고 넘어간다 이거여. 다음부터 또 그랬다간 저 저수지로 너랑 나랑 퐁당 빠져 부릴 텡께.

양상철 아따 그 여편네 손때 한번 맵군 그래.

　(NA) 정란　아버지는 그 카바레 사건으로 온 동네 망신을 다 당하고 이후론 문 밖 출입도 못할 만큼 엄마의 혹독한 감시를 받으며 지내야 하는 신세가 되었다.

12. 김점분 집 안방

정란과 영란 양상철 한 방 안에 앉아 있다.

정란 (양상철에게 눈을 흘기며) 그러게 누가 카바레를 가래?
    그 아줌마랑 카바레는 왜 가가지고 그 망신을 당하는 거
    야? 어휴 내가 창피해서.

양상철 넌 이담에 커서 너거 엄마처럼 굴지 말아라, 저렇게 여
    자가 독해노니 남자가 딴 맘을 품는 거이다.

    이때 김점분 방으로 들어서며

김점분 뭐여? 이 인간이 너 아직도 입이 살았다고 나불대는 거
    이냐.

양상철 (두 손을 내저으며) 아, 아녀, 아 아무 말도 안 했당께

김점분 왜 또 가슴팍에 춤바람이 솔솔 불어 오나. 그려 강마담
    인가 그년하고 워디 워디 갔었냐? 빨리 불지 못혀!(주
    먹으로 양상철의 가슴을 때린다)

양상철 이 여편네가 또 시작이구먼.

김점분 뭐여? 내 손에 또 죽여 볼텨?

영란 어휴, 지겨워 엄마 이제 그만 좀 해둬. 엄마 자꾸 그러면
    나 이담에 커서 시집 안 간다.

정란 엄마 아빠하고 집 나가버려 시끄러워서 살 수가 없잖아.

김점분 너거들 시방 니 애비 편드는 거이냐?

정란 누가 아빠 편든다고 그러는 거야, 시끄러우니까 그렇지,
    엄마 자꾸 그러면 우리 둘 다 시집 안 가고 평생 엄마 옆

에서 산다, 알아서 해.

김점분 아 알았어, 알았당께.

(풀이 죽어 한쪽으로 물러난다.)

13. 20년 후 현재. 공릉동 둥지 커피숍

주변 환경. 육군사관학교 앞으로 버스가 지나가고 삼육
대학 앞 논밭이 보이고 서울여대 앞을 지나는 여대생들,
카메라, 주택가와 상가 비추고 찻길 옆 도로에 둥지 커
피숍 보인다. 카메라 클로즈업.

바깥 풍경이 그대로 보이는 1층 커피숍. 고급스런 실내
분위기, 샹들리에와 고급 쇼파, 탁자와 찻잔, 정장을 입
은 사람들 조용한 목소리로 담소를 나누는 모습.

정란 (32세, 평범한 외모, 그러나 사나운 인상이다) 카운터에
앉아 있다.

짧은 스커트에 꽉 낀 상의를 입은 채 옅은 화장을 한 모
습.

손님 1 (남 50대) 그러니까 니가 돈을 백만 원만 투자하면 육
개월 내로 두 배는 건질 수 있다니까.

손님 2 (남 50대) 아! 말로는 뭘 못하겠어, 그렇게만 다 잘 되
면 금방 떼부자 되게.

손님 1 짜식! 속고만 살았나, 야! 내가 너한테 사기라도 칠까
봐 그러냐? 돈 백만 원 갖고 쩨쩨하긴.

손님 2 쩨쩨해도 할 수 없어, 아! 막말로 사람이 거짓말 해 돈

이 거짓말하지.

손님 1 관둬라 관둬, 있는 돈 굴려 목돈 만들어 주겠다는데 싫다면 할 수 없지.

　　바로 옆 좌석.

여자 1 (50대) 몸은 괜찮아?

여자 2 응, 무리하지만 않으면 괜찮아.

여자 1 이번에 수술비니 치료비니 해서 돈 엄청 날렸겠다. 하긴 돈보다도 사람이 우선이지.

여자 2 글쎄 남편이 수술비 많이 나왔다고 짜증내는 거 있지, 시어머니 수술비 낼 때는 입도 벙긋 못하던 인간이.

여자 1 남자들이 와이프 죽고 나면 화장실 가서 웃는다잖아.

여자 2 여자들은 남편 관 붙잡고 그런다며, 자기 멋쟁이 자기 멋쟁이.

여자 1 그거야 유산이라도 많이 남겨 놓은 경우지.

여자 2 그저 죽을 때 아프지 않고 속 안썩이고 죽어야 할 텐데.

여자 1 그러게 말야, 요즘은 사는 것보다 죽는 게 더 걱정이라니까.

　　그 옆 좌석

남자 1 (30대 초반, 미남형)

남자 2 (30대 평범한 외모) 지난번에 이형태 떴다더라, 영화 관객 최다를 기록했다며

남자 1 그게 다 스폰서를 잘 물어서 그런 거지 뭐, 암튼 그 자식 예술의 예자도 모르는 놈이 팔자 확 폈어.

남자 2 잘 하면 국제 영화제도 나가게 생겼대. 사람 팔자 시간
　　　문제라더니.

남자 1 그러게 말야, 돈도 왕창 긁어모았겠다, 누군 좋오겠다.

남자 2 그러게나 말야.

　　　　　이때 주인 마담 정영실이 등장한다.

정영실 그래 매상 좀 올랐니?

정란　어제보단 좀 나아요. 언니 형부는 괜찮아요?

정영실 괜찮긴, 환자 돌보는 게 어디 보통 일이니? 어떻게나 사
　　　람을 들볶는지 죽을 지경이다.

　　　　　이때 홀 안으로 남자 손님 한 떼가 들어온다.

정란 정영실 (동시에) 어서 오세요.

정란　(손님들 곁으로 다가가고) 차는 뭘로 드릴까요?

손님 1 난 커피

손님 2 3 나도 커피

손님 4 난 블랙으로

정영실 (캐셔에서 돈을 다발로 묶으며) 정란아, 나 갈 테니까
　　　　　가게 잘 보고 알았지.

정란　언니 벌써 가게요

정영실 벌써가 다 뭐야, 지금쯤 나 찾고 난리 났을 걸.

　　　　　이때 손님 카운터 앞에 다가오며 현금 카드를 내민다.

정영실 (카드를 받아 판독기에 긋는다. 삐익 소리가 난다) 손님
　　　　　이 카드 지금 정지 상태입니다.

손님　(당황하며) 네? 뭐라구요? 그럴 리가 없는데.

정영실 (비웃듯 손님의 아래 위를 훑어보며) 현금 내시면 현금
    영수증 해드립니다.

손님 (주머니를 뒤지며 만원을 내밀며) 이런 젠장, 옛수다.

정영실 감사합니다. 만원 받았습니다.

손님 (기분 나쁜 듯 출입구로 걸어 나가며) 에잇! 재수 없어

정영실 저 사람 카드 정지 먹은 것 다 알면서도 일부러 저러는
    거야.

정영실 정란 동시에 웃는다.

14. 시간 경과. 둥지 커피숍

구석진 자리에 두 남녀 앉아서 심각한 이야기를 나누고
있다.

정란 손님들 사이를 오가며 그들의 이야기를 엿듣는다.

손님 여 (20대 초반의 미모, 다정한 목소리로) 힘들어도 참으
    세요, 제가 있잖아요.

손님 남 (30대 후반, 거칠고 험악한 인상) 너 같으면 참을 수
    있겠냐?

손님 여 그래도 시간 지나면 나아지겠죠.

손님 남 너 돈 가진 것 있냐?

손님 여 제가 돈이 어디 있어요, 지난번에 제가 카드 긁어서 몽
    땅 해드렸잖아요. 다 아시면서.

손님 남 정말 없어?

손님 여 네에, 해드리고 싶어도 어쩔 수가 없네요.

손님 남 니 친구들한테 융통 좀 해봐.

손님 여 친구들도 요즘 다 힘들어요.

손님 남 넌 어째 친구들이란 게 다 그 모양이냐?

손님 여 네? 미 미안해요.

정란 (속으로) 저 저런 등신 같은 년, 어디 남자가 없어서

　　　이때 출입문이 열리며 한떼의 손님 나타난다.

여자 1,2,3 창가의 자리에 가 앉는다.

정란 (여자들에게 다가가며) 차 뭘로 드릴까요?

여자 1,2,3 (메뉴판을 보며)

여자 1 모두 레귤라 커피로 주세요. (일행을 보며) 모두 오케이?

　　　여자들 고개를 끄덕이고

　　　잠시 후, 정란 커피 잔을 창가의 여자들에게 갖다 준다.

　　　(정란 창밖을 바라보며)

　(NA) 오늘은 가을비가 내린다. 비에 젖은 낙엽을 볼 때마다 나
　　　는 과거를 회상한다. 내가 서울 살이를 시작한 지도 어느
　　　덧 12년, 그동안 나는 엄청난 인생 파도를 겪었다.

15. 과거 회상 정란(20세)

　　　서울 가리봉동 거리를 고향 친구 민자와 걸어가고 있다.
　　　카메라 방직공장에서 일하는 정란의 모습 클로즈업.
　　　머릿수건을 쓴 채 일하는 정란, 이마에 흐르는 땀을 닦
　　　는다. 마침 점심시간을 알리는 사이렌 소리가 난다. 여
　　　공들 우르르 식당으로 몰려가고

16. 공장 식당

공원들 식당에서 밥을 먹으며 시끄럽게 이야기하고 있다.

정란 난 여기서 7년만 일하고 그만 둘 거야.

민자 7년 후엔 뭐할 건데? 결혼하려고?

정란 아니, 난 꼭 대학을 갈 거야.

민자 뭐 대학?

정란 응, 나는 우리 엄마처럼 촌무지렁이로 살지 않을 거야, 꼭 대학을 가서 성공할 거야.

민자 결혼은 안 하고?

정란 그건 대학 졸업하고 나서 생각할 거야. 아무튼 난 꼭 대학을 갈 거야.

민자 그런데 스물일곱 살에 대학 간다는 건 무리가 아닐까,

정란 안 되는 게 어딨어. 차근 차근 준비하면 되겠지.

민자 넌 차암 꿈도 야무져 조옿겠다.

(민자 숟가락을 놓고 자리에서 일어난다)

(NA) 내가 여기에서 버티는 이유는 한가지다. 7년 뒤의 내 꿈을 이루기 위해서다. 난 반드시 대학을 갈 거고 거기서 내 인생을 새롭게 시작할 것이다.

17. (7년 후) 입시학원

정란(27세) 어린 학생들 틈 속에 끼어 공부하는 정란.

가끔씩 머리를 쥐어박으며 고민하는 기색이다.

정란 (속으로) 어휴 그동안 7년이란 세월을 공장에서 썩었더니 머리가 녹슬었나. 아무리 해도 잘 외워지지가 않네. 이러다가 피같이 번 돈 그냥 날리는 거 아냐? 그래도 이왕 시작한 것 되든지 안 되든지 끝까지 해보자.

　　　(정란 학원 칠판을 바라보며 열심히 필기한다)

　　　옆에서 공부하는 남녀, 정란을 가리키며 귀엣말을 나눈다.

학원생 남 1 저 나이에 공부한다는 사실이 기특하지 않니?

학원생 여 1 몇 살인데?

학원생 남 1 자그마치 스물일곱이란다.

학원생 여 1 뭐? 스물하고도 일곱?

학원생 남 1 왜 저 나이에 대학을 꼭 가려고 하는 걸까, 혹 무슨 기막힌 사연이 있지 않을까?

학원생 여 1 아예 소설을 써라 소설을 써.

18. 공중전화 부스 안

　　　정란 심각한 표정으로 통화를 하고 있다.

정란 엄마, 뭐라구? 지금 나보고 맞선을 보라는 거야?

김점분 그려 이번 주말 시간 내서 만나도록 혀라, 알았제

정란 안 돼, 엄마 나 요즘 얼마나 바쁜데

김점분 뭣이여 바뻐? 니 지금 에미 말 무시허는 거냐. 내려오라면 올 것이제 무슨 말이 많냐.

정란 아, 알았어 간다구 가면 될 거 아냐.

김점분 이쁘게 허고 오그라.

정란 (수화기 내려놓으며) 큰일이네 수능이 한 달도 안 남았는
데.

19. 정란의 시골집

개축한 집 안방에 김점분(57세) 양상철(58세) 정구
(34세 정란의 오빠) 영란(29세, 아기를 안고 앉아 있
다)

가족회의 분위기

김점분 뭐여? 수능이라니 그거이 대체 뭔 소리다냐?

정란 뭘 그렇게 놀래? 수능이란 말 첨 들어봐?

김점분 시방 니 나이가 몇인데 이제 와서 대학을 가것다 그 말
이냐?

정란 내 나이가 어때서, 좀 늦긴 했지만 다 내 맘이지 뭐.

김점분 그러니께 니가 가라는 시집은 안 가고 대학 공부를 하겠
다 그 말이냐 시방?

정란 신경질 나게 도대체 몇 번이나 묻는 거야?

김점분 (자세를 가다듬으며) 대학 공부가 좋긴 좋지, 요즘 세상
은 여자도 배워야 쓰는 것이다. 그란디 그러기엔 니 나
이가 좀 많다고 생각 안 허냐?

정란 나이가 문제야 돈이 문제지.

김점분 그래 대학 갈 돈은 어떻게 준비가 되었냐? 하긴 그동안

　　　　직장을 다녔응께.

정란 그러게 아버지랑 쌈박질 좀 작작하고 나 대학 가게 돈 좀
　　　벌어주지 그랬어?

김점분 (고개를 숙이며) 그래 대학 갈 실력은 되냐?

정란 (당황하며) 그거야 시험을 봐봐야 알지

김점분 이왕 보는 시험 잘 봐서 꼭 합격하거라. 정란이 너는 엄
　　　마처럼 촌무지렁이로 살지 말고 출세도 혀고 큰소리 탕
　　　탕 치고 살아라. 아암, 그려야 하고말고.

정란 (놀라며) 와아! 웬일이래? 우리 엄마가 갑자기 개화가 됐
　　　나, 언제 저렇게 세련된 거지. 안 된다고 펄펄 뛸 줄 알
　　　았는데.

김점분 니 뜻이 정 그렇다면 할 수 없는 거이지 엄마가 뭐라고
　　　허것냐. 학원비도 못 대주면서. 요즘 시상은 여자도 능
　　　력이 있어야 하는 거이다. 아암, 그려야 기 안 죽고 사
　　　는 법이거든.

정란 뭐 언제는 엄마가 기죽고 살았어?

　　　　　가족들 폭소를 터뜨린다. 양상철 정구 정란 영란 모두
　　　　방바닥을 치며 웃는다.

양상철 그려라. 그건 니 엄마 말이 옳다, 정란이 니 뜻이 그렇
　　　다면 대학 가서 훌륭한 공부 많이 하고 그때 가서 더 좋
　　　은 신랑감 만나면 되는 것이제.

정구 정란아 이왕 대학 가는 거 간호사나 학교 선생 되거라.

정란 오빠는 중동 갔다 온 제가 언젠데 아직도 취직 안 된 거

야?

정구 요즘 원체 불황이 심해서 안 그러냐. 난 니가 대학에 꼭
합격을 혀서 우리 집안에 자랑거리가 되었음 좋것다. 남들
한티 자랑 좀 허게.

정란 (감격한 표정으로) 알았어. 갑자기 어깨가 무서워지려고
혀네.

20. 현재, 공릉동 둥지 커피숍

실내에 사이몬 카펑클의 음악이 흐른다.

이때 안수철(30세 정란의 대학 동기) 나타난다. 검은
뿔테 안경을 쓰고 초조한 눈빛으로 커피숍 안으로 들어
서는 안수철.

부스스한 머리칼에 허름한 점퍼에 때 묻은 청바지를 입
고 있다.

안수철 (정란을 보자마자) 어! 양정란, 양정란 아냐? 이게 얼마
만이냐

정란 (놀라며) 안 안수철?

안수철 (악수를 하며 정란의 아래 위를 훑어본다) 그래 나 안수
철이야. 그런데 전공은 어떡하고 이곳에 있냐?

정란 (속으로) 그런데 안수철 이 인간이 나보다 나이가 두 살
어린 것 같은데 반말을 하네.

안수철 (한 걸음 뒤로 물러나서) 야! 양정란 그동안 출세했네,
이런 큰 커피숍을 다 차리고.

정란 그러니까 여긴…….

안수철 결혼은 아직 안 했겠지?

정란 그 그건 왜 궁금한 건데?

안수철 (손가락으로 옆구리를 찌르며) 에이, 다 알면서. 사실은
　　　　나도 싱글이거든.

21. 회상(정란의 대학 시절) 캠퍼스 안 벤치.

　　　　인적 드문 곳 벤치에 정란과 여진 앉아 있다.

정란 (27세) 무슨 이야긴데 그렇게 심각한 거니?

여진(21세) 저도 모르게 그만…….

정란 …….

여진 속도위반 해버렸지 뭐예요.

정란 속도위반?

여진 아무래도 몸이…….

정란 (놀란 표정) 지 지금 그 그러니까 그 안수철이랑 너랑?

여진 네 사실은 아무래도 임신이……..

정란 뭐? 임신?

여진 네, 언니는 저보다 나이가 7살 많으니까 경험이 많을 거
　　　　아니에요.

정란 뭐? 경험? 아, 아냐 난 없어 나 난 그런 거 몰라.

여진 그래도 나이가 있는데.

정란 그래도 몰라. 나 사실 남자 한 번도 못 사귀어 봤어.

여진 정, 정말이세요?

22. 현재 둥지 커피숍

정란 (속으로) 그 그러니까 안수철 저 인간이 그때 여진
이하고 그랬던…… 나쁜 놈.

정란 (의심스런 눈초리로) 그 그런데 여긴 무슨 일로?

안수철 (은근한 목소리로) 응, 내 사업체가 이 근처에 있거든.
오늘 중요한 약속이 있어 계약하기로 해서.
(이때 안수철의 핸드폰 울린다)

안수철 (뒤돌아서서) 아! 네 네 그렇습니까, 네 물론 그러셔야
죠.

안수철 (정란의 눈치를 보며) 예, 잘 알겠습니다. 앞으로 기회
란 얼마든지 있는 거니까요, 예 예.

정란 (의심에 찬 눈초리로) 우선 자리에 앉아, 차 뭘로 줄까?
커피?

안수철 응 커피, 그런데 아가씨도 안 두고 혼자 하는 거야? 하
긴 인건비 아껴야 하니까.
(안수철 구석진 자리로 가 앉는다, 핸드폰을 들어 여기
저기 통화를 한다)

23. 시간 경과. 둥지 커피숍

안수철 구석진 자리에 앉아 중년 남자와 이야기하고 있
다.
심각한 표정. 손을 내저으며 뭔가 한참 설명 중이다.

안수철 그 그러니까 말이죠. 이 물건은 신제품으로다 앞으로 수
　　　출 전망도 좋은 편입니다. 한번 보시겠습니까(가방을 연
　　　다)
남자 1 (미심쩍은 표정) 아! 뭐 못 믿겠다는 게 아니고요 솔직
　　　히 말씀드리자면 확신이 안 서서 그러는 겁니다.
안수철 그러니까 제가 선계약으로다 이런 조건을 제시하는 것
　　　아닙니까, 저기 보십쇼. 저기 서 있는 저 여자 말입니다.
　　　제 대학 동기입니다. 이 커피숍 운영하면서 제 물건 많
　　　이 소개해줬습니다.
안수철 (정란을 향해) 야! 양정란 너 여기 좀 와 봐. 니가 대신
　　　설명 좀 해드려,
정란 (기막힌 표정으로) 나, 지금 몹시 바쁘거든.
　　　　(남자들 서로 바라보며 웃는다)
안수철 (어쩔 줄 모르며)

24. 둥지 커피숍

　　　이현경(26세 미모)와 함께 나타나는 안수철.
　　　정란을 보자마자 손을 흔들며 현경과 함께 구석진 자리
　　　에 가 앉는다.
　　　일부러 다정한 포즈를 취하는 안수철
안수철 (정란을 향해) 여기 커피 둘, 아주 찐하게 알지.
현경 벌써부터 떨려요.
안수철 조금 있으면 사람들 올 거니까 묻는 말에나 대답 잘 하

면 돼.

현경 예, 알았어요.

　　　　이때 한 떼의 손님 커피숍으로 들어온다.

안수철(손을 들며) 어이! 여깁니다. 여기요.

　　　　남자 1,2,3 안수철과 현경 앞에 와 앉으며

안수철 서로 인사들 하시죠, 여긴 모델 이현경.

남자 1 (40대 현경의 몸매를 훑어보며) 아! 예 반갑습니다. 모
　　　델이라면 어느 쪽으로.

현경 (망설이며) 네, 홈쇼핑 쪽으로다…….

안수철 네, 누구보다 전망이 밝은 신인입니다. 앞으로 잘 부탁
　　　드립니다.

남자 1 예, 그러십니까, 앞으로 잘 해보십시다.

남자 2 우리와 손잡고 일하다 보면 좋은 일 많이 생길 겁니다.

남자 1,2,3 (귀엣말을 나누며) 예, 여기 참 분위기도 좋고 다
　　　좋습니다.

안수철 저기 카운터에 있는 저 여자가 사실은 제 대학 동기입니
　　　다.

남자 3 아! 예, 그렇습니까. 안선생께서는 꽤 발이 넓으십니
　　　다.(홀을 둘러보며) 이 정도라면…….

안수철 이 근방에선 꽤 시세가 나가죠(작은 목소리로) 사실은
　　　저 사람과 제가…….

남자 1,2 (은밀하게 웃으며) 예, 그, 그러니까 두 분이서 그렇
　　　고 그런 사이란 말씀이시죠?

안수철 (손가락을 입술에 대며) 쉿! 저 사람 귀가 보통이 아닙니다.

남자 1,2,3 예에 알겠습니다.(동시에 웃는다)

25. 시간 경과 커피숍

탁자를 사이에 두고 여자들과 이야기하는 안수철

정란 의심에 찬 눈초리로 안수철을 바라본다.

정란 (속으로) 저 자식이 학교 다닐 때도 그러더니 순 카사노바 아냐?

안수철 (홀 안을 둘러보며) 도대체 이 커피숍은 도대체 누가 해 줬을까. 7년 동안 공장생활하면서 번 돈은 등록금으로 다 날렸을 테고, 그렇다고 기둥서방이 있는 것 같진 않고. 쟤가 주인은 확실한 것 같은데 말야.

안수철 (탁자를 손가락으로 두들기며) 탁자도 꽤 비싸 보이는데, 인테리어만 해도 한장은 들었겠는 걸, 월세는 빼놓고라도 보증금만 한 3억?

정란 (속으로) 안수철 저 인간, 내가 이 커피숍 주인이라도 되는 줄 아는 모양이지? 그래, 니 마음대로 상상해라.

안수철 (카운터의 정란에게 다가가며) 이곳 땅값이 꽤 올랐다고 하던데 돈 좀 벌었겠어.

정란 (속으로) 그게 너하고 무슨 상관인데?

안수철 아마, 그동안 내가 올려준 매상이 꽤 될 걸.

정란 그래서? 무슨 말이 하고 싶은 건데?

안수철 (손을 정란의 어깨 위에 올려놓으며) 우리가 말야, 그동
　　　안 알고 지낸 세월이 꽤 오래 됐지?

정란 (깜짝 놀라는 기색) 그래서?

안수철 갑자기 왜 긴장하고 그러시나. 남들이 보면 애인 사인
　　　줄 알겠어.

정란 (안수철의 손을 떼며) 착각은 북한에서도 자유라더라.

안수철 그런데 말야, 메뉴가 너무 간단하다고 생각지 않아?

정란 별 신경을 다 써요.

안수철 그러니까 생과일 주스 같은 것도 팔고 그러란 말야. 그
　　　래야 매상도 팍팍 오르지 안 그래? 알바생도 쓰고 말야,
　　　혼자 하기엔 벅차다고 생각 안 해? 아무리 돈도 좋지만.

정란 남 집안일 걱정하지 마시고 본인 일이나 잘 하세요.

안수철 야! 이것도 다 내가 대학 동기나 되니까 하는 말이야,
　　　새겨들어.

정란 요즘 꽤 한가한 모양이지? 저쪽에 앉아 계시다가 이쪽까
　　　지 진출을 다 하시고.

안수철 (당황하며) 말이지, 얼마 전에 우리 이모네가 호주로 이
　　　민 갔는데 우리 이모부가 그쪽에서 사업을 하시지. 내
　　　가 요즘 그 사업 돕느라 머리가 돌 지경이야. 그리고
　　　나도 얼마 안 있으면 그쪽으로 진출할 계획이야.

정란 그걸 왜 나한테 말하는 건데?

　　　　이때 출입구에 장영실 나타난다.

정란 (당황하며) 어 언니!

정란 (안수철에게 눈짓한다)

　　　(안수철 제 자리로 돌아가 앉는다)

장영실 (안수철을 가리키며) 저 남자 누구야?

정란　으응 소, 손님.

장영실 (안수철을 흘겨보며) 너무 가까이 하지 마라, 인상이 좋
　　　지 않다.

정란　그런 사이 아니라니까. 쟨 그냥 대학 동기야.

정란 (카운터 아래쪽에서 봉투를 꺼내 들며) 언니, 어제 입금
　　　액.

장영실 (손으로 봉투를 툭 건드리며) 그래 수고했다. 그럼 가게
　　　잘 보고, 나 간다.

　　　장영실이 출입문 사이로 사라지자 안수철 재빠르게 정란
　　　에게 다가간다.

안수철 (출입문을 눈짓으로 가리키며) 누구야? 너 일수 찍냐?
　　　아까 보니까 돈 주는 것 같던데.

정란 (버럭 화를 내며) 남이야 일수를 찍든 말든 별 상관을 다
　　　해요. 그리고 야! 너가 뭐야? 내가 너보다 두 살이나 더
　　　많은데.

안수철 뭐? 너?(애써 표정을 누그러뜨리며)그런데 여기서 나이
　　　가 왜 나오냐? 새삼스럽게.

정란 그동안 참고 들어줬더니 점 점⋯⋯.

　　　이때 안수철의 핸드폰이 요란하게 울린다.

안수철 예 예, 제가 안수철입니다. 네? 아! 그러시군요, 그러니

까.

안수철 정란의 눈치를 보며 자리로 돌아가 앉으며 통화를 한다.

26. 둥지 커피숍(눈 내리는 겨울 밤)

홀 안에 캐롤 키드의 'when I dream'이 흐른다.
텅빈 커피숍, 정란 혼자서 음악을 들으며 생각에 잠겨 있다.

정란 (혼잣말로) 오늘은 자주 오던 안수철마저도 안 보이는구나. 그새 새 애인이라도 생겼나 짜식 암튼 재주도 좋아.

정란 (창밖을 내다보며) 아! 내가 안수철을 처음 만날 그 당시만 해도 꿈이 많았었는데.

정란 (두 팔을 스트레칭 하며) 그땐 대학이 내 인생 전부인 줄 알았는데, 막상 대학 졸업하고 나니까 성공은커녕 취직할 데도 못 구해, 결국 커피숍 여직원이라니, 사는 게 뭔지.

정란 (손가락을 세어 보며) 그러고 보니 내 나이가 서른 하고도 중반이 다 됐네, 그나저나 안수철은 오늘 끝내 안 올 모양이지, 그런데 내가 왜 자꾸 그 인간을 기다리는 걸까.

정란 (웃으며) 일찍 문 닫고 집에나 가야겠다.

이때 출입구에 안수철 나타난다.

정란 (반가움에 손을 흔들며) 오늘은 안 올 줄 알았는데…….

안수철 (턱을 정란에게 바짝 들이대며) 왜 기다렸어?

정란 기다리긴 누가 기다렸다는 거야? 손님이 없다 보니…….

안수철 (다정한 목소리로) 사실은 말이지 내가 요즘 새로운 사
　　　업을 하고 있는데…….
　　　　　(안수철 가방 안에서 포장된 사각 상자를 꺼내며)
　　　　　이때 남녀 한쌍이 들어온다.
정란 어서 오세요.
안수철 야! 그러니까 말이지.
정란 (남녀에게 다가가) 차는 어떤 걸로 드릴까요?
남녀 1,2 네 에스프레소로 둘
정란 알겠습니다.
　　　　　(정란 돌아서는데 남녀 키스하기 시작한다)
안수철 (낮은 목소리로) 이게 얼마 전 중국에서 수입된 고가품
　　　인데 대학 동기고 하니까 내가 특별히 싼 가격으로 줄
　　　게.
정란 뭔데?(남녀를 돌아보다 키스하는 장면에 깜짝 놀라 눈을
　　　돌린다)
안수철 이거 금 열 냥이야.
정란 뭐? 금이라구? 얼만데?
안수철 시중 가격의 절반쯤 돼. 한번 구경해 볼래?
안수철 (정란의 손을 상자로 가져가며 은근한 목소리로.)
안수철 살짝 들여다 봐봐 금빛이 찬란하지 않니?
정란 금이 내 주먹만 하네. 이거 금송아지 아냐?
안수철 맞아 금송아지.
정란 그런데 이거 진짜 맞아?(또다시 키스하는 남녀를 바라보

다 얼른 눈길을 돌린다)

안수철 속고만 살았나, 내가 어디 속일 사람이 없어서 대학 동
　　　기를 속이겠어, 싫음 사지 말고.

안수철 (상자를 가방 안으로 넣으며) 그나저나 살 좀 빼지 그
　　　래. 무슨 여자가 허리가 드럼통이야? 아줌만 줄 알겠
　　　다. 그래 가지고 남자들이 쳐다나 보겠어? 그러니 여적
　　　노처녀 신세를 못 면하지. 헬스클럽도 다니고 옷 좀 세
　　　련되게 입어, 뭐 섭섭하게 생각할 거 없어 이게 다 대
　　　학동기로서 우정으로다 말하는 거니까.

정란　(큰소리로) 야! 안수철. 너 그거 당장 가지고 와. 내 애
　　　인이랑 커플링 반지해 낄 거니까.

안수철 (웃으며) 현찰로 다섯 장이다.

정란　뭐라구 다섯 장?

안수철 (정란의 어깨에 손을 얹으며) 반값이라니까.

정란　카드 되지?

안수철 물론 되고말고.

정란　(현금카드를 안수철에게 넘겨주고 상자 케이스를 들고 와
　　　보관함 속에 넣는다.)

정란　(웃으며) 꽤 묵직한데.

안수철 (뒤돌아서서 주먹을 들어 올리며 웃는다)
　　　　이때 한 떼의 손님들 들이닥치며 안수철과 손 인사를 나
　　　눈다.

정란　(문득 키스하는 남녀가 있던 자리를 보며) 어? 아까 그 손

님들 어디로 갔지? 안 보이네.

　　　이때 카운터에 있는 전화벨 울린다.

정란 (전화를 받으며) 아, 네 언니 지금 몹시 바빠서, 네? 뭐라
　　　구요?

안수철 야! 정란아 여기 차 주문받아.

정란 (수화기에 대고) 간암이라고요, 네? 위경련이요?

정란 (음악소리에 짜증난 듯) 언니 음악소리가 너무 커서 네?
　　　잠시만요. 지금 손님이 많아서요, 네 네.

　　　　(정란 커피숍 안을 이리저리 뛰어 다니며 손님 접대하기
　　　　에 바쁘다)

안수철 내가 도와줄까?

정란 응? 아니, 됐어.

안수철 그러게 알바생이라도 쓰라니까. 내가 소개해 준대도.

정란 됐네 됐어요

정란 (속으로) 지금 부부가 쌍으로 아파서 안 그래도 힘들 판에
　　　알바생을 쓰라고 하겠냐? 어림도 없지.

27. 둥지 커피숍

　　　정란 커피숍 안의 연인들 바라보며 생각에 젖어 있다.
　　　다정하게 어깨동무를 한 채 창밖을 내다보는 연인들,
　　　얼굴을 바짝 들이댄 채 이야기하는 커플들
　　　구석진 좌석에서 키스하는 남녀, 카메라 클로즈업

정란(NA) 아! 난 언제 저들처럼 사랑을 하게 될까. 허구헌날 이

커피숍에서 썩어야 하다니 정말 내 인생 한심하구나, 그 잘난 대학 공부하느라 이 날 이때까지 연애경험 한 번 없으니. 그래 너희들은 차암 좋겠다. 그렇게 끌어안고 키스를 하니 살맛이 나냐? 아이구 내 팔자야.

이때 안수철와 그의 어머니(강마담) 출입구에 나타난다. 안수철, 강마담의 옆구리를 쿡 찌른다, 턱짓으로 정란이 있는 카운터를 가리키며
모자 창가에 있는 자리에 가 앉는다.

정란 어, 어서오세요.

안수철 (정란에게 손짓하며) 야! 양정란.

정란 아니 저 사람은 누구야? 가만, 저 안수철 어머니?

정란 (자신의 손을 내려다보며) 근데 왜 내 가슴이 떨리는 걸까?

강마담 (홀 안을 둘러보며) 커피숍이 아늑하고 분위기가 좋구나, 이 정도 차리려면 돈 좀 들었겠다. 인테리어에다 소파며 주방까지……. 그러니까 최소한 세 장은 들었겠다.

안수철 세 장?

강마담 그래 세 장,(회상에 잠긴 듯) 옛날 생각나네. 그 전라도 촌구석

안수철 나 어릴 때 살던 그 시골 촌동네 말인가요?

강마담 녀석 날 닮아서 기억력 하난 좋지, 애 저애 좀 불러봐라.

안수철 왜요?

강마담 왜요는 내가 확인해 볼 게 있어서 그러지.

안수철 도대체 뭘 불어볼 건데, 쓸데없는 말씀하심 안 돼요.

강마담 걱정일랑 붙들어 매셔.

안수철 정란 아니 저기…….

강마담 (정란을 향해) 아가씨, 여기 주문 안 받아요?

정란 네에 갑니다.

>정란 (옷매무새를 가다듬으며 강마담에게 다가간다, 당
>황한 기색이 역력하다.)

안수철 너 갑자기 왜 그래?

정란 누, 누구셔?

안수철 우리 엄마.

정란 안 안녕하세요? 전 그러니까 안수철 대학 동기로…….

강마담 (도도한 표정으로) 우리 아들한테 이야기 많이 들었어
요, 이 정도 차리려면 돈이 꽤 많이 들었겠는데 그나
저나 당차구면. 처녀가 커피숍을 다 운영하고, 혹 돈
버는 재미에 빠져 여적 결혼 안 한 것 아네요?

안수철 (옆구리를 찌르며) 엄마.

정란 (안수철을 향해 눈을 부라리며) 차는 뭘로 드릴까요?

강마담 응 나는 원두커피, 우리 아들도 똑같은 걸로 줘요.

안수철 엄마 나 바빠서 그러는데 그냥 가도 될까?

강마담 얘가 갑자기 왜 이래? 그냥 앉아 있어.

강마담 (턱짓으로) 아가씬 그만 가서 일 봐요.

(정란 돌아서는데 강마담 목소리 들린다.)

강마담 글쎄, 뭐든 알아 볼 건 다 알아보고 신중 또 신중해야
　　　하는 거야, 알겠어?

(강마담 자리에서 일어나 정란에게 다가간다.)

강마담 (정란의 얼굴을 빤히 들여다보며) 아가씨, 여기 화장실
　　　이 어디 있지?

정란 　예, 저기 거울 있는 쪽 뒤편에 있어요.

강마담 그래요?

(잠시 후, 정란 커피 두 잔을 안수철 앞에 내려놓고 돌
　아선다)

강마담 (자리에 앉으며) 커피숍이 제법 쓸 만하구나, 그런데 쟤
　　　는 인물이 영 없어 나이두 들어 뵈구.

안수철 그 그래도 쟤 나이는 많아도 알차잖아, 이만한 커피숍
　　　갖는 게 어디 쉬운가 뭐.

강마담 혹시? 너 쟤 좋아하나?

안수철 (깜짝 놀라며) 좋아하긴 누가 좋아한다 그래, 난 그냥
　　　사업자금으로다.

강마담 하긴 그렇지, 인물이 없어도 저 정도면 곤란하지, 그래
　　　도 잘 알아봐.

안수철 글쎄 쟤는 거짓말 하고 그런 애 아니라니까요.

(안수철과 강마담 자리에서 일어나 카운터로 간다)

강마담 차 잘 마셨어요. 실내가 깔끔하고 고급스럽구먼.

안수철 (만원 지폐를 내밀며) 자, 그럼 수고.

(강마담과 안수철 밖으로 나간다. 뭔가 심각한 이야기를
주고받으며 걸어가는 두 사람) (FO)

28. 둥지 커피 숍

　　안수철과 함께 커피를 마시는 정란, 표정이 심각하다.

정란 어머니께서 왜 우리 커피숍에 오신 건데?

안수철 나 때문이지 뭐.

정란 왜?

안수철 내가 좋아하는 여자라고 말씀 드렸거든.

정란 뭐야?

안수철 아니 왜 그렇게 놀래?

정란 그럼 안 놀라게 생겼어? 지금 나랑 장난하자는 거야?

안수철 아니, 왜 화는 내고 그래, 뭐가 잘못됐어?

정란 나한텐 한마디 상의도 없이 어머니를 모시고 와서 뭐가 어
　　째?

안수철 (뻔뻔한 표정으로) 왜? 그러면 안 되는 거야?

정란 기가 막혀서.

안수철 그럼 내가 실수한 거야, 어째 좀 이상하다.

정란 아닌 밤에 홍두께도 유분수지 이런 경우가 어딨어? 누가
　　안수철씨 좋아한댔어? 왜 내게 말 한마디 상의도 없이 그
　　런 일을 하냐구?

안수철 내 맘대로.

정란 (큰소리로) 뭐라구? 야! 안수철!

홀 안의 손님들 놀란 표정으로 정란을 바라본다.

이때 출입문 쪽에서 김점분, 양상철 보따리를 들고 나타난다.

김점분 정란아, 에미다.

양상철 정란아, 우리 막내딸 애비 왔다. 애비 왔어.

(이때 김점분과 양상철, 정란 옆에 바짝 붙어 있는 안수철을 의심쩍은 표정으로 바라보며)

양상철 (안수철에게) 댁은 누구슈?

안수철 (손바닥을 비비며) 아버님 그러니까 저는 저는……. 아! 참 뭐라고 해야 할지.

안수철 (한참 망설이며) 전 정란씨와 대학 동기로써 서로 사귀는 사이 입니다.

양상철 뭐 뭐여?

(카메라 안수철의 장발 머리와 찢어진 청바지, 슬리퍼 클로즈업)

양상철 (놀란 목소리로 더듬거리며) 지, 지금 이게 무, 무신 소리여?

김점분 (큰 소리로) 사귀다니? 이게 뭔 소리다냐?

양상철 정, 정란아 이게 시방 무슨 소리냐? 그러니께 이 사람이 내 사윗감이라 그 말이냐 시방?

김점분 (바닥에 주저앉으며) 아이구머니나.

김점분 (안수철의 찢어진 청바지에 손가락으로 갖다대며) 시 시방 이 꼴로 내 딸을 좋아헌다, 그 말이여?

양상철 안 된다.

정란 엄마.

안수철 어머님.

김점분 뭐여? 어머니?

양상철 시방 뭐라구 헌 거여, 어머니?

김점분 뭐여? 이 시러베 같은 놈이 워디서 내가 왜 니 어머니냐? 말이면 다 허는 줄 아냐. 워디서 순 날강도 같은 놈이…….

김점분 (안수철의 멱살을 사정없이 흔들며) 이런 순 도적놈 같으니!

　　　단추가 우두둑하고 떨어져 나간다.

김점분 (안수철의 어깨를 주먹으로 때리며) 야, 이놈아. 너 도대처 뭣하는 놈이기에 넘의 귀한 딸을 넘보는 거냐. 보아허니 여자 등이나 처먹는 순 날강도 사기꾼 같은디.

안수철 어머니, 저 그런 사람 아니구요, 정란씨와 대학 동기입니다.

김점분 뭐여? 대학이 뭐가 어쩌고 어째?

　　　이때 출입문에 강마담 등장한다. 아들이 맞고 있는 모습을 보자 놀라서 뛰어온다.

강마담 (김점분의 팔을 떼어내며) 누, 누구여? 내 아들 패는 인간이……..

　　　(강마담 김점분을 팍 밀어뜨린다. 김점분 바닥에 나뒹굴어지며)

김점분 아이쿠 나 죽네, 뭔 놈의 여편네가 이리 힘이 좋냐, 아
　　　구구!

양상철 (강마담을 향해 돌진하며) 내 이눔의 여편네를……..

　　　　　(양상철 강마담 눈이 마주치며)

양상철 당 당신…….

강마담 당 당신이…… 어떻게?

김점분 아니, 아아니 이게 누구여?

　　　　정란 안수철 김점분 양상철 모두 놀라서 쳐다본다.

　　　　커피숍 손님들도 무슨 일인가 하여 집중한다.

정란　엄마 아빠, 무슨 일인데 그래?

안수철 엄마 도대체 무슨 일인데 그러세요?

강마담 그 글쎄…….난 난.

김점분 설마 잊진 않았것지? 넘의 서방 후려서 카바레나 들락
　　　거리던 그때 그 야그를.

강마담 뭐 뭐예요?

　　　　(양상철 짐짓 모른 척하며 딴청을 부린다)

김점분 (양상철의 귀를 잡아당기며) 왜 제발 저리냐? 내가 그
　　　때 생각만 혀믄 지금도 자다가도 벌떡 일어난다 그거
　　　여, 이 호랭이가 콱 물어갈 연놈들아.

양상철 아! 참 이제 잊어버릴 때도 되얐구만.

강마담 아니 그때가 언제적 이야긴데?

김점분 그래, 이렇게 만난께 감회가 새롭지야, 왜 그러고 서 있
　　　기만 하는 것이냐? 오랜만에 옛 애인을 만났으면 서로

부둥켜안든가 울든가 지랄을 헐 것이지.

정란 그, 그러니까 옛날에 아빠랑 카바레에 갔던 그 마담 아줌
마가 그러니까 저 안수철이 그 아들?

김점분 그, 그려

정란 (생각난 듯이) 맞아 그때 동네 아줌마들이 그랬어, 그 마
담한테 나보다 두 살 어린 아들이 있었다고 세상에……..

양상철 (웃으며) 세상이 참 넓고도 좁은 것이구면. 그렇게 찾아
도 안 보이더니만 여그서 만나게 될 줄 누가 알았겠는
가.

김점분 (독기든 눈으로) 넌 시방 뭐이가 좋아서 웃는 거이냐?
옛날 바람났던 여편네를 만난께 또 가슴팍에 바람이
솔솔 불어오냐?

김점분 (양상철의 멱살을 움켜쥐며) 죽일 연놈들이 세월이 흘렀
어도 아직도 정분이 남아 있던 모양이구면. 이 두 연놈
을 그냥 콱!

　　　(이때 안수철과 강마담 재빠르게 출입문 쪽으로 달아난
다)

김점분 자고로 유전이란 어쩔 수 없는 거이다. 니가 내를 닮은
것처럼 저 눔도 지 에밀 닮아서 계집질을 할 것이다. 그
러니 넌 아예 꿈도 꾸지 말라. 에미 성질 너도 알제?
에미가 한번 안 된다 하면 안 되는 거이다. 알것지?

정란 으응 엄마. 아 알았어.

김점분 아암 그려야지, 그려야 내 딸이제.

김점분 (홀 안을 휘둘러보며) 그런데 정란아 이것들이 워디로
　　　갔길래 안 보이냐?

정란 엄마가 무서워 도망쳤나 봐.

김점분 이 잡것들이 그새 도망쳐 뻗겼어야, 호랭이가 콱 물어갈
　　　것들…….

29. 시간 경과

　　　　　(안수철 분한 표정으로 커피숍에 나타난다)

안수철 이 커피숍 주인 따로 있다며?

정란 그건 왜?

안수철 어떻게 알았냐고 묻는 게 순서 아냐?

정란 그게 너와 무슨 상관인데?

안수철 깜빡 속을 뻔했잖아 우리 엄마가 알아 봤으니 망정이지.

정란 속다니?

안수철 이 커피숍 보증금이 3억은 넘을 거라더니…….

정란 누가?

안수철 순…….

정란 순…… 뭐?

안수철 어쩐지 이상하다 했지. 하긴 기껏 공장생활이나 한 주제
　　　에 무슨 돈이 생겨서 이렇게 큰 커피숍을 차렸겠어. 주
　　　제에…….

정란 뭐? 공장생활?

안수철 (비웃으며) 그래, 공장생활. 너 대학 들어오기 전에 공

장 다녔었다며 7년 동안이나.

정란 (큰소리로) 야! 이 망할 자식아, 내가 공장생활한 거하고
　　　너하고 무슨 상관인데, 이 양아치 같은 놈아!

　　　(정란 하이힐로 안수철의 조인트를 깐다)

안수철 (손으로 아랫도리를 움켜잡으며 나뒹굴어지며) 아쿠쿠
　　　나 죽네 나 죽어.

정란 집도 직업도 없는 주제에 여자 하나 후려서 붙어먹고 살려
　　　고 한 네놈이 나쁜놈이지.

안수철 (바닥을 뒹굴며) 정란이 너 너.

정란 내가 니 전력을 모를 줄 알고? 너 대학 다닐 때 여진이년
　　　하고 붙어먹었잖아? 이 망할 자식아, 니 엄마도 똑같잖아.

안수철 (바닥에서 벌떡 일어나며) 뭐, 뭐라구?

정란 하긴 그 엄마에 그 아들이지.

안수철 뭐야? 그러는 너는 왜 이 커피숍 주인인 것처럼 속였
　　　냐? 아이구, 나는 그런 줄도 모르고 호주로 날 생각만
　　　했었네.

정란 뭐? 호주?

안수철 그래, 이 커피숍 전세금 빼서 나 혼자 호주로 날아버릴
　　　생각이었다. 왜 아니꼽냐?

정란 누구 맘대로 전세금을 빼, 더러운 양아치 자식.

안수철 뭐 양아치?

정란 그래 이 양아치야!

　　　(안수철 손님용 의자를 번쩍 들더니 그대로 바닥에 내리

친다)

안수철 그러는 넌, 나보다 나이도 두 살 더 많고 못생긴 널 사
　　　랑이라도 한 줄 알았나? 넌 그렇게도 사람 볼 줄도 모르
　　　냐?

정란 뭐야? 이 자식이.

　　　(정란 탁자에 있는 물 컵을 들어 안수철의 얼굴에 집어
　　　던진다. 그러나 재빠르게 피하는 안수철)

정란 더러운 양아치 자식, 평생 여자 뒤꽁무니만 따라다니며 살
　　　아라.

　　　(정란 유리잔이 담긴 쟁반을 들어 안수철을 향해 던진
　　　다. 유리컵 박살나는 소리)

　　　홀 안의 손님들, 놀라서 자리에서 일어난다
　　　바닥에 떨어진 유리컵 파편을 보고 놀라서 밖으로 뛰쳐
　　　나가는 사람도 있다.

사람들 (웅성대며) 이게 무슨 일이래?

　　　이때 장영실 중년남자를 대동하고서 나타난다.
　　　안수철 장영실을 보자마자 밖으로 뛰쳐나간다.

장영실 저, 저 남자 그때 그 남자 아니니?

정란 (모른 척하며) 네? 누구 말인가요?

장영실 방금 전에 여기 서 있다 나간 남자 말야.

정란 네? 누구지?

장영실 그건 그렇고 무슨 일이 있기에 손님들이 다 밖으로 나가
　　　는 거니?

정란 (당황한 기색) 그, 글쎄요.

장영실 (바닥에 떨어진 유리 파편을 보고) 이 이게 무슨 일이
야, 유리컵이 다 깨졌네.

정란 제, 제가 실수로 컵을 쏟는 바람에 죄, 죄송해요, 언니.

장영실 조심하지 않고서, 그래 다친 데는 없니?

정란 (울먹이며) 네에.

장영실 (옆의 남자에게) 천천히 둘러보세요, 제가 육 년 동안
경영해 온 곳이긴 하지만 전철에서도 가깝고 매상도 높
은 편이에요.

남자 네, 실내 장식도 좋고 다 괜찮은데 손님들이 별로 안 보이
네요.

장영실 아직 낮 시간이라 그래요. 저녁 때 되면 많이 몰려올 겁
니다.

　　　(남자 홀 안을 천천히 둘러본다, 탁자와 소파를 만져보
　　　기도 하고 창가에 가 밖을 내다보기도 한다)

정란 (놀란 눈빛으로) 언니 저 사람 누구예요?

장영실 이 커피숍 운영하고 싶대서…….

정란 그, 그럼 커피숍 내놓은 거예요?

장영실 어떻게 하다,보니 그렇게 됐다. 너한텐 안됐지만. 우리
집 양반 병원비를 감당할 수가 없어서 급한 대로 처분하
기로 했어.

정란 그, 그럼 저는 어떻게 되는 거예요?

장영실 이젠 너도 제대로 된 직장을 다녀야지 언제까지 이런 서
비스업에 종사할 수만은 없잖니?

정란 너, 너무나 갑작스러워요.

장영실 원래 사람 일이란 일분일초를 모르는 거잖니. 난들 이
　　　 커피숍을 정리하고 싶겠니, 그 사람 병원비에다 나도 위
　　　 경련이 심해서 더 이상 신경 쓸 수가 없어. 미안하다,
　　　 다른 직장 알아 봐.

남자 (장영실에게 다가오며) 이만하면 전망도 좋고 생각보다 조
　　　 건도 괜찮고 좋습니다. 다음번에 만나 계약 합시다.

장영실 네, 감사합니다. 이만한 조건이라면 절대 후회 안 하실
　　　 겁니다. 결정 잘하신 겁니다.

　　　　장영실 중년남자 출입문 쪽으로 걸어간다. (FO)

30. 시간 경과, 둥지 커피숍

　　　　커피숍 출입문에 '내부 공사 수리 중' 표지 붙어 있다.
　　　　안에서 물건 옮기고 수리하는 장면.
　　　　정란 밖에서 멍하니 서 있다 돌아간다.

31. 길거리를 걸어가는 정란

　　　　바깥 풍경, 육사 앞 철로가 보인다.
　　　　태릉선수촌, 서울여대 앞을 지나는 여대생들.

정란(NA) 3년 동안 나는 커피숍에서 소중한 인생공부를 했다.
　　　　그건 사람을 절대 믿어서는 안 된다는 것과 진실은 처
　　　　음부터 지켜져야 한다는 사실이었다. 이제 난 내 인생
　　　　의 새로운 지도표를 찾아 떠나야 한다. 약간 두렵긴

하지만 그다지 큰 걱정은 하지 않는다. 내게는 어머니
로부터 물려받은 뚝심이 있기 때문이다.

32. 재래시장을 배회하는 정란

경동 시장, 남대문 시장을 쇼핑하는 정란.
장사꾼들의 호객소리에 가던 길을 멈추고 돌아선다.

상인 1 고등어 한손이 이천 원, 떨이요 떨이 자! 마지막 세일이
　　　요
상인 2 자! 산더덕이 한 바구니에 오천 원, 오천 원 무공해 신
　　　토불이요, 자! 마지막 세일, 세일.
상인 3 자! 바나나 한 송이가 단돈 천원, 천원! 딱 세 송이 남
　　　았어요. 후회하지 말고 어서 사가요.
　　　시장을 돌아다니며 구경하는 정란, 표정이 많이 어둡
　　　다. 음식점에 들어가 밥을 먹으며 홀 안을 자꾸만 살핀
　　　다.
　　　다시 거리로 나와 배회하는 정란, 어깨에 멘 가방을 움
　　　켜쥔 채 사방을 두리번거리며 걷는다.
　　　거리에서 옷과 신발을 고르며 살까 말까 망설이는 정란.
　　　어느덧 어두워진 거리를 걸으며 허탈해 하는 모습.
　(NA) 세상은 온통 삶의 전장터 같다.
　　　먹고살기 위해 장사라도 시작해야겠는데 생각만큼 쉽지가
　　　않다. 이러려고 대학을 간 건 아니었는데 참 허무하다는
　　　생각이 든다. 이젠 돈도 거의 다 떨어지고……. 정말 내 신

세가 한심하다.

아! 하느님.

33. 길거리를 지나다 보석상가를 쳐다보는 정란

고개를 갸웃하며 다시 걷는다.

정란 (생각난 듯) 바로 그거야!

34. 정란의 방 안

예금통장을 내놓고 고민하는 정란

한숨을 내쉬다 문득 생각난 듯 장롱 문을 연다.

이윽고 작은 상자를 꺼내 금덩이를 확인하는 정란

금송아지를 꺼내 손으로 만지며 웃는다.

정란 (미소 지으며) 그래 이게 있었지. 급한 대로 이거라도 팔아서 써야겠다. 이 정도면 못 받아도 몇 백만 원은 받겠지.

(정란 금송아지를 신문지로 여러 겹으로 싼 채 집을 나선다. 집 골목을 걸어가며 미소 짓는 정란)

35. 종로3가 보석상가.

종로 거리를 활보하는 여자들.

하나같이 노출이 심한 옷차림이다.

정란 검정색 상의에 청바지를 입고 있다. 문득 자신의 옷차림과 여자들을 번갈아 보며 당황하는 모습

연인들 팔짱을 끼고 거리를 활보한다. 부러운 눈빛으로 바라보는 정란,

(NA) 정란 (속으로) 내가 저 나이 때는 공장에서 일하느라 죽을 고생했는데, 하지만 그때만 해도 내 가슴엔 앞날을 향한 무궁무진한 꿈이 있었다. 지금은 그 꿈이 사라져 안 보이는 것 같지만 언젠가는 반드시 내 가슴속에 다시 찾아올 것이다.

36. 회상

공장 식당(# 16)

　　　공원들 식당에서 밥을 먹으며 시끄럽게 이야기하고 있다.

정란 난 여기서 7년만 일하고 그만 둘 거야.

민자 7년 후엔 뭐할 건데? 결혼하려고?

정란 아니, 난 꼭 대학을 갈 거야.

민자 뭐 대학 ?

정란 응, 나는 우리 엄마처럼 촌무지렁이로 살지 않을 거야, 꼭 대학을 가서 성공할 거야.

민자 결혼은 안 하고?

정란 그건 대학 졸업하고 나서 생각할 거야. 아무튼 난 꼭 대학을 갈 거야.

민자 그런데 스물일곱 살에 대학 간다는 건 무리가 아닐까?

정란 안 되는 게 어딨어. 차근차근 준비하면 되겠지.

민자 넌 차암 꿈도 야무져 조옿겠다.

　　　(민자 숟가락을 놓고 자리에서 일어난다)

　(NA) 아! 왜 갑자기 안수철이 생각나는 걸까? 어쩌다 그런 몹쓸 인간을 알아 가지고……. 그런데 우스운 건 그가 내게 첫 남자라는 사실이었다.

37. 종로 거리

　　　노점상들 사이를 지나며

　　　정란 씨팔, 어쩌다가…….

　　　젊은 연인 한 쌍이 정란을 보더니 겁먹은 표정을 지으며 지나간다.

정란 아! 난 어쩌다가…….

　　　(보석상가로 들어간다)

여직원 어떻게 오셨습니까? 어떤 것을 원하십니까? 아기 돌반 지인가요?

정란 (속으로) 그럼 그렇지.

정란 저 그게 아니고…….

정란 (가방을 열어 금덩이를 내려놓으며) 저 이거 얼마나 받을 지…….

　　　이때 주인 남자가 나타난다. 돋보기와 소책자를 들고서. 금덩이를 만져 보고

주인 남 이거 어디서 구입한 겁니까?

정란 저 아는 사람에게 일시불로 구입했는데요.

주인 남 저 이것 말입니다. 이미테이션입니다.

정란 네? 이미테이션요?

주인 남 가짜, 가짜란 말입니다.

여직원 (한심하다는 듯) 아줌마, 이거 보석상에서 구입한 거 아
　　　니죠. 속고 사신 거라구요.

정란 (당황하며) 속다니? 그럴 리가 없는데. 그때 분명히 중국
　　　서⋯⋯.

여직원 그러게 아는 사람이라고 믿고 샀다간 십중팔구 사기 당
　　　하고 만다니까요.

정란 설마⋯⋯. 그렇다면 안수철 그 자식이 날 날⋯⋯. 속였단
　　　말인가.

　　　정란 바닥에 털썩 주저앉는다.

　(NA) 아! 그건 내가 세상에 태어나 처음 당하는 개망신이자 쪽
　　　팔림이었다. 가짜를 들고 와서 돈으로 바꿔 달라고 했으니
　　　세상에 이보다 더 창피스러운 일이 어디 있단 말인가.
　　　아! 안수철 그 망할 자식이 나를 끝까지 개망신시키는구
　　　나!
　　　(정란, 얼굴이 새빨개진 채 보석상가를 빠져 나온다, 길
　　　거리에 서서 분노를 참느라 씩씩대는 정란.
　　　행인들 지나가며 흘끔댄다)

정란 (발을 구르며) 아이구 분해 망할 자식, 사기꾼 자식, 그러
　　　게 진작에 알아봤어야 하는 건데.

(길거리에 서서 자기 머리를 쥐어박는다)

정란 아! 정말 쪽팔려 못살겠네.

　　　이때 정장 차림을 한 여자가 정란의 앞을 지나 보석상
　　　으로 들어간다.

　　　이어 안수철가 그녀 뒤를 따라 들어간다.

　　　안수철 양복 정장 차림이다.

　　　정란 눈을 씻어 다시 보며 안수철인가 확인한다.

정란 (뒤따라가며) 저 저거 안수철 맞아?

　　　(안수철 정장 차림의 여자와 미소 지으며 상가 안으로
　　　들어서고 있다.)

정란 맞아, 안수철 그 자식이야, 내 이 자식을, 너 오늘 자알 걸
렸다.

　　　(정란 상가 안으로 들어간다, 사방을 휘둘러보는데 코너
　　　가 여럿이라 안수철의 모습이 보이지 않는다.

정란 아니, 이것들이 어디로 사라졌지?

　　　(보석 상가 코너마다 젊은 연인들이 서 있다.)

정란 아니 도대체 어디로 간 거야? 갑자기 하늘로 솟았나?

　　　(그때 정면으로 보이는 코너에서 안수철이 여자에게 반
　　　지를 끼어주고 있다.)

정란 아아니, 저 안수철 맞아?

　　　(안수철 여자에게 반지를 끼워 주며 허리를 살짝 껴안는
　　　다)

정란 (큰소리로) 야! 안수철 이 망할 자식아, 이 사기꾼 날건
달 도둑놈아!

상가 안의 사람들 모두 놀란 눈으로 정란을 바라본다.

사람들 (웅성대며) 무, 무슨 일이야?

정란 야! 안수철 이 망할 자식아. 이 사기꾼 악마 사탄아! 방금 전 여기서 니가 나한테 판 금덩이가 가짜라고 판명난 것 모르지?

정란 가방에서 가짜 금송아지를 꺼내 보인다.

안수철과 여자 정란을 쳐다본다. 웬일인지 표정이 싸늘하다.

안수철 정란을 못 본 척 외면하며 아무 일 없었던 듯이 여자를 감싸 안고 밖으로 나간다.

매장 안의 상인들 정란을 멍하니 바라보다 고개를 돌린다. 가짜 금이라고 말한 보석상 주인 남자와 여직원, 정란을 바라보고 웃고 있다.

정란 이, 이게 어떻게 된 일이지? 가, 가만 이것들이 어디로 가버렸지?

놀라서 밖으로 뛰쳐나가는 정란

정란 종로 거리에 서서 큰소리로 외친다.

정란 (발을 구르며) 야이! 안수철 이 망할 자식아. 이 나쁜 놈아.

사람들이 정란 곁을 지나가며 웃는다. 행인 남자 손가락으로 동그라미를 그리며 웃는다.

(NA) 아마 그때 나는 내 정신이 아니었던 것 같다. 그러니까 그 사람 많은 종로 거리에서 그 난리를 쳐댔겠지.

그 사건으로 인해 나는 한동안 피해의식에서 벗어나지 못

했다. 하지만 어둠이 지나면 새벽이 오듯 어느덧 내게도
그 미래가 다가오고 있었다.

38. 2년 후.

　　　　종로거리를 남편(이경섭)과 함께 걸어가는 정란
　　　　다정한 포즈로 보석상가로 들어선다. 상가 코너에서 아
　　　　이 돌반지를 가리키는 두 사람.
여직원 이게 마음에 드세요?
정란　네, 이 디자인이 마음에 드네요, 이걸로 주세요.
경섭　하나 더 살까?
정란　됐어요, 두 개나 사서 뭘 하게 하나면 돼요.
　　　　(경섭 주머니에서 지갑을 꺼낸다)
여직원 (반지 케이스를 내밀며) 손님, 여기 품질 보증서하고 거
　　　　스름돈 있습니다,
정란　고마워요.
여직원 감사합니다. 또 오십시오.
　　　　정란, 경섭과 함께 상가를 나와 종로거리를 지나간다.
　　　　종로 2가 횡단보도 앞에 서 있는 정란과 경섭, 마침 신
　　　　호등이 파란불로 바뀐다.
　　　　이때 건너편에서 안수철 초췌한 모습으로 걸어온다.
정란　아! 어! 저 안수철 아냐?
경섭　누구 말야?
　　　　안수철과 정란 경섭 세 사람 횡단보도 한가운데서 마주

친다. 놀라서 멈칫거리는 안수철, 그러나 애써 외면한
채 그냥 지나간다.

정란 (안수철 옆을 지나며) 야! 너, 너, 안수철.

경섭 왜 그래? 아는 사람이야?

행인들 놀라서 모두 쳐다본다.

안수철, 정란과 경섭을 돌아보며 횡단보도를 건너 사라
진다.

정란 (멍하니 안수철의 뒷모습을 바라보며) 아휴! 저 인간을!

종로거리를 지나 청계천으로 향하는 정란과 경섭.

안수철 어느새 등 뒤로 다가와 서며, 손으로 정란의 어
깨를 툭 친다.

놀라서 뒤를 돌아보는 정란,

안수철 아무래도 궁금해서…….

정란 아깐 모른 척하고 그냥 지나더니 웬일이야?

안수철 (경섭을 가리키며) 누구?

정란 (자랑스럽게) 남편이야. 집사람은 여전히 안녕하시지?

안수철 (당황하며) 집사람이라니? 무슨?

안수철 (경섭에게 깍듯하게 고개를 숙이며) 안녕하십니
까?

경섭 아, 아까 횡단보도에서 보았던……?

정란 내 대학 동기에요. 작년에 이곳에서 우연히 만났는데 또
만났네.

안수철 나 다음 달에 호주 간다. 우리 이모네가 초청했어.

정란 (속으로) 나쁜 자식. 가짜 금덩이를 내게 팔아먹다

니 내가 그 생각만 하면 지금도 속에서 불길이 치
솟는다. 너같은 놈에게도 진심이란 게 있긴 있냐?

정란 그 호주는 자주도 가네, 이번에 진짜 가는 거야?

안수철 그, 그럼 진짜지, 그럼 다음에 또.

안수철 청계천 다리 쪽을 향해 쏜살같이 뛰어 간다.
그의 등 뒤로 빗방울이 쏟아진다.
정란 안수철의 뒷모습을 바라본다.

경섭 당신 혹시 옛날에 저 치하고 썸씽 있었던 것 아냐?

정란 저 사람은 나보다 두 살 어리고 진짜 애인은 따로 있었다
네요.

경섭 그래? 그런데 저 치가 당신 바라보는 눈이 예사롭지가 않
아서 말야. 하긴 뭐 사람이 인물도 없고 별로 좋아보이진
않네.

(NA) 그건 정말이지 거짓말 같은 우연이었다. 예전 같았으면 욕
을 하고 난리를 쳤겠지만 분노는 이내 사그라들고 없었다.
왜냐하면 내 옆에 사랑하는 남편이 있기 때문이었다. 분노
를 잠재우는 신비한 마력. 그건 바로 사랑이었다.

끝

솔로를 위한 애가

시놉시스
기획 의도

맹목적으로 사랑에 빠진 여자의 위험한 사랑을 그렸다. 판단력과 분별력을 잃은 사랑은 무모하다 못해 결말이 처참하기까지 하다. 나 자신을 지켜내지 못하고 상대의 감정에 올인하는 사랑은 부도 난 수표와 같다.

과거에 얽매이다 세월마저 놓치고 만 여자는 가족에게마저 애물단지로 변하고 마지막 순간 후회하지만 이미 죽음의 문턱에 와 있다.

옛일은 추억으로 넘겨버리고 미래로 나가는 게 급선무다. 감정을 의지로 제어하며 슬기로운 발상과 함께 미래를 개척해 나가야 한다.

등장 인물

정수진(22세) 여대생(백치미가 보이는 어수룩한 인상)

강현민(23세) 대학생 정수진의 애인.(미남형이나 교활한 인상)

경미 (22세) 수진의 대학 친구(약간은 천박한 인상)

미옥 (22세) 수진의 대학 친구

수철　수진의 남동생

정수진 모친(48세)

정수진 부친(50세)

남대문 시장 상인들. 1,2,3

영화감독 스텝 1,2,3,4

　　　　영화 '해안선' 영상 장면. 장동건 과거는 흘러갔다, 총구
　　　　에서 불이 뿜는 장면. 미친 여자를 두고 병사들이
　　　　윤간하는 장면. 수술대에서 중절 수술을 하는 장
　　　　면. 노래 부르는 장면.

시외버스 터미널 매표소 직원. 행인들 1,2,3

병원 의사

재훈 (경미의 아들)13세

버스 기사와 승객들 1,2,3

영등포시장 상인들 1,2,3

군 부대 초소 위병

백화점 여직원과 고객들 1,2,3,

스토리 개요

　분별력 없이 뛰어든 어리석은 여자의 맹목적인 사랑을 그렸
다. 소녀적 감상에 젖어 있는 수진은 친구인 경미에 농간에 넘
어가 대학 시절 만난 강현민에게 올인한다. 강현민은 그런 수진
을 끊임없이 유혹하면서 경미와도 이중적인 사랑 놀음을 하다
군대에 입대한다.

경미 또한 친구인 수진을 위해주는 척하며 현민과 이중적인 사랑 구조에 빠지며 삼각관계가 이루어진다. 이성관계가 복잡한 경미는 이내 현민에게 실증을 느끼고 다른 남자와 결혼한다. 한편 소심한 수진은 경미가 결혼하자 안심하고 현민을 면회갈 때마다 그녀와 동행하는데 어느날 현민이 총기 사고로 전사했다는 소식을 듣고 멘붕에 빠진다.

소심한 수진은 헤어날 수 없는 수렁에 빠지며 게임 중독과 우울증으로 허송세월하며 가족들의 애물단지로 변한다. 여전히 정신연령이 20대 초반 수준인 수진은 어느날 대형마트 앞에서 경미의 아들인 재훈을 만난다.

재훈의 얼굴에서 현민의 모습을 발견하는 수진. 그와 동시에 현민의 죽음과 관련한 실마리를 찾게 된다.

남편에 의해 재훈의 존재가 발각나자 이혼한 경미. 그녀는 또다시 새로운 사랑을 찾아 떠나는데 수진은 여전히 옛 사랑의 추억에 대한 미망으로 괴로워하다 암선고를 받는다. 말기암으로 고통에 시달리는 수진은 또다시 옛 기억을 찾아 시외버스 터미널로 달려간다.

버스 창밖으로 보이는 가을 풍경을 보며 비로소 후회하는 수진.

그녀의 귓가에 성경구절이 들려온다.

너희는 이전 것을 기억하지 말며 옛적 일은 생각하지 말라.

동시에 영화 해안선의 장면이 떠오른다.

스크린에 군대 막사에 누워 있는 장동건이 천장을 바라보고 노래를 한다.

『즐거웠던 그 날이 올 수 있다면 아련히 떠오르는 과
거로 돌아가서… 지금의 내 심정을 전해 보련만 아무
리 뉘우쳐도 과거는 흘러갔다.』

(전반적으로 슬픈 분위기)

#1. 극장에서 영화를 보는 정수진(41세 중년. 평범한 외모)

넋 나간 모습으로 화면을 응시하고 있다. 영화 '해안선'
의 장면이 보인다.

#2. 군대 막사에 누워 있는 장동건. 노래를 시작한다.

〈즐거웠던 그 날이 올 수 있다면 아련히 떠오르는 과
거로 돌아가서… 지금의 내 심정을 전해 보련만 아무
리 뉘우쳐도 과거는 흘러갔다.〉

#3. 화면이 바뀐다.

얼굴에 진흙을 짓이겨 바른 사병들이 철책선을 순회하는
모습이 보인다. 철책선 가까이 팻말이 붙어있다.
〈경고! 밤 7시 이후 이곳에 접근하는 자는 사살될 수 있
음〉

#4. 칠흑 같은 어둠 속

젊은 남녀가 철책선 안으로 들어서고 있다. 어둠 속에서

그들의 섹스가 시작된다. 순간 번득이는 헤드라이트가 그들을 비취고 총구에서 불이 뿜어져 나온다. 연이어 수류탄이 투척되고……

플래시를 든 사병들이 그들 가까이 다가간다. 사지가 찢겨져 나간 남자는 시체조차 찾을 길 없다. 여자 괴성을 지르며 발작하는데…….

5. 포상 휴가를 받고 떠나는 장동건

동네 사람들의 야유가 벌어진다.

6. 미친 여자를 향해 윤간하는 병사들

수술대 위에서 낙태수술을 하는 장면.

7. 명동에서 '과거는 흘러갔다' 노래를 부르는 장동건.

총검술 시범을 보이며 구경꾼 몰려든다. 이때 구경꾼을 향해 칼로 찌르는 장동건, 경찰의 호루라기 소리 들리고 서서히 막이 내린다.

8. 극장 안. 자리에서 일어나는 관객들.

수진도 따라서 일어난다. 눈가에 눈물이 맺혀 있다. 관객들 웅성대며 재미있냐며 묻는다.

9. 극장 밖 도로를 걷는 수진.

영화 속 장동건 모습 위로 강현민의 모습이 오버랩 된
다.
거리 온통 음악의 물결이다. 수진 거리를 걸으며 흥얼거
린다.
아아무리 뉘우쳐도 과거는 흘러갔다.
한 떼의 남자들 수진의 곁을 지나며.

남자 1. (분노에 찬 목소리로) 그것들이 벌써 콩 깐 것 아녀?
　　　내 이것들을…….

남자 2. (험상궂은 표정으로) 서로 눈 맞아서 그러는 것 누가
　　　말리것냐. 관리를 소홀히 한 니 책임이 더 크제.

남자 3. 아! 그런 것 갖고 책임 운운하면 안 되제. 그저 운명이
　　　라 생각하거라.

남자 4. 짜식 지가 무슨 장동건이라고, 얌마 그만 잊아뿌라, 그
　　　래야 정신 건강에 좋은 법이라.
　　　거리에 플라스틱 투명한 모금함이 보인다. 그 앞에 고개
　　　를 수그리고 앉아 있는 노숙자. 신문지로 얼굴을 가린
　　　채 누운 중년여자도 있다. 그들 머리맡 위로 술병과 컵
　　　라면이 놓여 있다. 어디선가 호루라기 소리가 들려온다.
　　　거리 한 가운데 멍하니 서 있는 수진. 사람들 지나가며
　　　흘끔댄다.

　(E) 「너희는 내일 일을 자랑하지 마라 하루 동안에 무슨 일이 날
　　　는지 알 수 없음이니라」

10. (과거) 수진의 20대. 대학 앞 커피숍.

대학생들 삼삼오오 모여 앉아 담소를 나누고 있다.
홀 안 가운데 수족관 옆에서 서로 이마 때리기를 하는
경미와 현민

경미 (수진과 같은 과 동료, 글래머한 몸집에 천박해 보이
는 스타일이다.)

현민. (경미의 초등학교 동창이자 애인이다. 수진과 같은 대학
에 다니는 공대생이다. 큰 키에 이목구비가 수려한 미남
형이다.)

홀 안의 여대생들, 현민을 가리키며 영화배우 아니냐며
힐끔거린다.

여자 1. 저기 저 남자 말야, 수족관 옆에서 여자랑 이마 때리기
하는.

여자 2. 저 남자 왜?

여자 1. 혹 영화배우 아닐까. 이영하하고 비슷하게 생겼다. 그
치.

여자 2. (으쓱대며) 응, 저 남자 우리학교 공대생 강현민이야,
그야말로 미남스타지.

여자 1. 그러니? 정말 잘생겼다. 나 좀 소개시켜 주면 안 될까.

여자 2. 넌 눈으로 보고도 모르니? 저 둘 사이 벌써 이거야.
(새끼 손가락을 쳐들며) 저년 소문난 걸레야, 지금까
지 가만 놔 둘 리가 없지.

이때 커피숍 안으로 들어서는 수진. 경미 수진을 향해 손을 흔든다.

경미 수진아, 여기야 여기.

경미와 현민 앞에 와 앉는 수진. 현민의 눈빛이 확 바뀐다. 그런 현민을 바라보며 경계의 눈빛을 띄는 경미.

수진, 경미와 현민에 비해 어리숙하고 천진난만해 보이는 눈빛이다.

사방을 휘둘러보다 현민을 바라보며 웃는다.

사납게 변하는 경미의 표정.

경미 내 친구 수진이야. 우리 과에서 인정하는 천연기념물이지. 서로 인사해.

현민 (호기심에 찬 눈빛으로) 난 강현민이라고 해. 공대에 재학중이야. 생일이 빨라서 일 년 먼저 들어왔어 졸업하면 곧장 군대 갈 거야. 경미와 난 초등학교 동창이고 그때부터 쭉 친구야.

수진 (현민에게 반한 듯 얼굴이 빨갛게 달아오르며) 저 전 수진이에요 정수진.

경미 얘는 무슨 경어를 쓰고 그러니, 그냥 우리 말 터놓고 지내자 야자 타임 알지.

커피를 마시며 창밖을 내다보는 수진. 창(窓)에 경미가 현민에게 주먹을 들었다 놓는 모습이 비친다. 손을 내저으며 알았어를 반복하는 현민.

화장실을 가기 위해 일어서는 수진. 여전히 이야기에 몰두해 있는 경미와 현민. 수진이 화장실에서 돌아오자 세 사람 자리에서 일어나 카운터로 다가간다.

경미와 현민 (수진을 바라보며) 찻값은 니가 계산해.

현민 다음엔 내가 멋지게 한 턱 쏠게.

경미 (현민의 팔을 확 낚아채며) 수진인 너나 나하곤 종류가
    달라, 함부로 손대면 죽을 줄 알어. 이 날라리 자식아.

11. (과거. 회상) 수진의 집.

거실 소파에 탁자가 보이고 벽에 유명화가가 그린 그림
이 보인다.

한쪽에 청소기가 보이고 난초 화분이 창가에 진열돼 있
다. 장식장 안에 상패와 훈장도 보인다.

탁자 한가운데 전화기가 보인다.

대체적으로 고급스런 분위기다.

수진 거실 안으로 들어선다. 들어서자마자 울리는 전화
벨소리.

수진 (수화기를 들며) 여보세요?

현민 집에 잘 들어갔나 궁금해서. 주말쯤 시간 낼 수 있니?

친구 녀석이 양평에 있는 카페에서 일일 찻집을 한다는데 모른
척할 수가 없어서……. 같이 좀 가줄래?

수진 (당황하여 수화기를 놓칠 뻔하며) 겨, 경미하고 가세요.

현민 경미? 걘 일주일 스케줄이 빡빡한 애야. 못생긴 게 재주도
용치. 아마 꼬리가 아홉은 달린 모양이야.

수진 …….

현민 (자신 있는 목소리로) 토요일 날 수업 없지. 그럼 전에 만
　　났던 그 장소로 나와.

　　　　딸깍하고 전화 끊는 소리가 들린다.

　　　　다음날 아침. 수진의 집 거실

수진 엄마아, 나 옷 사게 돈 줘.

엄마 애는 옷 산 지 얼마나 되었다구 벌써 옷 타령이야. (의심스
　　런 눈초리로 쳐다본다)

수진 그건 다 캐주얼한 거란 말야. 이번에는 정장을 사야 해,
　　다음 주부터 교생 실습을 나가야 한다구.

엄마 (못 미더운 듯) 그래?

엄마 (주머니에서 돈을 꺼낸다) 옛다, 아껴 써.

수진 (돈을 세며 들뜬 목소리로) 알았어.

12. 남대문 시장

　　　　상인들의 호객소리가 들린다.

　　　　매대 위에서 검정 비닐을 뒤집어 쓴 채 춤을 추는 남자
　　　　상인. 사람들 오가며 웃는다. 젊은 연인들 팔짱을 끼며
　　　　옷을 고르는 모습.

　　　　수진, 연인들 틈에 끼어 열심히 옷을 고른다. 이윽고 옷
　　　　을 꺼내 들며

수진 아저씨, 이거 얼마에요?

상인 (손바닥을 쫙 펼쳐 보인다)

수진 (돈을 건네며) 옷을 비닐 안에 담는다.

수진 (백화점 쪽으로 걷는다.) 거리를 오가는 연인들을 바라보
며 현민의 얼굴을 떠올린다.

13. 백화점 안으로 들어서는 수진.

그녀 곁을 스치듯 현민과 경미가 지나간다.

세 사람 다 눈치 채지 못한다.

화장품 코너 앞으로 가는 수진 쇼 윈도우를 보며 미소
짓는다.

백화점 여직원 1. 손님 파운데이션 하나 보실래요. 새로 들어온
게 있어요.

수진 (얼굴이 빨갛게 달아오른다.)

여직원 1. 이거는요, 청순한 스타일로 화장을 한 듯 안 한 듯
자연색에 가까워요. 손님 아직 학생이시죠?

수진 네에.

여직원 1. 그러면 이걸로 하세요. 청순미에서 가련미까지. (화장
품을 꺼내 올려놓는다.) 이 파운데이션 색조가 손님 스
타일에 가장 잘 맞을 거예요. 파운데이션을 얇게 펴 바
르신 다음에 콤팩트를 살짝 두드리세요. 마지막으로 이
볼 터치를 하면 돼요.

수진 얼마예요?

여직원1. 이것 셋 다 합쳐서 오만 육천 원이오.

수진 (놀라며) 그렇게나요?

여직원 1. 이건 주니어용으로 이중에서 가장 저렴한 거예요.

수진 주, 주세요. 얼마라고 했죠?

14. 수진 백화점 쇼핑백을 들고 밖으로 나온다.

어두워진 거리를 들뜬 표정으로 걸어가는 수진.
지나가는 사람에게 발을 밟힌다.
수진 아얏!
이때 수많은 인파 속에 경미와 현민의 모습이 보인다.
팔짱을 끼고 길을 지나는 두 사람. 차도를 건너 명동 쪽
으로 사라진다.

15. 수진의 방.

거울 앞에서 옷을 차례로 입어보는 수진.
행복한 미소를 지으며. 화장품을 꺼내 발라본다. 이때
거실에서 엄마의 목소리가 들려온다.
엄마 수진아 아! 어서 밥 먹지 않고 뭐해?
수진 아, 알았어 엄마.

16. 시간 경과

수진의 방. 옷을 꺼내 입어보며 부산을 떠는 수진. 얼굴
에 화장 분을 두드리며.
수진 어때 이 정도면 괜찮지? 하긴 현민씨가 워낙 잘 생겼어야
지.(기뻐 어쩔 줄 모르는 모습)

17. 커피숍

성장(盛裝)한 모습으로 현민을 만나기 위해 커피숍에 나타나는 수진. 한껏 고무된 표정이다. 그런 그녀를 한쪽에서 지켜보는 현민. 입가에 미소가 번진다. 현민 숨어 있다 갑자기 나타나 수진을 놀라게 한다.

현민 수진앗!

(현민 수진의 어깨에 손을 다정스레 얹으며 밖으로 나간다.)

18. 양평 강가

해가 지고 있다. 강물에 노을 그림자가 비친다. 쪽배를 젓는 노인. 느티나무 뒤로 키스하는 연인도 여럿 보인다.

현민 우리가 앉아 있는 이곳은 양평군이고 저기 저 강 건너편은 경기도 광주야. 밤이 되면 그야말로 환상적인 분위기로 변하지. 인가(人家)에서 비치는 불빛과 강물이 어우러져 데이트하기엔 아주 딱이야.

현민 어느새 수진의 손위에 자신의 손을 얹고 있다. 어깨를 끌어당기며 수진을 가슴에 안는다. 눈을 감는 수진. 강바람이 물결치는 소리와 함께 요란하게 들린다. (효과음). 잠시 후 강가에서 폭죽 터지는 소리가 들린다.

푸쉬쉬식! 펑! 펑!

사람들 일제히 소리 지르며. 야호!

사람들 강가에서 웅성거리며. 카메라 앵글이 돌아가고 자동 경적 소리도 울린다. 감독으로 보이는 남자. 원고 뭉치를 들고서 스탭진을 향해 소리친다.

감독 어이! 거기 빨리 빨리 움직이지 않고 뭘 하나. 그리고 소품 준비 다 됐나?

스탭 1 예, 감독님 준비 완료됐습니다.

화려한 의상을 입은 여자배우가 남자 배우에게 안겨 정박해 놓은 보트에 올라탄다. 조명 그들을 비추며 촬영이 시작된다.

감독 큐!

카메라 앵글 돌아가는 소리. 스탭진들 분주히 움직인다.

현민 영화 촬영하는 모양이야. 우리 가까이 가서 구경할까?

현민과 수진 촬영 장소로 가까이 가는데 스탭 중 하나가 다가와 멀리 가라고 손짓을 한다.

현민 (뒤로 물러가며) 여기서 잠깐만 기다려 전화할 데가 있어.

현민 가게가 보이는 쪽으로 빠르게 뛰어간다. 멍하니 뒷모습을 바라보는 수진.

잠시 후 현민 맥주 두 병과 과자 봉지를 들고 나타난다.

현민 한 병씩 나눠 마시자. 이렇게 좋은 밤을 그냥 보낼 순 없잖아 좋은 추억의 밤을 만들자.

현민 뚜껑을 따자마자 맥주를 벌컥벌컥 들이켠다.

현민 (수진에게 잔을 내밀며) 기분 좋은 밤이 될 거야 어서 마셔.

수진 나는 술 못 마시는데.

#19. 과거 회상

>   경미 : 너 남자가 술 권하면 절대 마시지 마, 그건 잠자
>   리로 끌어들이기 위한 함정이야 알았지?

20. 양평 강가

현민 내숭 떨지 말고 어서 마셔, 왜? 취할까 봐 그러니 걱정
    마. 내가 집까지 모셔다 줄 테니 안심하고 마셔.
>   현민이 수진을 끌어당기는데 하마터면 두 사람의 얼굴
>   이 포개질 뻔한다.
>   수진 아예 현민의 가슴에 파묻힌 채 맥주병을 거꾸로 들
>   어 입에 들이붓는다.
현민 수진아 우리 만나는 거 경미한테는 당분간 비밀로 하자.
수진 왜?
현민 그냥 깜짝 놀래주려고.(혼잣말로) 경미 그년 못생긴 년이
    재주도 용치, 어릴 때부터 남자 호리는 재주 하나는 뛰어
    나단 말야. 그래도 못나긴 했어도 몸매 하나는 끝내주는
    편이지.
>   수진 점점 취하는 모습이다. 마침내 손에서 맥주병이 떨
>   어져 바닥에 뒹군다.
현민 (수진의 목덜미를 만지며) 춥지 않니?

카메라 : 두 사람의 다리가 밀착되는 모습 클로즈업. 순간 요동을 치며 자리에서 일어나는 수진.

현민 왜 그래 갑자기?

수진 (당황한 목소리로) 하, 하늘에 별이 보여요.

현민 취한 모양이군……. (피식 웃으며) 그것 봐 내가 분명 좋은 밤이 될 거라고 그랬잖아.

양평 강가 칠흑같이 어둡게 변한다. 촬영 팀 철수한다. 가끔씩 아베크족들만 눈에 띈다.

카메라 강가에 비치는 불빛. 모텔에서 뿜어내는 불빛 비춘다. (FI)

현민 (사방을 둘러보며) 너희 집은 통행금지가 몇 시니?

수진 (갑자기 정신을 차린 듯) 버스 놓지겠어. 어서 집에 가요.

수진, 차도로 향해 걸어가다 취한 듯 픽 쓰러진다. 현민 어느새 다가와 부축하는 체하더니 수진을 끌어안는다.

21. 명동 거리

명동 거리를 지나는 수진과 현민.
수진 행복한 표정으로 현민의 팔짱을 끼고 있다.
거리를 지나는 행인들 부러운 눈초리로 두 사람을 바라본다.
백화점에 들러 옷을 입어보는 두 사람. 마음에 안 드는지 밖으로 나온다.

22. 레스토랑 안

식사를 하며 즐거워하는 수진과 현민.

현민 : 왠지 불안해하는 표정이다. 자꾸 시계를 들여다 보며

현민 기말 고사 잘 봤니?

수진 (고개를 끄덕거린다.)

현민 요즘도 경미하고 잘 지내니?

수진 그건 왜?

현민 우리 만나는 거 말 안 했지?

수진 (의심과 불안의 눈빛을 한다) 네.

현민 다 먹었음 나가자. (수진의 허리를 껴안는다)

23. 대학 내 화장실

가슴을 두드리며 구역질을 하는 미옥의 모습이 보인다.

미옥 (수진과 경미의 과 친구. 마른 몸매에 얼굴에 궁기가 흐른다.)

거울을 보며 미옥 웩웩거린다. 때마침 화장실에 나타나는 수진.

미옥 (반가운 표정을 지으며.)

미옥 수진아, 나 돈 좀 빌려 주라.

수진 돈이 얼마나 필요한데?

미옥 삼, 삼십만 원.

수진 그렇게나 많이 왜 무엇 때문에, 그렇게 큰돈이 필요한 건데.

미옥 이유는 묻지 말고, 시기를 놓치면 곤란하거든.

수진 (눈치 챈 듯) 너 혼자만의 문제도 아닐 텐데 왜 모든 걸 혼자 뒤집어쓰려는 거니?

미옥 굼벵이도 구르는 재주가 있다더니 어떻게 눈치 챘니?

수진 그냥, 어제 드라마 사극에서 장희빈이 임신한 장면을 보고…….

미옥 그나저나 나 돈 빌려 줄 수 있어?

수진 내 저금통 깨야지 뭐. 그런데 한 가지 물어볼 게 있어, 어젯밤 현민씨와 술자리에서…….

미옥 뭐 키스했다구?

수진 그게 아니고…….

미옥 그럼 너보고 하자구 그랬구나?

수진 하다니 뭘?

미옥 관계 말야.

수진 관계? 그럼 그 말이 결국 그 뜻이었니?

미옥 이런 맹추, 남자들이 군대 가기 전에 여자에게 도장 찍는다는 말이 바로 그거야.

수진 그거였어?

　　　(수진과 미옥 깔깔대고 웃는다. 다음 순간 불안해하는 수진.)

미옥 (엄한 표정으로) 너 강현민이라는 그 친구 절대 경미에게 보여 주지 마라.

수진 왜?

미옥 경미, 그거 남자 킬러야. 남의 남자 빼앗는 게 그년 취미
　　　생활이라구. 너도 조심해라.

수진 (속으로) 쳇 저도 마찬가지면서 저도 똑같은 날라리인 주
　　　제에.

미옥 너 경미 년 남자가 몇 명인 줄 아니?

수진 (놀란 표정으로) 몇 명인데?

미옥 최소 6명.

수진 뭐어? 그 많은 남자를 어떻게 다 관리해?

미옥 그러니까 그년이 재주가 용치. 그년 별명이 뭔지 아니?

수진 (덜 떨어진 표정으로) 뭔데?

미옥 걸레.

24. 시간 경과.

　　　　대학 내 가을 풍경. 낙엽이 쌓인 길을 학생들 지나간다.
　　　　벤치에 앉아 이야기하는 여학생들. 그 광경을 휴게실에
　　　　앉아 창밖으로 내다보는 수진. 경미 다가와 앉는다.

경미 (못마땅한 표정으로) 뭘 그렇게 열심히 보니?'

수진 응 낙엽. 이젠 완연한 가을인가 봐.

경미 넌 아직도 사춘기냐?

수진 저기 좀 봐 단풍이 정말 예뻐.

경미 (시큰둥한 표정으로 창밖을 보며) 단풍진 것 하루 이틀 보

나.

경미 (갑자기 따질 듯한 기세로) 너 강현민하고 그거 안 했지?

수진 그거라니?

경미 잠자리 말야.

수진 (어리둥절한 표정을 짓는다)

경미 그럼 됐어.

수진 되다니 뭐가?

경미 고무신을 신은 것도 아니고, 이제 깨끗이 잊고 좋은 남자
　　골라 봐.

수진 그게 도대체 무슨 말이니?

경미 남자는 군대 가면 마음이 달라진단 말야. 그러니 채이기
　　전에 니가 먼저 차란 말야.

25. 현재(41세의 수진) 대학 병원 암병동에서 나오는 수진.

얼굴이 창백하다. 갑자기 어지러운 듯 두 손으로 얼굴을
가린다.
바닥에 주저앉는다. 행인들 지나가며 수진을 쳐다보고
수진 가슴을 움켜쥐고 운다.

26 (회상) 암 병동 진료실

의사 앞에 앉아 있는 수진. 의사 심각한 표정으로 차트
를 내려다보며.

의사 이렇게 진행될 때까지 정말 몰랐단 말입니까? 아니 어떻

게 이 정도까지.

수진 그렇게 심각한가요?

의사 (기막힌 표정으로) 암세포가 이미 폐 전체를 덮었고 간까
　　지 전이됐습니다.

수진 그렇다면…… (멍한 표정을 짓는다)

의사 가족관계는 어떻게 됩니까?

수진 네? 그건 왜죠?

의사 (기막히다는 듯) 몰라서 묻습니까?

수진 수술도 안 되나요?

의사 이미 늦었습니다. 항암치료가 있긴 한데 그것도 확률이 희
　　박합니다.

수진 (멍한 표정으로) 네에, 네에 그렇군요.(자리에서 일어나
　　밖으로 나간다)

27. 시외버스 터미널 앞

　　　수진 무엇엔가 홀린 듯 매표구 앞으로 다가간다.
　　　그러다 문득 멈춰 서는 수진. 사방을 휘둘러보며 갑자기
　　　울부짖는다.

수진 아아아악!(가슴을 움켜쥐며 옆으로 쓰러진다) 카메라 클
　　로즈업.

　　　행인들 수진의 곁 지나며 한결같이 못 본 체한다.

행인 남자 1. 현대는 무관심을 지나 냉소주의라 하더니 차암
　　　(혀를 끌끌 찬다)

행인 여자 1. 여보세요(흔들어 본다) 여기 누워 계심 어떡해요?
　　　　여보세요.
　　　　망설이다 핸드폰으로 어디론가 전화를 한다.
　　　　잠시 후 나타나는 경찰. 성가신 표정이다.
경찰 (바닥에 쭈그리고 앉아 귀찮은 듯 수진을 흔들며) 이봐요.
수진 (간신히 눈을 뜨며) 누, 누구시죠?
경찰 쳇 아직 죽진 않았군.

28. 과거 회상(수진의 20대 중반)

경미 (오열하며) 수진아 불쌍해서 어떡하니. 니가 너무 불쌍해
　　서 어떡하니.
수진 (잔뜩 긴장하며) 무슨?
경미 수진아, 수진아 아! 글쎄 현민이가 현민이가.
수진 (떨리는 음성으로) 현민씨가 왜? 무슨 일이라도……
경미 글쎄 군에서 총기 오발 사고로 죽었대.
수진 뭐? 그게 도대체 무슨 소린데? 그, 그럼.(자리에 털썩 주
　　저앉는다) 거짓말이지 거짓말 맞지? 지금 나 놀리려고 하
　　는 소리지?
경미 그렇다면 얼마나 좋아, 아이구 현민아!
수진 정, 정말이구나!(바닥에 엎드려 운다) 하 하나님 도대체
　　이게 어찌된 일인가요, 하나님!
　　　　(옆으로 쓰러진다)

29. 시간 경과 (수진의 집안)

수진 (거의 실성한 표정으로 앉아 있다)

벽에 기댄 채 눈물만 흘린다.

　　방문 밖에서 가족들의 이야기 소리가 들려온다.

수철 (수진의 남동생 34세) 나이 사십이 내일 모렌데 아직도
　　죽은 남자 생각에 목매달고 있다니 제 정신이냐?

엄마 그 작자 죽어서 저승에 갔다지만 복도 많네 그려, 어여 우
　　리집 대문에 홍살문 세워 주거라.

수철 나 원참 처갓집 쪽에 뭐라구 말을 해야 좋을지, 나이 사십
　　다 된 노처녀가 집안에 떡 버티고 있으니 이것 참 남사스
　　러워서.

엄마 (수진의 방을 향해) 넌 과거는 흘러갔다는 저 유명한 노래
　　도 모르냐? 죽은 귀신 끌어안고 세월 낭비하지 말고 차라
　　리 취직을 해라. 아님 마땅한 재취 자리라도 나서면 어서
　　가버려.

아빠 쟨 도대체 누굴 닮아 저 모양이야. 나 원참. 동네 창피해
　　서.

수경 (수진의 여동생 28세) 저렇게 하루 종일 꼼짝도 않고 누
　　워 있는 걸 보면 아무래도 우울증 같아, 아니 정신분열증
　　세 같기도 해.

엄마 아이구, 짐승 같으면 장에 내다 팔아먹기나 하지, 내가 속
　　상해서 못 살아.

아빠 당신 무슨 말을 그렇게 해?

엄마 하도 속이 상하니까 그러지.

수진 (죽은 듯이 바닥에 엎드려 있다) 이윽고 이불을 뒤집어 쓴 채 운다.

30. 수진 거리를 걸으며 젊은 연인들을 바라본다.

정신없이 떠돌아다니는 수진. 넋 나간 모습으로 흐느적거린다. 자신도 모르게 지나가는 남자의 구두를 밟는다.

남자 행인 1. 아얏! 아주머니.

수진 아주머니라고? 나?

행인 1 그럼 여기 아주머니밖에 더 있어요.

수진 (당황한다) 그런데 무엇 때문에 그러시죠?

행인 1 아까 아주머니가 내 구두를 밟았잖아요.

수진 구두를 밟다니요? 제가요?

행인 1 좀 전에 아얏 하는 소리 못 들었어요?

수진 (남자의 발을 내려다본다) 죄 죄송해요.

행인 도대체 정신을 어디다 두고 다니는 거요? (수진의 아래 위를 훑어보며)

손가락으로 허공에다 동그라미를 그리며. 돌아서 간다.

수진 (거리를 배회하며 속으로) 그는 죽지 않았어. 꼭 다시 살아서 돌아올 거야. 아니 그가 죽었다는 건 경미가 꾸며댄 말이 틀림없어. 그는 나 모르는 곳에서 살아 있는지도 몰라.

31. 수진의 집안.

가족들 모여 앉아 이야기하고 있다. 수진이 들어서자 심
각한 표정으로 바뀌며.

아빠 수진이 너 거기 앉아.

수진 (힘없이 자리에 앉는다) 무슨?

아빠 수철이 이번 달에 결혼하는 알지?'

수진 (고개를 끄덕인다)

엄마 수철이 내외랑 같이 살다 보면 너도 불편할 테고, 해서 내
린 결론인데 니 몫으로 방 하나 얻어 주기로 했으니까 나
가 살아라. 이젠 너도 네 앞가림 정도는 하고 살아야지,
안 그러냐?

수진 응, 알았어.

수경 (수진을 흘겨보며 웃는다)

32. 동네 옥탑방

수진 방안에서 컴퓨터 게임에 열중하고 있다.
게임에 몰두하며 노래를 하는 수진
'아아무리 뉘우쳐도 과거어는 흐을러어갔다'
이때 벽력같이 울리는 전화 벨소리.

수진 여보세요?

경미 (급한 목소리로) 수진아, 나야.

수진 경미구나.

경미 수진아, 나 돈 좀 빌려줄 수 있니?

수진 돈? 얼마나?

경미 이 이천만 원

수진 그렇게나 큰돈이 어디 있어. 나 용돈 떨어진 지 오래야.

경미 나 사실은 신용불량자 됐어. 그동안 카드를 너무 긁어댔거든.

수진 (경악하며) 뭐! 뭐! 신용불량자. 그럼 너 너.

경미 응, 나 지금 쫓기고 있어. 지난번에 만난 남자 카드빚 메워주다가 그렇게 됐어. 우선 급한 대로 이천만 원이 필요해, 그거 당장 메워 놓지 않음 나 어떻게 될지도 몰라.

수진 도대체, 도대체.

경미 그 망할 자식이 자꾸 꼬시는 바람에, 아휴 그 새끼 때문에 이혼 당하게 됐지 뭐야. 어! 어! 수 수진아!(갑자기 경악하며) 아악! (찰칵. 전화 끊어지는 소리)

33. 대형 마트 안

　　　사람들 분주히 오가고, 수진 정신없이 구경하며 돌아다닌다.
　　　이 때 수진 앞으로 다가오는 재훈

재훈 (경미의 아들 15세) 아줌마 안녕하세요?

수진 누구지?

재훈 아줌마 저 모르시겠어요? 섭섭하네요. 저 재훈이잖이요, 아줌만 우리 엄마 친구고요.

수진 그런가 누구였더라?

재훈 저희 엄마 기억 안 나세요? 오·경·미, 아줌만 우리 엄마 대학 친구 맞잖아요.

수진 아! 그래 맞아. 재훈이 이게 얼마 만이니? 벌써 안 본 지가 6-7년은 된 것 같다. 그동안 많이 컸구나, 꽃미남이 따로 없네(속으로) 제 부모가 이혼한 지 얼마나 되었다구 그래도 녀석 날 기억하는 걸 보니 제 엄마를 그대로 닮았네.

수진 많이 컸구나 이젠 의젓한 미남이 되었구나. 자식, 여자 친구도 꽤 많겠구나.

재훈 겨우 일곱밖에 안 되어요.

수진 뭐? 일곱이나?

재훈 그나마 얼마 전에 사귀던 여자애들과 헤어져서 일곱이에요 전에는 이 열 손가락으로 다 셀 수 없을 정도로 많았는 걸요.

수진 (속으로) 역시 그 엄마의 그 아들이다. 피는 어쩔 수 없구나. 그런데 녀석이 아무리 봐도 제 아빠는 안 닮은 것 같다. 가만, 가만 그러고 보니 녀석의 눈빛이 현민씨를 많이 닮았네. 아닌가 내 착각인가.

수진 그래 요즘도 외갓집에서 지내니?

재훈 네.

수진 동생 재경이도?

재훈 아뇨, 재경이는 아빠랑 새엄마랑 같이 지내요.

수진 너는 왜 같이 안 살고?

재훈 저는 그냥 외할머니랑 사는 게 더 좋아요. 자유롭고 여자
　　친구도 마음대로 사귈 수 있고 좋잖아요.

수진 아빠는 안 보고 싶니?

재훈 아뇨, 아빠는 저를 싫어해요. 아줌마가 보셔도 저는 아빠
　　랑 하나도 안 닮았잖아요.

수진 (재훈의 얼굴 위에 현민의 얼굴 클로즈업 된다)
　　　　흠칫 놀라며

재훈 그런데 아줌마, 카사노바가 뭐예요?

수진 카사노바라니?

재훈 우리 아빠가 저보고 카사노바 기질이 농후하대요. 그래서
　　여자 친구 사귀지 말고 공부에만 힘쓰랬어요.

수진 애들한테 별 소리를……. 그래 점심은 먹었니? 아줌마가
　　자장면 사줄까?

재훈 먹었어요.

수진 그런데 여긴 혼자 온 거니?

재훈 아뇨 여자 친구랑 같이 왔어요. 제 여자 친구는 지금 속옷
　　매장에 있을 거예요. 이따가 출입구에서 만나기로 했어요.
　　어! 저기 제 여자 친구가 오네요. 다음번에 만나면 맛있는
　　거 많이 사주세요.

　　　　재훈 손을 흔들며 에스컬레이터 쪽으로 사라진다. 수진
　　　　갑자기 어두운 표정으로 발걸음을 옮긴다. 반찬코너에
　　　　들러 밑반찬을 사는 수진, 계산대로 다가간다.
　　　　순간 멈칫하는 수진. 재훈의 얼굴 위로 현민의 표정 오

버랩 된다.

34. 과거 회상

현민의 군 생활. 연병장에서 구보를 하는 군인들 속에
현민의 모습 보인다.
군가 합창 소리.
〈사나이로 태어나서 할 일도 많다만…….〉

35. 수진과 경미

현민을 면회 하기 위해 상봉동 시외버스 터미널 안으로
들어선다. 그들 앞에 간성 매표구가 보인다.

경미 어휴! 내가 못 살아. 혼자 가면 어때서 면회 갈 때마다 꼭
　　나보고 따라가 달래요. 하여간, 겁은 많아 가지고선.

수진 그럼 어떡해, 하루 만에 다녀올 수도 없는 거린데.

경미 현민이가 너 잡아 먹을까 봐 그러니? 아! 따로 자면 되잖
　　아.

수진 그래도 결혼 전까진 안 돼.

경미 누가 아다라시 아니랄까 봐, 너 나 다음 달에 결혼하는 거
　　알지?

수진 응, 그래서 더 미안해.

경미 (으스대며) 알면 됐어. 지난달에 현민이가 근무하는 초소
　　에서 간첩이 출몰했대. 비상이 걸리고 난리도 아니었다더
　　라.

수진 언제? 언제 그런 일이 있었대?

경미 응?(당황하며) 그, 그러니까 말이지, 지난달에 너랑 면회
　　 갔던 날 말야. 부대에 비상 걸려서 현민이 얼굴도 못 보고
　　 그냥 서울로 왔었잖아. 그때 간첩선이 출몰해서 그래서 현
　　 민이가 우리 면회 못했던 거래.

수진 그건 작년 겨울에 있었던 일 아냐? 눈이 많이 내려서 길도
　　 막히고 부대에 비상이 걸려서 그때 간첩이 나타나 소동이
　　 있었다고 하던데.

경미 그 그랬었나.(당황하며) 내가 착각한 모양이군, 요즘 말
　　 야, 내가 결혼 준비로 어찌나 바쁜지.

수진 그러고 보니 한 달도 안 남았네. 혼수준비는 다 돼가니?

경미 준비야 엄마가 하는 건데 뭐. 내 마음이 문제지.(말하다
　　 말고 헛구역질을 한다.) 욱! 체했나
　　 　　(가슴을 쓸어내리며 수진의 눈치를 본다)

수진 너 설마 벌써?

경미 벌써 뭐? 넘겨짚지 마. 나 속도위반 안 했어.(눈을 흘긴
　　 다)

수진 (착잡한 표정이다.)

36. 전방 부대 면회소.

　　 현민과 경미, 수진이 마주 앉아 있다.
　　 창밖에 헌병 초소가 보이고
　　 군인들 소리치며 환호하는 모습.

현민 경미, 넌 홀몸도 아닌데 뭐하러 이 먼 데까지 왔어.(걱정
　　스런 눈빛으로 경미를 바라본다)

　　　　수진 (경미와 현민을 불안한 눈빛으로 바라본다)

경미 누군 오고 싶어 와. 수진이 쟤가 꼭 같이 와주길 바라서
　　왔지. 누가 저 잡아먹기라도 할까 봐서 겁은 많아 가지고
　　선.(수진을 향해 눈을 흘긴다)

현민 그래도 기특하지 않니? 여기까지 면회와 준다는 게.

경미 그러고 보면 수진이 얘가 널 엄청 좋아하긴 하나 봐.

현민 (수진을 바라보며 웃는다.) 수진이 너 안 추워?

수진 괜찮아.

경미 으 추워, 밖에 눈이 많이 쌓여서 빨리 돌아가야 할 것 같
　　애.

수진 그런데 너 경미 속도위반한 게 어째 좀 그렇다.

경미 뭐가 어때서? 너 혹시 딴 생각하는 거 아니지?

수진 딴 생각이라니 무슨?

경미 현민(동시에) 넌 알 거 없어.

수진 (순간적으로 표정이 어두워진다.)

37. 간성 시외버스 터미널

　　　　매표구 앞에 현민과 수진 경미 함께 서 있다.

현민 경미 너 몸조심하고 다음부터 면회 오지 마라. 남편한테나
　　잘해. 그리고 다음부터 수진이 너 혼자 와, 결혼한 사람

힘들게 하지 말고. 아님 나 제대할 때까지 기다리던가.

수진 알았어.

현민 그래 그럼 둘 다 잘 가.

수진 경미(동시에) 그래 너도 잘 들어가.

　　　수진 (서울행 고속버스에 오른다. 뒤를 돌아보며)

수진 경미 너 서울 안 가?

경미 응 난 속초에 볼 있어서.

수진 갑자기 웬 속초?

경미 응, 니가 모르는 일이 있어, 나중에 보자. 그럼 잘 가.

수진 응(속으로) 이상하다 갑자기 속초에 무슨 볼일이 있다는
　　　거지, 서울서 올 때도 아무 말 없더니.

38. 시간 경과. 경미가 사는 집

　　　거실 고급스런 장식장 옆에 골프채가 보이고 도자기와
　　　난초 화분이 진열돼 있다.
　　　피아노와 컴퓨터도 보인다.
　　　소파에 앉아서 아기를 어르는 경미.
　　　그 옆에서 불안한 표정으로 앉아 있는 수진.
　　　약간 어색한 분위기다.

경미 우리 재훈이가 아무래도 제 아빠를 많이 닮은 것 같애.

수진 (재훈이를 요리조리 살펴본다).

경미 성격은 나 닮은 것 같고 생김새는 제 아빠 그대로야.

수진 내가 보기엔 정 반대인 것 같은데.

경미 (깜짝 놀라며) 어디가 어떻게?

수진 내가 보기엔 얼굴은 엄마 닮은 것 같고, 성격은 좀 더 자라 봐야 알겠는 걸.

경미 (안심한 듯) 하긴 그렇긴 해(생각난 듯) 그런데 너 현민이 면회간 지 오래 되지 않았니?

수진 그걸 어떻게 알아?

경미 면회 한 번 가봐라. 널 기다리는 눈치더라.

수진 나도 그러고 싶은데 별로 반기는 것 같지도 않고.

경미 니가 숙맥같이 구니까 그렇지. 넌 남자는 여자하기 나름이란 말도 모르니?

수진 혹시, 혹시 말야.

경미 혹시라니? 뭐?

수진 아, 아냐 아무것도.

39 현재. 영등포 거리를 걷는 수진.

길가에 노점상과 상가가 보인다. 쿵쾅거리는 카바레 음악과 함께 한떼의 중년 여자 지나간다. 그들을 따라 정신없이 발걸음을 옮기는 수진.
카바레 입구가 나타난다. 영상 화면이 보인다. 러시안 무용수 서너 명이 춤추는 모습. 이때 갑자기 입구에 나타나는 제비족

남자 1 밖에서 이럴 게 아니라 안으로 들어가시죠, 물이 아주 좋습니다.

남자, 근육질의 탄탄한 체격. 이글거리는 눈빛과 함께 수진의 몸을 훑어 내리고 있다. 남자 수진의 앞으로 가까이 다가간다.

수진 놀라 뒤로 물러선다.

남자 1. (실망스런 표정으로) 뭐야 이거 아니잖아. 난 또.

남자 (계단 위를 오르며) 싸모님 언제라도 시간 나면 들러 주십시오, 이곳이 시간 죽이기엔 아주 딱입니다. 뒤탈도 없고 비밀도 절대 보장되고…….

　　(수진 멍한 눈빛으로 서 있다. 여자들 카바레 계단을 오르며 수진을 흘겨본다.)

수진 망할 자식!

40. 시간 경과. 수진의 옥탑방

컴퓨터 게임을 하는 수진. 노래를 부른다.

아 아무리 뉘우쳐도 과거는 흘러갔다.

그때 귀청을 뚫을 듯이 들려오는 전화 벨소리

수진 여보세요?(시끄러운 게임 소리 들리며)

경미 (뻔뻔한 목소리로) 수진아, 나야.

수진 (당황하며) 경, 경미구나?

경미 며칠 전 우리 아들 만났다며.

수진 응, 재훈이 만났어? 많이 컸더라, 어찌나 잘 생겼던지.

경미 뭔가 느끼는 게 없었니? 나 사실은……. 카드빚 때문에 이혼한 게 아니고 재훈이 때문이었어. 그이가 재훈이가 자기 아들이 아니라고 눈치 채고 있더라구.

    (수진 수화기를 들고서 덜덜 떤다. 게임 소리 더욱 요란
    하게 들리고)

수진 뭐 뭐라구?

경미 듣고 있는 거니?

수진 응, 응.

경미 사실은 재훈이 말야.

수진 (심호흡을 하고 나서) 재훈이가 현민씨 아들 맞는 거니?

경미 눈치 챘구나. 하긴 재훈이가 현민이 꼭 빼 닮았지.

수진 어쩌면 어쩌면…….

경미 나도 처음엔 남편 아들인 줄 알았지. 누가 현민이 자식인
    줄 알았겠니?

수진 뭐라구?(기막혀 하는 모습. 게임 하던 것을 멈추고 컴퓨터
    를 끈다)

수진 현민씨도 재훈이가 니 아들이라는 사실을 알고 있었니?

경미 응, 죽기 한 달 전쯤에 내가 말했어, 그보다도 현민이가
    먼저 알고 있더라.

수진 어떻게?

경미 응, 그때 너랑 같이 면회 갔을 때 이월 달에 눈이 많이 내
    리던 날 말야. 니가 잠시 휴게소에 다녀온 사이에……. 재
    훈이가 자기를 닮은 것 같다면서 자꾸 캐묻는 거야.

수진 재훈이는 언제 봤는데?

경미 그때 너랑 나랑 여름에 면회 갔을 때 우리 재훈이 데리고

갔었잖아.

수진 그래 맞아, 그때 니 남편 외국 출장 간 사이 재훈이 데리
　　　고 함께 면회 간 적이 있었지. 그때 위병소의 헌병이 '아빠
　　　면회 왔구나' 하며 재훈이를 번쩍 안아 주던. 그래서?

경미 그래서는 뭐, 사실대로 말했지.

수진 …… 그래서 그래서…….

경미 남편이 어느 날 그러는 거야, 친자확인을 해야겠다고.

수진 …….

경미 겁이 덜컥 나더라.

수진 (속으로) 나쁜 년.

수진 내가 니 남편이라도 그러겠다.

경미 뭐라구?

수진 니가 결혼생활에 충실했더라면 니 남편이 그런 말 했겠니?
　　　제 버릇 남 못 준다고 그렇게 밥먹듯 바람을 피워댔으니.

경미 그거면 괜찮게, 카드까지 엄청 긁어댔으니.

수진 기가 막혀서 지금 남 얘기 하니?

경미 어쨌든 그건 지난 일이고.

수진 (속으로) 그래서 재훈이가 자기 아들이란 사실 때문에 면
　　　회도 거절하고 그랬었구나.

수진 혹시 말야, 현민씨가 재훈이가 자기 아들이라는 사실 때문
　　　에 괴로워하다가……. 욱하는 성질을 못 이겨 총기를 난사
　　　하다 결국 자기 목숨을 끊는 사태가 발생한 건 아닐까?

경미 야! 정수진 너 지금 소설 쓰냐?

수진 니가 그때 그랬었잖아, 현민씨가 이상해진 것 같다고. 불
면증과 신경불안증에 시달리는 것 같아 아무래도 불안하다
고.

경미 정수진, 너 지금 무슨 소리하는 거니? 마치 현민이가 우리
모자 때문에 죽은 것처럼 말하는구나. 현민이가 죽은 건
순찰 돌 때 암호를 잊어버린 데다 적인 줄 알고 서로 오인
한 끝에, 이건 군 기밀 사항인데 그러니까 서로 아군끼리
총격전 끝에 죽은 거라구.

수진 그걸 어떻게 아는데?

경미 너 생각나니? 우리 면회 갔을 때 그 위병소의 헌병 말야,
그 헌병이 나한테 살짝 귀띔해 준 이야기라구. 이제 알겠
니?

수진 그걸 왜 이제…….

경미 그때 현민이 죽은 것 알고 니가 제 정신이 아니었잖아.

　　　수진 (가슴을 치며 운다)

경미 수진아 울지마. 이미 다 지난날이잖아. 벌써 15년이나 지
났어.

수진 (서럽게 울며) 난, 난 그런 줄도 모르고 억억.

경미 (뻔뻔한 목소리로) 정신차려, 그런다구 죽은 현민이가 살
아 돌아오는 것도 아니잖아? 현민이 명줄이 그것밖에 안
된 걸 어떡해? 다 지난 일이야. 그보다도 나 다음 달에
결혼해 재미교포야, 미국에서 슈퍼마켓을 하고 있대. 어
차피 인생사 새옹지마 아니니? 결혼하면 미국에 가서 살

거야. 미국 비자 따기가 점점 어려워지고 있대. 이참에,
확실히 따 두는 게 좋을 것 같아서. 너도 이제 그만 현민
이 잊어버려. 이제라도 좋은 사람 만나 결혼해라.

수진 (격앙된 목소리로) 뻔뻔한 년, 뭐 이제라도 좋은 사람 만
나 결혼하라구?

    (수진 전화기를 내동댕이친다. 발작하며 우는데 목에서
    피가 울컥하고 넘어온다. 손으로 핏덩어리를 움켜쥐는
    수진. 통증에 몸부림치며 진통제를 찾아 목으로 넘긴
    다.)

41. 과거 회상

    수진이 탄 시내버스, 강변도로를 달리고 있다.
    라디오에서 흘러나오는 소리. 승객들 모두 귀 기울이는
    모습. 수진 버스 안에서 창밖을 바라보며 넋 나간 표정
    으로 앉아 있다.

사회자
『크리스마스 이브에는 모든 물가가 천정부지로 오르게 하소서
커피 한 잔에 오십만 원씩 하게 하소서.
그래도 부유한 커플들은 마실지 모르니 교통 체증으로 거리가 꽉
꽉 막히게 하소서. 크리스마스 이브에는 날씨가 영하로 곤두박질
하게 하소서.
길거리가 꽁꽁 얼어붙어 커플들이 약속장소에 도착하지 못하게 하
소서.
크리스마스 이브에는 정전 되게 하소서.

온 세상이 깜깜해 서로의 얼굴도 못 알아보게 하소서.

깜깜한 틈을 이용해 커플들이 위험한 사고 낼지 모르니

사소한 일로도 기를 쓰고 싸우게 하소서

그래서 금방 헤어지게 하소서

크리스마스이브에는 눈 내리지 말게 하소서

솔로들 마음에 피눈물납니다.』

 승객들 사이에 웃음이 터져 나온다. 아예 배를 쥐고 웃
 는가 하면 창밖을 내다보며 애써 웃음을 참는 남자도
 있다.
 수진 자신도 모르게 깔깔대고 웃는다
 수진에게 모아지는 승객들의 시선,

42. 버스 강서대교를 지난다

 카메라. 강물과 크리스마스 네온사인을 비춘다.
 버스 대형교회 앞에 정차한다. 수진 버스에서 내려 잠시
 주변을 둘러본다.
 이윽고 결심한 듯 교회 안으로 들어서는 수진.
 교회 안. 예수 탄생을 위한 음악 공연이 진행 중이다.
 화려한 조명과 관객들의 열띤 환호. 성대한 축제 분위기
 다. 격렬한 율동과 함께 CCM 노래로 청소년들 환호하
 는 모습.
 찬양 가사 「예수는 나의 구주, 내 삶의 이유 되시며 어
 둠 속에 내 소망……내 기쁨 되시네……」
 찬양 가수 율동과 함께 노래부른다.

그때 수진의 뇌리에 들리는 소리.

　　　　　　너희는 이전 일을 기억하지 말며 옛적
일을 생각하지 말라

43. 수진의 옥탑방

시끄러운 컴퓨터 게임 소리.
게임에 열중하는 수진.
핸드폰 요란하게 울려댄다. 모른 체하는 수진.
핸드폰 저절로 꺼진다. 두 눈이 움푹 들어간 수진.
이윽고 자리에서 일어나 옷을 입는다. 주머니 속에 약병
을 챙기고 대문을 열고서 골목길을 걷는다. 바람소리 요
란한 (효과음)

44. 버스 안에 앉아 있는 수진.

가끔씩 밭은 기침을 한다. 얼른 손으로 틀어막는다.
버스 청량리를 지난다. 희미한 눈빛으로 창밖을 바라보
는 수진.
버스 이윽고 시외버스 터미널에 닿는다.
자리에서 일어나 출입구로 걸어가는 수진.
기침이 쉴 새 없이 터져 나온다.
버스를 내려 거리를 걸어가는 수진. 곧 쓰러질 듯 위태
로운 모습이다.

45. 시외버스터미널

간신히 계단을 올라 매표구로 다가가는 수진

'간성' 매표구 앞에 서 있는 수진. 갑자기 사방이 빙 도
는 듯한 착각을 일으킨다.

건물이 거꾸로 돌아가는 환상을 일으킨다. 바닥에 누워
버르적대다 간신히 몸을 일으키는 수진.

사람들 수진을 바라보며 불안해하는.

수진 (매표구에 만 원짜리 내밀며) 아저씨, 간성 두 장이오.

매표원 (고개를 갸웃 하며) 돈이 모자라는데요.

수진 모자란다고요?

매표원 일인당 만 육천팔백 원이니까 삼만 삼천육백원 주셔야
계산이 맞지요.

수진 (속으로) 아, 아 그렇지, 내가 15년 전으로 착각했었구나,
그때는 사천 오백 원인가 했었는데. 세월이……, 그런데
왜 내가 두 장이라고 했을까. 아! 아! 그렇지, 경미 경미
가 있었지. 면회 갈 때마다 경미가 꼭 있었지.

경미 (매표구 안으로 이만 원을 내밀며, 밝은 목소리로) 아저씨
표 한 장만 살게요.

매표원 (수진을 빤히 쳐다보며) 일반으로 드릴 까요, 아님 우등
으로 드릴까요?

수진 네? 그냥 일반으로 주세요.

수진 승차권을 받아 쥐며 자리에 주저앉는다. 이어서 가
슴을 움켜쥐며 기침이 터진다. 다음 순간 간성으로 가는
고속버스에 오른다. 표를 들고 자리를 찾아 앉으며 계속
기침이 터진다. 옆자리에 앉은 남자 일어나 뒷자리로 옮

긴다

이윽고 고속버스 출발한다.

46. 서울을 벗어나 한적한 들판을 달리는 고속버스.

차창 밖으로 황금 벼가 눈에 들어온다.

수진 (속으로) 이삭을 가득 매단 벼가 고개를 숙인 채 인간의
교만을 꾸짖고 있구나. 심지도 노력하지도 않고 일확천금
을 꿈꾸는 인간의 욕심을 향해 준엄한 목소리로 꾸짖고
있구나.

논둑 한가운데를 지나가는 농부의 입가에 흐뭇한 미소가
보인다. 들판에 어둠이 내리기 시작한다.

추수를 하는 농민의 모습 차창 밖으로 보인다.

카메라 농부의 까맣게 그을은 얼굴과 추수하는 손길 클
로즈업한다.

수진 (속으로) 모두들 살기 위해 저렇게 애쓰는구나.

수진 (가슴을 치며 속으로) 지난 세월 나는 무엇을 하고 살았던
가. 대자연도 가을이면 저렇게 열매를 맺는데 내 이 두
손은 그동안 무엇을 하고 살았단 말인가. 아무 열매도 성
과도 없는 내 삶이 진정 부끄럽구나. 그동안 그의 환영만
을 껴안고 사느라 세월만 흘려보냈구나. 그런데 난 지금
어디로 가고 있는 걸까. 현실로 닥친 죽음도 제대로 인식
하지 못한 채 나는 또 어디로 가고 있는 걸까. 아! 그렇
지, 난 지금 그의 죽음을 만나러 가고 있다. 죽음의 문턱

에 턱걸이 한 채로 나는 또다시 그의 죽음을 만나러 가고 있다. 15년 전의 미망에 또다시 빠져들기 위해 나의 죽음을 즐기고 있다.

　버스 안. 앞자리에 앉은 중년남녀 두 손을 꼭 포갠 채 잠들어 있다.

　승객들. 대부분 잠들거나 창밖을 내다보며 생각에 잠겨 있다.

　차창 밖으로 밤바다 물결이 보인다.

　바다를 날아다니는 갈매기도 보인다.

48. 이윽고 간성터미널에 닿는 고속버스

　버스 차창 밖으로 풍경과 군인들 보인다. 눈물 흘리는 수진.

49. 과거 회상(수진의 20대)

　간성 바닷가를 걷고 있는 수진과 경미.

　거리는 휴가 나온 사병들과 연인들로 가득하다.

　이따금씩 거리를 지나는 군인 지프차와 혼자 걸어가는 여자들.

　간성 시내버스를 타기 위해 경미와 수진 숨차게 뛰어가는 모습.

50. 현재

수진 숨이 가쁜 모습으로 시내버스를 타기 위해 정류소
로 걸어간다.

곧 쓰러질 듯 위태로운 모습.

사람들 지나가면서 흘끔대며.

수진 (E) "너희는 이전 일을 기억하지 말며 옛적 일을 생각하지
말라."

수진 자리에 주저앉는다.

51. 과거 회상.

대학 시절. 수진, 학교 앞 커피숍에서 현민을 처음 만나
던 날 떠올린다.

경미와 현민이 함께 웃으며 이마 때리기 하던.

양평에 놀러갔을 때, 현민 잠시만 기다려, 전화할 데가
있어. 군부대에 면회 갔을 때 웃으며 이야기하던 경미와
현민,

현민 그런데 너 경미 속도위반 한 게 어째 좀 그렇다.

경미 뭐가 어때서? 너 혹시 딴 생각하는 거 아니지?

수진 딴 생각이라니 무슨?

경미 현민(동시에) 넌 알 거 없어.

경미의 아들을 보며 미심쩍어하는 현민.

표정이 의미심장하다.

헌병 (어린 재훈을 안으며) 아빠 면회 왔구나.

수진 경미와 현민이 함께 있는 모습, 계속 떠올린다.

간성 버스터미널 현민 그래 그럼 둘 다 잘 가.

수진 경미 (동시에) 그래 너도 잘 들어가.

수진 (서울행 고속버스에 오른다. 뒤를 돌아보며)

수진 경미 너 서울 안 가?

경미 응, 난 속초에 볼 있어서.

수진 갑자기 웬 속초?

경미 응, 니가 모르는 일이 있어, 나중에 보자, 그럼 잘 가.

　　　　마트 안에서의 재훈의 모습 떠올린다.

재훈 아줌마, 봐도 아빠랑 저랑은 안 닮았잖아요.

　　　　(재훈의 모습 위로 현민의 얼굴 오버랩 된다)

　　　　아아! 머리를 감싸며 괴로워하는 수진.

52. 현재　간성 버스 정류장 앞

　　　　수진 (기침하며 목에서 넘어오는 핏덩어리를 움켜쥔다)
　　　　주머니에서 약을 꺼내 입으로 털어 넣는 수진.
　　　　이마에 식은땀이 흐른다.
　　　　버스정류소 앞에 연인들이 모여 있다. 서로 껴안으며 담
　　　　소하는 모습
　　　　이윽고 버스 도착한다.
　　　　수진 버스로 다가가는데
　　　　버스 앞에서 갑자기 몸이 퉁겨져 나가며 바닥에 주저앉
　　　　는다.
　　　수진(E) "너희는 이전 일을 기억하지 말며 옛적 일을 생각하지 말
　　　　　　라"
수진 (속으로) 난 그에게 아무것도 아니었어, 나는 그저 경미와

그의 사랑에 낀 매개체였어. 그들의 사랑에 가교 역할만
했던 거야. 그런 줄도 모르고 지난 세월을 온통 그의 감
정에 빠져서……. 그걸 왜 이제야 깨달을까. 15년 세월을
다 흘려보내고 죽음을 목전에 이 시점에, 바보 등신.

수진 뒤돌아 고속버스터미널을 향해 힘없이 걸어간다.

수진 (속으로) 나는 왜 여기에 왔던가

53. 영등포 시장 안을 걷고 있는 수진.

좌판을 벌여 놓은 야채상과 노상 음식점을 지난다.
식료품 도매 상가를 지나자 취객의 노래 가락이 울려 퍼
진다.
『즐거웠던 그 날이 올 수 있다면 아련히 떠오르는 과거
로 돌아가서…. 지금의 내 심정을 전해 보련만 아무리
뉘우쳐도 과거는 흘러갔다.』

54. 회상 (대형 교회 안)

찬양 가사 「예수는 나의 구주, 내 삶의 이유 되시며 어
둠 속에 내 소망……내 기쁨 되시네……」
찬양 가수 율동과 함께 노래부른다.
(E) "너희는 이전 일을 기억하지 말며 옛적 일을 생각하지 말라"

55. 회상

정신착란증으로 소동을 벌이는 상병 '강한철' 제대한 후

에 군부대를 찾아가 소동을 벌이는······. 장동건 명동 한
복판에서 총검술 시술을 보이며. 노래 부른다.
과거는 흐을러어 가았다

끝

우짜던동 하나님 감사합니더

시놉시스
기획의도

위대한 신앙적 승리 뒤에는 엄청난 고난과 핍박, 영혼사랑과 함께 주권적인 성령님의 역사가 존재하고 있다.

고난 없는 영광은 없듯이 복음의 능력에는 목회자의 엄청난 희생과 헌신이 뒤따르기 마련이다.

〈우짜던동 하나님 감사합니더〉는 입으로만 외치는 이론적인 신앙논리가 아닌 초자연적인 성령님의 역사가 생동감 있게 전해 지는 기적의 드라마라 할 수 있다. 예수님께서 공생애 동안 행 하셨던 천국복음과 신유 축사의 현장을 헌신적인 영혼사랑과 함 께 전함으로써 효과적인 복음 제시를 하고 있다.

치유의 기적의 현장은 불신자들에게 살아 계신 하나님을 직접 적으로 전하는 성령의 불길이 된다. 또한 복음은 고난 속에서도 사랑과 용서를 실천함으로 가슴 먹먹한 감동을 일으키게 한다.

오늘날 기적의 축복을 강조하는 강대상의 설교에 익숙한 현대 의 신앙인들에게 〈우짜던동 하나님 감사합니더〉는 고난과 믿음

의 상관관계와 영혼사랑과 용서, 복음의 능력을 한꺼번에 역설
함으로 영적 각성을 일깨우고자 한다.

등장 인물

오명근 전도사. 강달희 전도사. 오명근 부모. 아내 형. 추근엽.
동네 사람들. 신학생들. 신학교 교수. 오로동 교회 교인들.
여인1 여인2. 깡패. 남자 1,2 박장로. 정목사. 꼬부랑 할머니
하일선 할머니. 그의 아들 3형제. 성근. 진근. 민근.
결핵병원 의사. 행인들. 산 주인. 노름꾼들 1 2 3.
트럭 운전사. 오세도 판사. 버스 승객들. 교도관 등등

스토리 개요.

18세의 어린 오명근은 독실하게 신앙생활을 하던 누나의 가
출로 심각한 영적 갈등을 겪는다. 집안의 가난으로 상급학교 진
학을 포기한 누나는 두뇌가 총명한 진실한 신자였다. 어느 날,
배움의 열정에 목말라 하던 누나는 동생 오명근에게 목사가 되
라는 말을 전하고는 가출하고 만다.

이유는 딱 한 가지.

무시험 추천으로 불교대학에 공부시켜 주겠다는 승려의 제안
을 받아들인 것이다. 신앙적 회의에 든 오명근은 누나와 함께
함께 가본 적 있는 절에 가 머물며 수행자가 된다.

그러다 영적 혼미에 빠진 그는 절을 나와 산속을 헤매며 하나
님과 영적 씨름을 한다.

"대관절 하나님은 있소 없소. 만일 살아계신다면 왜 우리 누님을 승려 되게 하는 곳으로 보냈단 말이오."

하면서 하나님을 향해 힐문을 한다. 일주일 야를 산속에서 금식기도 하던 중 탈진상태에 이른 오명근은 마침내 하나님의 형상을 만난다. 그리고 주의 종으로 사명을 부여 받는다.

"사랑하는 종아, 내가 너를 사랑한다. 이제부터 네가 무엇을 구하든지 내가 다 들어주리라."

그때부터 오명근은 특별한 사명과 함께 엄청난 고난에 부딪친다.

가족으로부터 내침을 받고 모진 핍박과 고난 속에서 영적 불모지에서 교회를 설립하고 예배를 인도한다. 그의 생명을 건 목회 활동은 수많은 기적을 가져 오고 교회의 부흥과 죽어가는 수많은 심령을 소생하게 한다.

정신병, 난치병, 불치병 등 신유의 기적과 축사를 통한 복음의 능력을 불신자들에게 현장감 있게 전함으로 교회의 부흥을 이끌어낸다. 거기에 추가되는 것이 있다면 자기를 해친 가해자들에게 끝까지 용서와 사랑을 실천하는 것이다. 일례로 군대에서 자신을 폭행한 하사의 구명을 위해 탄원한 것이며 교회를 훼방한 깡패를 용서하고 구명한 것이다.

오명근 목사의 성령사역은 작은 소자에게 행한 예수님의 사랑을 그대로 실천한 것에 있다. 대표적인 것이 꼬부랑 할머니 하일선과 그 자녀들을 향한 축사와 영적 회복이다.

무지한 우상 숭배자에게 가르친 단 한 마디의 기도가 큰 기적을 일으키는 영적 도화선이 되었다.

바로 〈우짜던동 하나님 감사합니더〉이다.

1. 신학교 강당

십자가가 보이는 강단 위로 신학생 간증대회 현수막이
보인다.

단 밑으로 심사위원 석에 안경 낀 노교수들이 보이고 뒤
쪽으로 피아노와 학교 깃발이 보인다. 심사위원석 오른
쪽에 사회자가 마이크 앞에 서 있다.

강당 안 눈빛이 초롱초롱한 신학생들 긴장한 표정이 역
력하다.

사회자 안녕하십니까, 저는 사회를 맡고 있는 이형식입니다. 금
번 저희 서울신학대학에서는 학우회 주최로 신학생 간증
대회를 열기로 했습니다. 그동안 많은 신청자가 있었는
데 오늘 아무래도 엄청난 은혜의 시간이 될 것 같습니
다. 삶속에서 느낀 뜨거운 신앙체험을 통해 하나님께 영
광 돌리는 귀한 시간이니만큼 자! 모두 긴장하시고. 그
럼 은혜 받을 준비 되셨습니까? 그럼 먼저 첫 번째 타자
로 신학과의 강달희 학우의 간증이 있겠습니다.

(일동 박수가 터진다. 강대상으로 올라오는 강달희)

강달희 저는 가난한 농촌지역에서 목회하고 있는 강달희 전도사
라고 합니다. 저희 교회는 매우 낙후된 지역으로 가난을
대물림하는 농민들이 많습니다. 그들의 열악한 삶을 돌

아보면서 결심한 게 있습니다. 더 이상 가난을 대물림할 수 없다. 예수님께서도 배고픈 군중들에게 오병이어의 기적을 베풀어주시지 않았습니까. 오늘은 제가 목회 현장에서 겪은 짧은 간증 한 가지만 말씀 드리고 내려가고자 합니다. (좌우를 돌아보며) 저는 어느 날, 어떻게 하면 교인들을 좀 더 잘살게 할 수 있을까 기도하던 중 한 가지 아이디어가 떠올랐습니다. 그것은 얼마 안 되는 헌금을 쪼개어 교인들에게 닭을 몇 마리씩 나누어 주는 것이었습니다. 그래서 달걀을 낳게 되면 주일 헌금으로 가져오게 했습니다. 그 달걀을 모아 돼지를 한 마리씩 나누어 주고 그 돼지가 새끼를 낳으면 길러서 교회에 바치게 하고 그 돼지가 모이면 송아지를 만들고 그렇게 해서 잘사는 교회 잘사는 마을 잘사는 가정을 만들었습니다. 그동안의 우여곡절과 에피소드는 이루 말할 수 없이 많습니다. 어떤 교인은 와서 닭과 돼지를 더 많이 달라고 떼를 쓰기도 하고 가져간 닭과 돼지를 잡아먹고 오리발 내미는 경우도 있었습니다.

일동 (와! 웃는다)

강달희 그런가 하면 송아지가 태어났는데도 교회로 가져오지 않고 몰래 장에 내다 판 교인도 있었고 이것을 본 불신자들이 교회로 몰려와 자기도 교회 나올 테니 송아지를 거저 달라고 떼를 쓰는 경우도 있었습니다. 키우던 돼지나 송아지가 죽었다고 거짓말을 하고 몰래 매매한 경우도 있었고 나이 어린 전도사를 무시하고 교회 행사 때 닭을 잡아먹고는 안 그랬다고 발뺌하는 경우도 있었습니다. 그래서 시작한 게 성경공부와 기도회입니다. 교인들은 처음에는 바쁘다는 핑계로 참석을 미루고 싫어하는 분위기였지만 성경공부를 통해 한글을 깨치고 공문서도 작성하는 노인들이 생기자 나중에는 자발적으로 참석하기에 이르렀습니다. 그러자 헌금으로 바칠 돼지나 송아지 등을 떼먹은 교인들이 회개하며 십일조를 바치기도 했습니다. 또 교인들이 잘 살게 되자 불쌍한 이웃들에게 쌀과 고기를 나누어주면서 전도에 힘쓰자 교회가 부흥하는 역사도 나타났습니다. 한편으론 소작농들이 몰려들면서 저한테 돼지와 송아지를 내놓으라고 하는 사태도 발생했지만 이내 교회 질서에 순종해 진실한 교인이 되었습니다. 하나님은 좋으신 하나님이십니다. 우리의 기도를 반드시 응답해 주시고 구하는 자에게 지혜를 주시는 좋으신 분입니다. 그 이외에도 교인들의 소득증대를 위한 여러 가지 일들이 있었지만 순서를 기다리는 분들을 위해 이만하고 내려가겠습니다.

(일동 박수 치며 환호한다.) 와! 대단하다 멋지다.

사회자 네, 강달희 학우님은 새마을 지도자 같으십니다. 대단하십니다. 어떻게 그런 생각이 났나요?

강달희 감사합니다. 다 하나님 은혜입니다.

사회자 네 강달희 학우님은 평소에도 지혜가 넘치시더니 리더십

또한 탁월하십니다. 앞으로 부흥사 하시면 크게 성공하
실 것 같습니다.

(일동) 맞아요.

(강달희 인사하고 내려간다)

사회자 그럼 다음은 일학년의 오명근 학우의 간증이 있겠습니
다. 어떤 간증인지 기대가 잔뜩 되는군요. 자! 오명근
학우님 어서 강단으로 올라오십시오.

(오명근 깡마른 체격에 핏기 없는 얼굴로 강단으로 올라
선다)

오명근 저는 경기도 광주에 있는 성결교회에서 목회하고 있는
오명근이라고 합니다. 간증이 좀 길어질 것 같습니다.
끝까지 참고 들어주시면 은혜로 알고 감사하겠습니다.
제게는 저보다 4살 많은 누님이 있었습니다. 누구보다
총명하고 영특한 누나는 신앙심이 깊어 열심히 하나님
을 섬겼는데 그만 가난 때문에 중학교 진학을 포기하고
말았습니다. 전액 장학생으로 합격했는데…… 교복과
책 살 돈이 없어서요(잠시 울음을 삼키며) 배움에 목말
랐던 누나는 어느 날 제게 목사가 되라는 말을 남긴 채
집을 떠나고 말았습니다. 그런데, 그런데 말입니다. 그
믿음 좋은 누나가 승려로 만든다는 그 유명한 불교대학
으로 간 겁니다, 무시험 추천으로 대학을 보내 주겠다는
승려의 제안을 받아들인 것입니다.

(일동 숙연해진다)

오명근 화가 난 저는 집을 뛰쳐나와 언젠가 누나와 함께 가보았던 절로 들어가 수행자가 되었습니다. 그런데 염불이나 주문은 하나도 귀에 들어오지 않고 날이 갈수록 하나님의 존재에 대해 궁금해 미치겠는 겁니다. 또 반드시 목사가 되라는 누나의 말이 생각나 도저히 견딜 수가 없어 뛰쳐나오고 말았습니다. 밤중에 몰래 빠져 나왔는데 산속이라 무섭고 떨려서 하나님께 마구 떼를 쓰며 기도했습니다. 아니 기도가 아니고 하나님께 항변하고 마구 대든 거죠.

#2. 과거 회상

18세의 오명근. 허름한 학생복을 입은 채 산속을 헤매며 울부짖는다. 가끔 하늘을 향해 주먹질을 하며.

오명근 하나님아! 하나님아! 대관절 있소? 없소? 살아 있다면 당장 내 앞에 나타나 보쇼. 에이, 씨 이게 뭐야? 눈에 뵈지도 않잖아. 도대체 하나님은 어디 계신 거야? 만나주지도 않고 어찌 믿겠어? 내 누님은 모진 핍박 받아가며 그렇게 하나님을 믿었는데 왜 하필이면 머리 깎고 중 노릇하는 학교로 갔느냔 말야. 이래도 하나님이 살아 계시다고 할 수 있겠어? 하나님 제발 속 시원히 말 좀 해 주쇼. 또 우리 집은 왜 그렇게 못사는 거요? 이건 굶기를 부잣집 밥 먹 듯하니 이게 도대체 사람 사는 꼴이란 말요, 무슨 하나님이 이렇게 무심하단 말요. 만약 하나님이 살아 계신다면 당장 내 눈앞에 나타나 보란 말요.
당장!

　(오명근 기진하여 쓰러진다)

　(잠시 후 자리에서 일어나는 오명근. 창백한 얼굴 위로
　햇살이 비친다. 일어나려다 또 쓰러진다)

3. 시간 경과

　산속에 어둠이 찾아온다. 명근, 땅에 엎드린 채 꼼짝도
　않고 있다. 잠든 명근 꿈속에서 누나를 만난다.

4. 흐릿한 영상

누나　명근아 너는 누가 뭐래도 목사가 되어야 한다, 내 말 명
　심해라 꼭 목사가 되어야 한다. 니가 목사가 되었다는 소
　식을 들으면 내 꼭 너를 다시 찾으마

오명근　누나 가지 말아요. 나랑 같이 있어 줘요. 누나가 떠나고
　내가 얼마나 답답하고 괴로웠는지 알아요. 도대체 하나
　님이 안 계신 것만 같고 믿을 수가 없다고요.

누나　명근아, 명근아 내가 너를 위해 기도하고 있다는 걸 잊지
　말아라.

　FO (누나 시야에서 멀어진다)

오명근 (손을 내저으며) 누나 누나 가지 말아요

　(자리에서 일어나려다 쓰러진다)

5. 시간 경과

산속을 헤매다 쓰러지는 명근. 자리에서 일어서려는 순
간 눈앞에 환한 빛이 비친다. 예수님의 형상이다. 빛나
는 흰옷에 금띠를 두른 분이 명근의 머리 위에 손을 얹
고 있다.

(카메라 명근의 머리와 흰 손에 클로즈업)

오명근(E) 아! 이 분이 예수님이신가보다. 진짜 하나님이시구나.
그렇다면 나는 이제 죽었구나. 하나님을 그렇게 욕하고
원망했으니

(또다시 기절해서 쓰러진다)

음성 (E) 사랑하는 종아, 내가 너를 사랑한다. 이제부터 네가 무
엇을 구하든지 내가 다 들어주리라

오명근 주여! 주여! 감사합니다. 어찌 저 같은 인간을 버리지
않고 용서해 주시고 살려 주신단 말씀입니까. 지금까지
는 주님을 잘 몰랐습니다. 이제야 확실히 알겠습니다.
제가 주의 종이 되겠습니다. 목사가 되겠습니다.

(효과 기뻐하며 감사하세 영광의 주 하나님 찬양 들린
다.)

6. 자리에서 일어난 명근

춤을 추며 산을 내려온다. 동리를 지나던 명근. 담벼락
에 선 걸인을 발견하고 멈추어 선다. 가까이 다가간다.
문둥병자다. 얼굴이 흉측하게 일그러져 있고 손가락 마
디가 없다. 놀라며 뒤로 물러서는 명근

오명근 (속으로) 그래, 예수님께서도 문둥병자를 깨끗하게 하셨
    지, 그렇다면…….
오명근 (주변을 살펴본 후 아무도 없는 걸 확인한 후 걸인의 머
    리 위에 손을 얹는다) 예수님의 이름으로 문둥병은 나
    을지어다. 예수님의 능력으로 뭉그러진 코는 되살아나
    고 손가락뼈는 정상적으로 회복될지어다.

7. 신학교 강당

오명근 저는 그때 분명히 보았습니다. 예수님의 이름으로 문둥
    병자가 고침받는 것을. 뭉그러진 코가 되살아나고 손가
    락뼈는 정상적으로 회복되는 것을. 그때 그 사람이 좋아
    서 펄쩍펄쩍 뛰던 모습이 아직도 눈에 선합니다. 하나님
    은 분명코 살아 계시고 예수님의 이름에 능력이 있습니
    다.
    (일동 박수 친다. 할렐루야)

8. 산골 마을

    명근의 부모가 있는 방안, 찌그러진 살림 도구에 깨진
    거울이 벽에 걸려 있다. 분노에 찬 아버지, 물건을 집어
    던지며 고함치는 모습. 부모 앞에 꿇어앉은 명근. 잔뜩
    겁에 질린 표정이다.
    명근 부 : 네 이놈 명근아! 신체발부는 수지부모라 했
    다. 네 몸뚱어리는 도대체 어디서 나왔단 말이냐? 내가

너더러 의사 되라고 했지 언제 목사 되라고 하더냐? 내
너를 그토록 아꼈거늘 어찌 내 기대를 저버린단 말이야.
네가 믿는 하나님이 그렇게 하라고 하더냐? 니가 결국
예수에 미쳤구나. 당장 내 집서 나가거라. 너는 더 이상
내 자식이 아니다. 당장 나가거라. 다시는 내 집에 발길
도 두지 말거라.

명근 모 (눈치를 보며 안절부절못한다) 명근아, 어서 아버지께
　　　잘못했다고 말씀드려라 어서.

명근 부 다 필요 없다. 혹시라도 저 놈이 다시 기어 들어오더라
　　　도 당신 절대 밥 주지 마라.

명근　아버지, 아버지 저를 다시 생각해 주시면 안 돼요?

명근 부 당장 나가래두, 당신 뭐하는 거요? 저 놈 당장 쫓아내
　　　지 않고.

　　　(울면서 집을 나서는 명근. 동네 길을 걷는다)

9. 시간 경과

초가집 마당에서 흙벽돌 찍는 일을 하는 명근.
먼지를 뒤집어 쓴 채 물지게로 물을 길어다 흙속에 퍼붓
는다. 작두로 지푸라기를 썰어 흙에 이기며 틀에 맞춰
벽돌을 찍는 명근. 동네 사람들 와서 구경한다. 땀을 훔
치며 마당 한가운데 퍼질러 앉는 명근. 현기증으로 쓰러
졌다가 다시 일어나 앉으며 일을 시작한다.

동네 사람1 제대로 먹기나 하고서 일을 하는지 모르겠네. 저 땀
　　　좀 봐 저러다 일내지 일내.

동네 사람2 나이도 어린 것이 당차기도 하지. 벽돌 찍는 것은
　　　어디서 배웠다지?
동네 사람3 온종일 일만 하네 그려. 온종일 굶은 것 같던데, 저
　　　러다 쓰러지기라도 하면 어쩐대?
동네 사람4 신앙심이란 게 대단하긴 한가벼. 저렇게 힘쓰고 용
　　　쓰는 걸 보면.

10. 시간 경과

　　　마당에 흙벽돌이 높다랗게 쌓여 있다. 명근 흐뭇한 표정
　　　으로 서 있다.
오명근 이제 벽돌은 거진 다 된 거 같고, 문짝하고 창문만 만들
　　　면 되겠구나. 그런데 목재며 창틀이며 그걸 다 어디서
　　　구한담. 하나님 도와주세요.(생각난 듯이) 그래 뒷산에
　　　가면 구할 수 있을 거야. 당장 가보자.

11. 산속에서 도끼로 나무를 패는 명근

　　　이 때 산 아래서 험악한 인상의 산 주인이 나타난다. 명
　　　근을 보자마자 멱살을 잡으며
산 주인 남자 너 이놈 누군데 남의 산에 와서 나무를 패는 거
　　　냐? 그동안 어떤 도적놈이 나무를 훔쳐가나 했더
　　　니 바로 네 놈이었구나. 당장 경찰서로 가자. 손
　　　해 배상 청구해야겠다.
　　　(옆에 있는 나무를 들더니 명근을 마구 후려친다. 명근

비명을 지르며 쓰러진다. 입가에 핏물이 고이고 바닥을
뒹군다)

산 주인 남자 너 이놈! 예수 믿는다는 놈이 남의 물건 도적질이
　　　　나 하고 당장 네 부모 찾아가 변상하라고 해야겠
　　　　다.

오명근 (자리에서 일어나 싹싹 빌며) 아이고 어르신 제발 살려
　　　　주세요. 어린 제가 이 나무 베어다 무엇에 쓰겠습니까?
　　　　이 마을이 복 받을 하나님 교회 짓고 있습니다. 어르
　　　　신! 이 나무가 교회 짓는데 쓰여지면 어르신께서도 복
　　　　받으실 겁니다.

산 주인 남자 이놈이 그래도 터진 입이라고 말은 제대로 하네,
　　　　내 오늘은 그만 간다만 다신 얼씬거리지도 마라.
　　　　퉷.

　　　　(산 주인 쓰러진 명근을 향해 주먹을 들어 보이며 산길
　　　　을 내려간다.)

12. 초가집 마당에 동네 사람들 모여 있다

　　　　초가집 지붕을 뜯어내고 이엉을 만들어 올리는 작업을
　　　　하고 있다. 가마니를 가져와 방안에 깔고 흐트러진 물건
　　　　을 정리한다. 십자가를 지붕 위에 다는 명근. 동네 사람
　　　　들 수군대며 이야기하는 모습.

동네 사람1 이 사람 명근이, 나이 어린 사람이 참 대단하이. 예
　　　　전에 나도 증평 마을에 교회 짓는 걸 보았다네. 그때

내가 목재를 대주었지. 필요한 목재는 내가 다 대줄
테니 걱정 마시고 갖다 쓰게나. 교장 선생님 아들이신
데 그것쯤 못해 주겠나.

오명근 아이구 어르신 감사합니더, 감사합니더(고개가 땅에 닿
도록 숙인다.) 어르신께서는 분명히 복 받으실 깁니더.

　　(그 모습을 지나며 훔쳐보는 명근 부. 눈가에 눈물이 보
　　인다)

오명근 부 그토록 하라던 의사 공부는 마다더니 짜식 저기 무슨
고생이고.

13. 오명근 부(회상)

　　동네 마을 회관에서 학부형과 마주 앉은 명근 부. 사람
들과 술을 마시며 한참 이야기 중이다.

학부형1 교장 선생님! 참으로 훌륭한 아드님을 두셨습니다. 그
나이 어린 사람이 지금까지 아무도 하지 못한 저 별난
마을에 교회를 개척하는 일을 어쩌면 저리도 잘 해낸
단 말입니까? 참으로 기특하고 대단한 아드님을 두셨
습니다.

명근 부 어! 그래요? 밤낮 속만 썩이던 녀석이었는데 별소리를
다 듣겠구먼(웃는다)

14. 오명근 부모가 사는 집안

　　한쪽에 밥상이 차려져 있고 부모 앞에서 무릎 꿇고 앉은

명근. 초라한 가재도구 카메라 클로즈업.

명근 부 내 아들 명근아, 이놈아! 그동안 얼마나 고생이 많았
냐. 내 너를 결코 미워한 게 아니다. 네 누나는 하고
싶은 공부를 못해서 집을 떠나갔는데 너는 머리가 좋아
내가 무슨 수를 쓰더라도 의사 만들고 싶었다. 그래서
허리끈 졸라가며 힘들게 고등학교까지 시켰는데 니가
이 애비 뜻을 저버리고 목사가 되겠다고 하니 진정 나
는 너무나 실망이 되었다. 그런데 니가 그 고생을 하면
서 교회를 짓는 모습을 보니 여기엔 무언가 분명한 뜻
이 있겠단 생각이 들더구나. 너의 그 힘 있는 신앙심에
내가 졌다. 이제부터는 집에 와서 꼭 밥을 먹도록 해
라. 앞으론 너 하는 일 막지 않으마 니 소신껏 해라.

명근 부 (아내를 돌아보며) 여보, 우리 명근이 배고프겠소. 어
서 밥 좀 먹여요.

오명근 (방바닥에 엎디어지며 운다) 아버지 고맙습니다. 고맙습
니다.

(옆에서 어머니 명근의 등을 쓰다듬으며 같이 운다)

명근 부 (아내를 바라보며) 여보! 우리도 명근이가 하는 일 도
와줍시다. 우리도 예수 믿어야겠소. 당신이 먼저 교회
가서 저놈 먹을 것도 챙겨주고 도와주시오.

15. 시간 경과

밝은 대낮이다. 초가집 지붕 위에 십자가가 보이고 동네

사람들과 교인들 마당에 서 있다.

(카메라) 교회 예배실 비춘다. 가마니로 깐 바닥. 칠이 벗겨진 탁자 위에 성경책이 놓여 있다. 탁자 위와 벽 중간 중간에 램프 불이 보인다.

교회 마당 (FI) 가마니로 덮은 출입문 옆에 교회 현판이 보인다.

〈기독교 예수교 오로동 기도소〉

16. 교회 안에 오명근과 교인들

30명 앉아 예배드리는 모습. 찬송가 부른다.

빛나고 높은 보좌와 그 위에 앉으신

주 예수 얼굴 영광이 해같이 빛나네

해같이 빛나네

오명근 (기도하기 위해 강대상으로 다가선다. 이때 교인 중 험상궂은 남자 자리에서 일어선다)

추근엽 거참 어떻게 기도하나 들어나 볼까?

(품에서 담배를 꺼내 물며 푸! 하고 연기를 내뿜는다)

(창밖에 세찬 빗소리 들리고, 교회 안은 어느새 담배 연기로 가득 찬다)

오명근 (명령조로) 이보시오! 교회 오신 것은 참 좋습니다. 감사합니다. 그러나 이곳은 신성한 교회이고 예배 중입니다. 죄송합니다만 담뱃불은 꺼주십시오.

추근엽 (비웃으며. 다시 품에서 담배를 꺼내 불을 붙인다. 다음 순간 사납게 눈빛이 변하더니 담뱃불을 가마니 위에 비

벼 끈다. 갑자기 강대상에 뛰어 오르며 명근의 멱살을
잡더니 주먹을 내지른다.

교인들 (소리 지르며) 전도사님, 아이고 이게 뭔일이래. 아! 누
  가 좀 말려요.

    (추근엽 오명근의 가슴팍을 발로 차고 주먹으로 얼굴을
    사정없이 가격한다. 여기저기서 터지는 비명. 피투성이
    가 되어 바닥에 쓰러지는 오명근 전도사)

추근엽 (주먹을 휘두르며) 네가 전도사면 전도사지, 내가 담배
  를 피우든 말든 무슨 상관이야? 온 동네 전도사라도
  돼? 나이도 어린 것이 무슨 잔소리야?

여자 교인1 (다른 여자 교인에게 들으란 듯이 말한다) 전도사가
  잘못했지. 그 사람이 깡패라는 것을 알면서 무엇 때문
  에 대찬 소리를 하는 거야?

17. 병원 앰뷸런스에 실려 가는 오명근

동네 사람들 나와 구경한다.

18. 병원 안 입원실

명근 머리와 팔목에 붕대를 감고 누워 있다. 팔에 달린
링거 병에서 물방을 떨어지는 소리. 간호사 병실에 들어
왔다가 링거 병 확인하고 다시 나간다. 명근의 부와 큰
형이 명근을 바라보며 대화를 나누는 모습

명근 부 교인들이란 사람들이 참 인정머리도 없지, 사람이 저

지경이 됐는데도 병원에 데려가지도 않고 그대로 방치
한담. 내 이번엔 결코 그냥 지나치지 않을 거야. 반드
시 그 깡패 놈을 감방에 처넣고 말지.

명근 큰형 그럼요 아버지 당연히 그러셔야죠. 그 놈이 이 일대
에 유명한 추근엽이라고 아주 악질 깡패놈이랍니다.
그렇지 않아도 제가 상이용사회 회원들 불러 모아서
그 놈을 아주 혼쭐을 낼 작정입니다. 그리고 형무소로
보내 꼭 감방살이를 시킬 생각입니다. 그런 놈은 절대
가만 두면 안돼요. 아주 본때를 뵈줘야 합니다.

명근 부 나도 처음에 참아볼 생각이었는데 분해서 도저히 못 참
겠다. 내 이놈을 당장 물고를 내든가 해야지

오명근 (잠에서 깨어난 명근. 울먹거리며) 아버지 형님 제발 참
아주세요. 그러시면 안돼요. 절대로 보복하시면 안 됩
니다. 하나님이 기뻐하시지 않습니다. 제발 제 체면을
봐서 참아주세요.(자리에서 억지로 일어나 무릎 꿇는
다) 제가 이렇게 이렇게 빌게요. 그 사람 용서해 주세
요.

명근 부 너는 그렇게 맞고도 용서란 말이 나오냐? 도대체 얼마
나 더 당해야 정신을 차릴래.

명근 형 넌, 니 생각만 옳으냐. 너를 바라보는 가족들 생각은
안 하냐. 넌 가만 있거라. 그 놈도 한번 당해봐야 정신
차린다. 내 이번엔 절대 그냥 안 넘어간다.

오명근 아이고 형님 안 돼요 제발 제발요 만일 그 사람 때렸다

가 나쁜 소문이라도 나보세요. 사람들이 저한테 뭐라고
하겠어요.

　　(이 때 병실 문이 열리며 깡패 추근엽 들어온다. 손에
　　　과일 봉지가 들려 있고 잔뜩 겁먹은 표정이다)

명근 부 (자리에서 일어서며) 아니, 이게 누구야?(얼굴을 자세
　　　히 쳐다보며) 네 놈이 바로 그 추근엽? 바로 그 놈이로
　　　구나, 이놈 너! 여기가 어디라고 나타나? 이 죽일놈!
　　　도대체 내 아들과 무슨 원한이 졌다고 저렇게 사람을
　　　개 패듯이 팼단 말이야? 저게 사람 꼴이냐? 사람을 저
　　　렇게 망가뜨려 놓고도 숨이 쉬어지더냐? 너 오늘 자알
　　　걸렸다. 네놈도 내 손에 한번 죽어봐라.

　　(깡패의 멱살을 잡는다)

명근 형 (가까이 다가가며) 오! 그러고 보니 네놈이 바로 그 소
　　　문난 깡패 추근엽이로구나. 너 오늘 잘 걸렸다. 오늘이
　　　네놈 제삿날인 줄 알거라. 내가 상이용사회 회장이란
　　　거 알고 있겠지? 내 동생 이렇게 만든 대가가 어떤 건
　　　지 확실히 알게 해주마.

　　(깡패의 멱살을 쥐더니 바닥에 내리치려는 순간)

추근엽 (바닥에 무릎 꿇으며) 아이구, 형님 아버님. 제가 죽을
　　　죄를 지었습니다. 제가 잠시 미쳤습니다. 용서해 주세
　　　요. 그리고 전도사님 저 한번만 용서해 주시면 안 될까
　　　요? 앞으로 못된 짓 안 하고 교회도 착실하게 나갈게
　　　요.

오명근 부 (자리에서 일어나며) 저놈이 감옥소 안 가려고 쇼를
　　　　다 하는구나. 누가 속을 줄 알고? 암만 그래도 소용
　　　　없다 이놈아.
오명근 형 (추근엽을 향해 주먹을 보이며) 니놈이 교회 나간다
　　　　하면 누가 그 말을 믿어줄 줄 아느냐? 너 같은 깡패
　　　　놈이 무슨 예수를 믿어? 지나던 소가 웃겠다.
오명근 제발 아버지 형님, 제발요. 저 사람이 교회를 나올지 안
　　　　나올지 두고 보시면 알잖아요.
추근엽 (자리에서 일어서며) 전도사님 진실입니다. 한번만 믿어
　　　　주세요. 저 정말 교회도 나가고 예수님도 믿을 겁니다.
　　　　정말이에요.
오명근 고맙습니다.
오명근 부, 형 고맙긴 뭐가 고마워?

19. 오로동 기도소. 예배실 내부

　　　교인들 틈에 끼어 예배드리는 깡패, 주먹으로 눈물을 닦
　　　으며 기도한다.
추근엽 하나님, 예수님 지가 진짜로 잘못 했심더. 용서해 주이
　　　소 잉잉.

20. (과거 회상)

　　　오명근 20대 중반의 모습. 시골. 마당이 넓은 초가집.
　　　잡초가 무성하고 처마 밑에 거미줄이 보인다. 마루 끝에

호호백발 할머니가 앉아 있다. 허리가 90도로 굽어 있다. 머리를 흔들흔들하며.

오명근 (할머니께 다가가 인사하며) 할머니 안녕하세요? 저는 저기 윗동네 오로동 교회에 있는 오명근 전도사입니다. 할머니 예수 믿으세요 교회에 나오세요.

하일선 할머니 (숙였던 고개를 쳐들며) 니 뭐라캤노?

오명근 (큰소리로) 할머니 예수 믿으세요! 교회에 나오세요!

하일선할머니 나 같은 것도 예수 믿으도 되나?

오명근 할머니, 되고 말고요! 교회만 나오세요

하일선할머니 (자기 귀를 가리키며) 내 귀가 발바닥이야, 안 들려.

오명근 (할머니 귀에 입을 갖다 대며) 예수 이름으로 귀문이 열릴지어다. 예수 이름으로 귓구멍이 뻥 뚫릴지어다. 할머니 바닥에 엎드리세요. 기도해 드릴게요.
(오명근 하일선 할머니를 마당 잡초 위에 눕힌다. 허리에 손을 얹는다, 잠시 눈을 감은 뒤)

오명근 예수 이름으로 굽은 허리는 한일자로 쫙 펴질지어다.
(순간 하일선 할머니의 허리가 펴진다)

하일선할머니 오잉! 내 허리가 펴졌네, 이게 꿈이가 생시가 아이고 좋아라. 내 허리가 펴졌다. 동네 사람들아, 내 모몸 좀 보소! 내 꼬부랑 허리가 펴졌다이. 아이고 좋아라. 하나님이 살아 계시구나. 하나님 예수님 감사합니더 (펄쩍 펄쩍 뛴다)

오명근 하나님 감사합니다.

하일선할머니 내 이럴 때가 아니지 그동안 모셔둔 저 헛된 귀신
　　　단지부터 없애야겠다. 성주단지, 조왕단지, 조상단지
　　　삼신단지 이 헛된 것들 다 때려부숴야겠다.

　　　(부엌으로 들어가 와장창 물건 깨부순다)

　　　나 이제부터 교회 나갈 거다. 헛된 잡신 다 버리고 하
　　　나님만 믿을 거다. 이제부터 만나는 사람마다 예수 믿
　　　으라고 말해야 쓰겠다.

21. 오로동 교회

　　　교회 마당 안. 오명근 교회 십자기를 바라보고 서 있다.
　　　이때 하일선 교회 안으로 들어선다.

하일선 전도사, 전도사.

오명근 (뒤돌아 보며) 네, 할머니 안녕하세요?

　　　(이때 교회 마당 안으로 꼬부랑 할머니 셋이 나타난다)

하일선 내 오늘 나랑 똑같은 꼬부랑 할머니들 전도해 왔어, 나
　　　처럼 허리 쫙 펴지도록 기도해 주소.

　　　(할머니 셋 고개를 쳐들고 오명근 바라보며)

할머니들 우리도 예수 믿으면 저 할마씨처럼 허리가 펴지겠는
　　　가? 전도사, 우리도 기도해서 허리 좀 펴주소.

오명근 허리가 펴지고 안 펴지고는 하나님께서 하실 일이고 기
　　　도는 해드리죠. 예배 빠지지 마시고 꼭 참석하세요.

할머니들 암요, 암요.

하일선 (두 손을 벌려 머리 위로 한 바퀴 돌리더니 삭싹 비비
　　　 며) 하나님 아부지요, 우짜던동 안녕하십니꺼?

오명근 (뒤돌아서서 웃으며) 저거이 기도야? 인사야?

하일선 전도사, 전도사 기도를 우찌하노? 기도하는 법 좀 가르
　　　 쳐 보래이.

오명근 주기도문이나 사도신경부터 시작하시죠?

하일선 주기도라? 그기 뭐꼬?

오명근 그러니까…… 기도란 우리가 필요한 구하는 것보다 먼저
　　　 하나님의 뜻을 묻는 게 중요합니다.

하일선 뭐라캤노? 무신 소린지 토옹 몬 알아 듣것다. 쉽게 말하
　　　 그라.

오명근 할머니, 정 힘드시면 그냥 하나님 아버지 감사합니다.
　　　 이 말만 하셔도 됩니다.

하일선 하나님 아부지, 우짜던동 감사합니더. 감사합니더.

22. 동네 길을 지나는 하일선. 두 손을 싹싹 빌며

하일선 하나님 아부지, 우짜던동 감사합니더 감사합니더,
　　　 지나던 사람들 쳐다보며 웃는다.

행인1 저 할매가 지금 무신 소리를 하는지 모리겠네

행인2 뭐라 기도하는 것 같은데.

하일선 하나님 아부지, 우짜던동 감사합니더, 감사합니더.

행인1　행인 2 (웃으며 지나간다)

23. 하일선 집 방안

작은 방 안에 이불 한 채 보이고 벽에 옷가지 몇 개가
걸려 있다.

하일선 (방안에 꿇어앉은 모습) 하나님 아부지, 우짜던동 감사
합니더 감사합니더.

(부엌에 가서 밥상을 들고 들어온다)

하일선 하나님 아부지 우짜던동 감사합니더 감사합니다.(밥 먹
다가 눈물을 주르르 흘린다)하나님 아부지, 고맙심더,
일평생 꼬부랑 할매로 살 줄 알았는데 오명근 전도사 만
나 허리도 짝 펴지게 하시고 감사합니더. 우리 아들들도
예수 믿고 새사람 되게 해주시소. 참말로 부탁 드립니
더. 이 늙은이 소원이라예. 우리 성근이 진근이 민근이
지발 예수 믿고 새사람 되어 복 받게 해주이소마 부탁입
니더.

24. 오로소 교회 앞마당

하일선 전도사, 전도사.
오명근 우짜던동 할머니 와 그러십니꺼?
하일선 성근이가 왔다. 우리 성근이가.
오명근 아니 할머니 성근이가 왔는데 어쩌라고요?
하일선 우짜던동 내 아들 성근이 예수 믿게 해야지? 전도사가

전도 안 할끼가?

오명근 네 할머니 전도하러 갑시다. 어디 있습니까?

하일선 놀음쟁이 노름방에 있지 어데 있겠나?

오명근 그러면 갑시다. 노름방이 어디입니까?

25. 마을길을 따라 내려가는 오명근과 하일선

동네 주막을 지나 골방으로 간다.

왁자지껄한 소리 새어나오고

노름꾼들 엇싸! 오늘 한판 걸판지게 붙었구나야!

(할머니, 방문을 활짝 열어젖힌다. 담배 연기로 자욱하
다. 하일선 손가락으로 성근을 가리키며)

하일선 저 놈이 바로 우리 성근이어.

성근(60대 초반의 한복 입은, 머리가 하얗다. 어머니를
바라보며 화들짝 놀란다)

어엄마! (하일선과 오명근을 동시에 바라보며 놀란 기색
이다)

오명근 (방안으로 뛰어들어가 성근의 허리춤을 잡고 나
온다)

성근 당신이 누구요? 나이도 어려 보이는데 왜 나를 끌고 나오
는 거요?(안 나오려고 버티다. 바닥에 주저앉으려 한다)

오명근 이 보세요. 저 앞에서 늙으신 어머니께서 부르시지 않
소?(강제로 끌고 나온다)

노름꾼들 허허! 저 사람 전도사 양반한테 자알 걸렸다

오명근 (성근을 끌고 교회로 간다. 성근 신발도 신지 못
한 채 맨발이다.)
동네 사람들 흘끔거리며 지나간다.

26. 오로소 교회 예배당 안

오명근 (성근의 머리 위에 손을 얹고) 짓고 때이 귀신아! 이 노
　　　름쟁이 귀신아! 예수 이름으로 물러갈지어다. 천길 만
　　　길로 물러갈지어다. 다시는 들어오지 말지어다. 예수
　　　이름으로 영원히 물러가라.
성근　(뒤로 자빠진다, 입에 거품을 물고 몸을 버르적거리며)
　　　우웩 우웩.
　　　(잠시 후 자리에서 일어나는 성근. 눈물을 흘리며 고개
　　　를 숙인다)
성근　감사합니더 감사합니더(하일선 무릎에 엎디어 운다.) 어
　　　무이 참말로 미안테이. 그동안 내 때문에 얼매나 고생이
　　　심했노. 어무이. 내 참말로 잘못했대이. 어무이한테 미안
　　　타 참말로 미안타.
오명근 하나님 아버지 진정으로 감사합니다. 감사합니다.

27. 시간 경과 1년 후

하일선 (오로소 교회 마당으로 들어서며) 전도사! 전도사!
오명근 (예배실 문을 열고 나오며) 예, 할머니 어서 오세요? 어
　　　쩐 일이십니까?

하일선 우리, 우리 진근이는 안 되겠나?

오명근 안되다니요? 뭐가요?

하일선 우리 둘째아들 진근이 말이다. 나이 오십이 다 되어 가
       지고 장가도 못 가고 폐병이 들어 피를 토하며 다 죽어
       가고 있다 아이가. 마산에 있는 국립 결핵 요양원에서
       죽을 날만 기다리고 있다 아이가. 죽기 전에 예수 믿게
       해야 않겠나.

오명근 암요, 암요 그래야죠.

   (E) 진근이를 잡으러 가자! 진근이를 잡아다가 교회에 눕혀놓고
       폐병 귀신을 몰아내자! 당장 시작하자. 그런데 마산까지는
       400리 길인데 어떻게 가지? 더구나 80 노인을 모시고 어떻
       게 갈까?

       (교회를 나서는 오명근과 하일선. 마침 소달구지 지나간
       다)

오명근 어이! 어르신. 잠깐만요, 저희 좀 태워주시면 안 되겠습
       니까?

소 주인 어디까지 가시는데요?

오명근 네 요 앞 큰 길까지만이라도 태워다 주세요, 저는 아무
       래도 괜찮은데 여기 할머니가 워낙 힘드셔서요.

소 주인 그 뒤쪽으로 올라타쇼.

오명근 감사합니다. 감사합니다.

       (하일선을 달구지 뒤쪽으로 태우고 자신도 올라탄다)

28. 소달구지 타고 가는 오명근과 하일선

주변에 논밭 보이고 어느새 큰길가 나타난다. 달구지에서 내리는 오명근. 하일선을 업어서 내리고 걸어간다.

하일선 전도사 힘들지? 나는 괜찮어. 그만 내려.

오명근 조금 더 가다 내려 드릴게요.

(마침 나무를 가득 실은 트럭 지나간다)

오명근 (두 손을 번쩍 들고) 여기요, 여기요 잠깐만요.

(트럭 지나가다 후진해서 명근 앞에 와 선다)

트럭 운전사 무슨 일로 불렀소?(하일선과 오명근 둘을 동시에 바라보며)

오명근 예 감사합니다. 여기 할머니께서 작은아드님을 만나기 위해 마산으로 가는 길입니다. 잠시 차 좀 얻어 탈 수 있겠습니까?

트럭 운전사 마산이요? 그 먼데까지 어찌 가시려구? 혼자도 아니고 노인 분까지.

오명근 예, 그러니 잠시만 도와주시면 됩니다. 트럭 한편에 태우고 가시다 저기 큰 길 가에 세워 주시면 됩니다.

트럭 운전사 타쇼. 노인네 조심하시고요.

오명근 예, 예 감사합니다.(오명근 하일선 트럭 뒤칸에 태우고 자신도 옆에 앉는다)

29. 트럭에서 잠든 오명근과 하일선

주변 어느새 어두워진다. 멀리서 개 짖는 소리. 기차 지
나는 소리.

30. 마산 시내

오명근과 하일선 요양원이 보이는 길을 향해 힘겹게 걸
어가고 있다. 하일선 자리에 주저앉는다. 오명근 하일선
들쳐 업고 걷는다.

31. 마산 국립결핵 요양 병원

건물 안으로 들어서는 오명근과 하일선. 입구에 있는 직
원에게 다가선다. 복도에 피골이 상접한 환자들과 의사
간호사 지나가고

오명근 여기 입원 환자 중에 추진근 씨라고 확인 좀 부탁드립니
　　　다.

직원 1 누구신데요?

오명근 여기 고향에서 어머니께서 아드님 모셔 가기 위해 오셨
　　　습니다.

직원 1 그럼 담당 선생님과 상의 하시죠? 저를 따라 오세요.

　　　(직원. 오명근 하일선과 함께 복도 끝으로 걸어간다. 문
　　　을 열고 들어서며)

직원　선생님 추진근 환자분 보호자 되시는 분이라고 합니다.
　　　모셔 가기 위해 오셨다고 하는데 말씀 나누시죠?

의사　(오명근과 하일선을 아래 위로 훑어보며) 보호자 분 맞습

니까?

오명근 네

하일선 지가 바로 그 어무이입니다. 우리 아들 데려가려고 왔습
　　　니더.

의사 　숨도 제대로 못 쉬는 환자를 어떻게 무슨 방법으로 데려
　　　가시려고요? 안 됩니다. 가다가 죽기라도 하면 누가 책임
　　　지라고요?

오명근 선생님게 절대 누가 안 되도록 하겠습니다. 저희들이 데
　　　려갈 수 있도록 해주십시오.

의사 　(종이와 볼펜을 내밀며) 그럼, 여기 각서 쓰고 데려 가세
　　　요, 난 책임 없습니다.

오명근 네, 네. 선생님 감사합니다.

하일선 네 선상님 감사합니더.

32. 진근을 업고 병원 문을 나서는 오명근

　　　창백한 얼굴의 추진근 축 늘어져 있다. 가쁜 숨을 몰아
　　쉬며 기침을 하는데 피가 쏟아져 나온다. 오명근의 어깨
　　에 새빨갛게 물드는 핏자국, 얼굴에도 피가 튄다.

하일선 (어쩔 줄 모르며) 아이고, 전도사님. 우짤꼬 우짜고.

　　　오명근 (지나가는 택시를 잡는다. 택시 기사 오명근과
　　진근을 확인하고는 그냥 가버린다)

　　　오명근 (진근을 업은 채 버스 정류장으로 걸어간다. 사
　　람들 곁에 와 섰다가 진근과 오명근 핏자국을 보고는 고

개를 돌리며 놀라서 물러간다.

33. 버스 안

오명근과 진근 의자 위에 앉아 있다. 오명근 손수건을
꺼내 진근의 얼굴에 난 핏자국을 닦아준다.
하일선 눈물 흘리며

하일선 (진근을 쓰다듬으며) 불쌍한 것 내 자슥 내 자석 불쌍
타 불쌍타. 전도사님, 우리 아들 좀 살려주소. 꼭 좀
살려 주소.
(승객들 인상 찌푸리며 물러선다)

34. 기차 안

덜컹거리는 기차 안. 창밖으로 논 밭 풍경 지나간다. 희
미한 불빛. 낡은 의자 시트. 승객들 지나가며 손으로 입
을 막는다. 진근. 기침할 때마다 피로 범벅 되며. 승객
들 놀라서 자리를 옮긴다. 계속 기침하는 진근. 피가 물
처럼 쏟아진다.

35. 오로동 교회를 향해 걸어가는 오명근

진근 축 늘어진 채 명근의 등에 업혀 있다. 교회 마당으
로 들어서는 오명근과 하일선. 오명근의 등에 핏자국이
선명하다. (FI)
오명근 진근을 바닥에 눕힌다. 옆에 눕자마자 기절한다.

하일선 이어 같이 기절한다.

(잠시 후)

자리에서 일어나 앉는 오명근. 진근이 숨을 쉬는지 확인하며 왈칵 눈물을 쏟는다.

오명근 불쌍한 사람, 불쌍한 사람. 이러다 죽기라도 하면 어쩌나(진근의 얼굴에 볼을 비비며 울며 기도한다) 하나님 아버지 이 병든 육신을 불쌍히 여겨 주시옵소서. 주님의 보혈의 손으로 안수하시어 깨끗이 치료하여 주옵소서.

(바닥에 엎드려 운다)

오명근 폐병 귀신아! 물러갈지어다. 예수 이름으로 천길 만길 물러갈지어다. 예수 이름으로 폐병 귀신은 나사렛 예수 이름으로 물러갈지어다. 십자가의 보혈로 폐는 깨끗이 치유되고 온전한 회복이 이루어질지어다.

하일선 아멘! 아멘!

(오명근 옆으로 쓰러지며 졸도한다.)

하일선 아이고 전도사님요, 전도사님요, 정신 차리이소. 퍼뜩 일어나 보이소.

(울다 기절한다)

잠시 후

진근 (막 울면서 오명근을 흔들어 깨운다) 전도사님, 전도사님, 어서 일어나세요. 제가 살아났어요. 제가 이렇게 멀쩡하게 살아났어요. 보세요.

오명근 (자리에서 일어나며) 어디요? 어디요? 정말 괜찮으세요? 참말이군요. 하나님 아버지 감사합니다. 진정 감사합니다.

하일선 (두 손을 싹싹 비비며) 우짜던동 하나님 감사합니더 감
　　　사합니더.

36. 1년 후. 국립 결핵 요양병원

　　　병원장실. 넓은 창문이 보이는 원장실. 책장에 의학서적
　　　보이고 책상 앞 소파에 원장과 오명근. 진근 앉아 있다.

오명근 일년 전에 이 병원에서 무작정 나갔던 추진근씨입니다.
　　　이렇게 건강한 몸으로 회복되어 다시 찾아뵙게 되었습
　　　니다. 진찰 한번 해주시면 감사하겠습니다.

원장 (놀라는 기색. 청진기를 꺼내 심장을 여러 번 진찰한다)
　　　놀랍습니다. 이렇게 회복되다니 이 병원 생기고 이런
　　　기적은 처음입니다. 축하합니다. 정말 놀랍습니다. 이것
　　　은 기적입니다.

　　　오명근 진근(서로 바라보며 웃는다)

오명근 (하일선 흉내 내며) 우짜던동 감사합니더. 감사합니더.

　　　진근 (환하게 웃는다)

37. 오로동 교회

　　　마당에서 오명근과 하일선 서서 이야기하고 있다.

하일선 전도사, 전도사! 전도사는 기도하기만 하면 다 되네! 저
　　　대구 형무소에 있는 내 막내아들 민근이도 데려다 도.
　　　가서 전도사가 데려다 도 전도사가 하면 된데이.

오명근 (깜짝 놀라며) 형무소라뇨? 거긴 왜 가 있는 건데요?

하일선 그놈아가 형무소에 간 거이 이번에가 네 번째라이. 그것
　　　도 폭력범 아이가. 그놈아가 이 선산 지역 깡패 대장 아
　　　니었나. 내 그놈아 때무네 속 썪은 거 말도 마라카이.
　　　그놈아도 데려다 예수 믿게 해야 않겠나. 전도사.

오명근 (자리에 꿇어앉으며) 주여! 도와주시옵소서. 오직 하나
　　　님만 하실 수 있습니다. 성근 진근 두 형제도 살리시고
　　　구원 하셨사오니 민근씨도 구원하여 주옵소서.

38. 대구 교도소 면회실

　　　　면회실 창구 앞에 오명근과 추민근 마주하고 앉아 있다.
　　　　추민근 40대 중반의 험상궂은 모습. 반소매 밑으로 드
　　　　러난 문신 자국 흉측하다. 하일선 면회실 밖에 있는 의
　　　　자에 앉아 있다. 카메라 클로즈업

민근　(인상을 찡그리며) 당신 도대체 누군데 여기 온 거요?

오명근 추민근씨 당신을 데려가려고 왔소. 기다리시오.

민근　날 데려가? 왜?

오명근 당신 두 형님도 예수 믿고 새사람 되었소. 노름하던 성
　　　근씨도 예수 믿고 우리 교회 집사 되었고 둘째형님인 진
　　　근씨도 폐병에서 고침 받고 건강한 사람이 되었소. 이제
　　　당신 차례요.

민근　도대체 그 씨도 안 먹힐 거짓말을 내가 믿을 것 같소? 도
　　　대체 나한테 이러는 이유가 뭐요? 그 이유나 압시다.

오명근 그러면 다음번에 같이 오면 믿을 겁니까?

민근 　다 듣기 싫소. 전도를 하려거든 밖에 나가서 사람 많은
데 가서 하쇼. 당신이 뭘 모르는 모양인데 나 폭력전과
4범이오. 그 따위 말 듣기 싫으니 썩 꺼지라구.

오명근 그렇다면 어머니를 보면 믿을 수 있겠지.

민근 　어머니라구?

　　　오명근 밖으로 나가 하일선의 팔을 부축하고 들어온다.

하일선 아이고, 이놈의 자슥아 민근아.

민근 　(깜짝 놀라며) 어! 어무이 어무이. 그 허리 어째 그렇게
됐소. 꼬부랑 허리가 어째 그렇게 펴졌단 말이오?

하일선 (두 손을 창구에 대며) 여그 전도사님이 기도해 주어
이렇게 안 됐나? 너거 형들도 전도사님이 기도해 예수
믿고 새사람 됐다 아이가. 이놈 민근아, 니도 예수 믿
어야 한데이.

민근 　그기 나랑 무신 상관인데? 치아라. 다 듣기 싫다. 다신
면회 오지 마라.

하일선 (가슴을 치며) 아이고 저놈의 자슥 내가 몬산다 몬살아.

오명근 기다리십시오. 당신을 꼭 우리 교회로 모시고 가겠소.

39. 오로동 교회. 예배실

　　　오명근 골똘히 생각에 잠겨 있다.

오명근 (혼잣말로) 어떻게 무슨 방법으로 데려올까. 복역 중인
죄수를 무슨 방법으로 교회로 데려오지? 그래 기도해

보자. 사람으로선 할 수 없으되 하나님으로선 모든 게
하실 수 있다 했으니 방법이 있겠지.(무릎을 탁! 치며)
그렇지, 그렇지 그런 방법이 있었지. 중학교 2학년 때
우리 수학 선생님 오세도 선생님이 계셨지, 선생님 하
시면서 열심히 공부해 사법고시에 패스해 우리 오씨 가
문을 빛낸 오세도 판사님, 항렬로 따지면 내가 할아버
지뻘 되어 수업 시간에 들어오셔서 나한테 어이쿠 할아
버지 하셨었지. 맞아, 그분이 대구 고등법원 판사로 계
시다는 소문을 들었다. 당장 찾아가자.

40. 회상

중학생인 오명근. 교실 안에 앉아 있다. 이때 문이 열리
며 오세도 선생 들어온다.
오세도 (오명근 자리에 다가가며) 할아버지 안녕하십니까? 우
리 오씨 문중으로 보면 제가 손자뻘이 되지요.
(학생들 와! 웃는다)
와! 명근이가 선생님 할아버지래. 웃긴다 웃겨

41. 대구 고등법원 부장 판사실

실내에 고급 집기 보인다. 벽면에 태극기와 박정희 대통
령 사진 보이고, 탁자와 소파 보인다. 오명근과 하일선
문 앞에서 잠시 머뭇거린다.
오명근 (문을 열고 들어서며) 이 할아버지가 찾아 왔습니다.

오세도 판사 (두 손을 내밀어 악수를 청하며) 아이구 오명근 할
　　　　아버지께서 어쩐 일로 여기까지 행차하셨습니까?

　　　　(의아한 눈빛으로 옆에 서 있는 하일선 쳐다본다)

오명근　오판사님, 이 할아버지가 대구고등법원 부장판사 오세
　　　　도 판사님께 빽 좀 쓰려고 왔습니다.

오세도 (호기심어린 눈빛으로) 무슨 말씀이신지 해보세요. 무슨
　　　　일이 있나요?

오명근 선생님, 아니 오판사님, 선생님! 제 부탁 하나만 들어
　　　　주십시오. 여기 같이 온 할머니의 막내아들이 지금 폭력
　　　　전과범으로 실형을 받아 대구교도소에 복역 중입니다.
　　　　그 사람 추민근 씨를 제가 3일만 교회에 데려갔다가 오
　　　　도록 허락해 주십시오. 부장판사님이시니까 힘이 있잖
　　　　습니까? 형무소 소장님께 전화 한통화만 해주시면 될
　　　　테니 3일간만 저에게 좀 맡겨 주십시오. 부장판사님 부
　　　　탁드립니다.

오세도 (단호한 목소리로) 대한민국에 그렇게 할 수 있는 법은
　　　　없소. 기도한다고 실형을 받아 복역 중인 죄수를 집으
　　　　로 며칠씩이나 데려간다는 배짱은 좋으나 아니 될 일이
　　　　오.

오명근 (간절한 눈빛으로) 말이 안 되고 법이 없어도 적어도 고
　　　　등법원 부장판사 어르신이면 법 테두리 안에서 법을
　　　　만들어 쓰면 될 거 아닙니까? 형무소 소장에게 전화
　　　　한번 해봐 주세요. 손자가 할아버지 말을 안 들을 겁니

까?

오세도 (기가 막힌듯) 허허 참! 독일병정식 생떼를 부리는 데는
　　　　당할 방법이 없구먼. 도저히 될 수 없는 일이지만 그래
　　　　도 내 전화 한번 해보지요.

　　　　(오세도 빙긋이 웃더니 어디론가 전화한다.)

오세도 여보시오! 형무소 소장님. 나 대구고등법원 오세도 판사
　　　　요. 예, 잘 지내고 있소. 혹시 말이요. 그곳 재소자 중
　　　　번호 6237번 추민근 그 사람 좀 내 방에 보내 주시오.
　　　　내가 현장에 내려가서 특별히 조사할 일이 있어요. 한 3
　　　　일쯤 걸릴 거 같소. 죄수복 벗기고 민간 사복 차림으로
　　　　요. 기다리겠소.

42. 시간 경과. 잠시 후

　　　　문이 열리고 2명의 교도관의 호위를 받으며 판사실에
　　　　들어서는 추민근. 험악한 인상에 팔뚝 밑으로 드러난 문
　　　　신이 징그럽다. 오명근과 하일선 바라보며 깜짝 놀란다.

오세도 (교도관을 향해 눈짓 한다) 이제 됐소. 그만 가 보시오.

　　　　교도관 퇴장한다.

추민근 어무이, 저 저 사람은 전도사 아닌교?

하일선 그래 이 자슥아, 니 땜시 여그까지 왔데이.

오세도 (세 사람 바라보며) 이 법은 대한민국에는 없는 법이오.
　　　　독일병정식 할아버지가 오늘 만들었소. 내가 할아버지
　　　　믿고 절대 보증하고 이 사람 3일간 보내주는 것이니 가

실 때는 법원에 있는 호송차로 가시오. 약속 어기지 말고 3일 후에 꼭 보내주시오.

오명근 (허리를 숙이며) 네, 네 감사합니다. 선생님 감사합니다.

43. 호송차에 오른 추민근

허리춤을 잡고 있는 오명근을 향해 주먹을 내지른다. 얼굴을 직격탄으로 맞은 오명근 코피가 흐른다. 이어 오명근의 가슴과 배를 가격하는 민근. 오명근의 입에서 비명이 터진다.

하일선 어쩔 줄 모르고

오명근 (턱을 부여잡고) 주여! 주여!

오명근 얼굴과 몸이 피투성이로 변한다.

44. 호송차에서 내려 오로도 교회로 들어서는 오명근

하일선. 추민근. 예배실로 들어서는 오명근. 다리를 절고 있다.

오명근 (민근을 향해) 당장 무릎을 꿇어라.

추민근 놀란 표정으로 자리에 주저앉는다.

오명근 (울음반 기도 반 기도하며) 주여! 불쌍한 죄인입니다. 긍휼히 여겨 주옵소서. 사탄아! 이 깡패 귀신아! 추민근 속에서 예수 이름으로 물러갈지어다! 나사렛 예수 이름으로 깡패 귀신은 물러가고 새 사람이 될지어다.

어둠의 세력은 물러가고 그리스도 안에서 새로운 피조
물이 될지어다. 이 깡패 귀신아, 예수 이름으로 떠나갈
지어다! 다시는 들어오지 말찌어다.

오명근 기도하다 쓰러진다.

하일선 (눈물흘리며) 전도사님요, 전도사님요. 어서 일어나 보
이소. 전도사님요.

하일선 대성통곡 한다. 추민근 얼굴빛이 점점 변한다.
표정 변화 (FI)
자리에서 일어나더니 오명근에게 다가가 흔들어 깨운다.

추민근 (눈물 흘리며) 전도사님, 전도사님 어서 일어나세요. 제
가 살아났어요. 전도사님 제가, 제가 죄인이었어요. 용
서해 주세요. 제가, 제가 죽일놈이었어요.

추민근 자리에 엎어져 대성통곡한다. 하일선과 끌어안고
우는 민근. 얼굴이 온통 눈물 바다다.

오명근 (자리에서 일어나며) 어! 이게 무슨 일이야? 어떻게 된
거지?

추민근 (오명근 끌어안으며) 전도사님, 제가 이 깡패 추민근이
가 전도사님 기도로 살아났어요. 저 다시는 죄 안 짓고
예수님만 믿을게요. 엉엉! 제발 믿어 주세요. 진짜로
새 사람 될게요.

하일선 (울면서) 전도사님 감사합니더. 감사합니더. 우짜던동
감사합니더. 하나님 아버지 우짜던동 감사합니더. 우
리 민근이 새 사람 맹글라고 살려 주셔서 감사합니더.

다시는 죄 안 짓고 살그로 도와주시소 감사합니다.

오명근 (자리에 엎어지며 눈물 흘리며) 주여! 주여! 감사합니다. 감사합니다.

45. 서울신학대학 강당

오명근 (감격스런 목소리로) 그 후 추민근씨는 모범 죄수가 되어 광복절 특사로 출소했고 우리 오로동 교회 진실한 교인이 되었습니다. 뿐만 아니라 같은 깡패 출신 친구들을 10명이나 데리고 나와 제1대 청년회 회장이 되어 봉사했습니다. 제가 18살 나이에 아무것도 모른 채 흙벽돌 교회로 시작한 저희 오로동 교회는 30명에서 어느새 150명 교회로 부흥했습니다. 하나님께 영광 돌립니다.

일동 박수 터진다.

회중들 아멘! 아멘! 할렐루야.

박수 연이어 터진다.

사회자 그럼 오늘 간증대회의 수상자를 발표하겠습니다. 모두 긴장되시죠? 먼저 2등부터 발표하겠습니다. 궁금하시죠? 누구일까요?

순간 실내 조용해진다.

사회자 네에, 영광의 2등은 2학년의 강달희 학우입니다. 자 박수!

일동 박수 터지고 강달희 앞으로 나온다. 심사위원장 나오며 상금이 든 봉투를 전한다.

사회자 자! 그럼 대망의 일등은 누구일까요? 저도 몹시 궁금한
데 말이죠. 자! 그럼 발표를 할까 말까요? 네에 오명근
학우입니다. 자! 어서 앞으로 나와 주십시오, 부상으로
손목시계와 상금이 든 봉투가 있습니다. 정말 부럽습니
다. 오명근 학우의 뜨거운 간증 평생 못 잊을 것 같습니
다.

(오명근 심사위원석으로 걸어가며 눈물 흘린다. 상금이
든 봉투와 상품을 받으며 입을연다.)

오명근 감사합니다. 감사합니다. 다 하나님 은혜입니다. 제 간
증을 끝까지 들어주셔서 진심으로 감사합니다.

일동 모두 축하합니다. 감사해요

46. 시간 경과

신학교 강의실. 수업 중이다. 인터폰이 울린다.

(E) 오명근 학생. 반가운 손님이 오셨습니다. 지금 즉시 교무실로
와 주십시오. 오명근(깜짝 놀라며 자리에서 일어선다.)

47. 교무실 내부

오로동 교회 신임 전도사와 오명근의 어머니 추민근 추
성근 함께 의자에 앉아 있다. 추민근 옆에 커다란 떡 상
자가 보인다. 오명근 들어서자 모두 자리에서 일어난다.

오명근 어머니!(얼싸안는다)

어머니 그래 명근아, 그동안 얼마나 고생이 심했냐. 얼굴이 반
　　　쪽이 되었구나.

추민근 전도사님 저도 왔습니다. 저 추민근 새사람 되어서 교회
　　　도 잘 섬기고 전도사님 위해 기도도 열심히 하고 있습니
　　　다. 저희 형님도 왔습니다.

추성근 전도사님, 감사합니다. 지 같은 게 뭐라고 기도해 주시
　　　고 예수님 믿게 해주시니 증말로 감사합니더.

오명근 이제 노름방에는 전혀 안 가시는 거죠?

추성근 하모요, 하모요. 예수님 믿고 참 기쁨을 알았는디 뭐할
　　　라고 그 씰데없는 짓거리를 하겠습니꺼? 돈을 다발로
　　　싸다주고 하라고 해도 안 합니더. 지도 전도사님 위해
　　　기도 쪼매 하고 있심더.

오명근 (감격하며) 감사합니다 감사합니다. 모두들 잘 지내시고
　　　계신다니 제가 힘이 납니다. 감사합니다.

어머니 명근아, 여기 시루떡 좀 해왔다. 같이 공부하는 동무들
　　　끼리 나누어 먹거라.

오명근 (좋아서 어쩔 줄 모르며) 떡이요? 아이구! 어머니 감사
　　　합니다. 제가 기숙사로 가지고 가서 나누어 먹겠습니
　　　다.

48. (회상) 서울신학대학 정문

　　(카메라 클로즈업) 기숙사 내부 카메라 앵글 비춘다.
　　얇은 모포 덮은 채 누워 있는 오명근. 덜덜 떨며 기도하

는 중이다.

오명근 하나님 아버지, 너무 춥고 배고파서 견딜 수가 없습니
　　　다. 좀 도와 주세요. 등록금도 내야 하는데 돈도 없습니
　　　다. 이대로 있다간 신학도 못하고 쫓겨날 것 같습니더.
　　　좀 도와 주이소. 방안이 왜 이리 춥노? 하긴 다다미 방
　　　이 다 그렇지.

49. 서울 가나안 교회

　　　강단 위로 〈오명근 목사 치유 세미나〉 현수막이 걸려 있
　　　다. 교인들 모여 찬양하고 있다.
　　　'죄에서 자유를 얻게 함은 보혈의 능력 주의 보혈
　　　시험을 이기고 승리하니 참 놀라운 능력이로다
　　　주의 보혈 능력 있도다 주의 피 믿으오
　　　주의 보혈 그 어린 양의 참 귀중한 피로다.'
　　　(그때 50대 중반의 여자가 갑자기 옷을 마구 벗어 던지
　　　고 강단 앞으로 뛰쳐나오며 소리 지른다.)
여인1 우와! 너 오늘 잘 만났다. 오늘 나랑 씨름 한판 붙어볼
　　　까?(권투하는 흉내를 내며) 자, 멋지게 훅 한번 날려줄
　　　테니까 어서 덤벼라 짜식들아!
　　　(교인들 놀랍고 민망해서 서로 눈짓을 하고 여인에게 달
　　　려가 말린다)
여인1 왜 이래? 왜 이래에! 아프단 말야. 이것 놓고 얘기해.
　　　(뒤로 벌러덩 넘어진다)

오명근 (담임목사 귀에 대고) 이게 대체 무슨 일입니까?

담임목사 (귓속말로) 우리 교회 박장로님 부인인데 아무래도 귀
　　　　신 들림 같아요. 아! 글쎄 지난번엔……
　　　　(계속 귓속말로 이야기한다) 카메라 강단 위의 오명근과
　　　　담임목사 클로즈업)
　　　　(오명근 강단에서 내려와 여인에게 다가가 안수기도 한
　　　　다.)
　　　　(박장로 어디선가 황급히 달려와 오명근 목사에게 다가
　　　　가선다)

박장로 목사님 제발 저의 집사람 좀 살려주십시오. 허구헌날 저
　　　　러다 보니 사는 꼴이 말이 아닙니다.

오명근 (잠시 오장로 눈을 바라보며) 오장로님, 혹시 처갓집 집
　　　　안에 30대 젊은 체격 좋은 씨름선수나 복싱 선수하던
　　　　사람이 자살한 일이 있지 않습니까? 아님 사고로 객사
　　　　했다거나.

박장로 (깜짝 놀라며) 네, 있습니다. 바로 제 처삼촌입니다. 씨
　　　　름 선수도 했고 복싱도 했습니다. 35세 총각으로 농약
　　　　을 마시고 자살해 죽었습니다. 그런데 목사님께서 어찌
　　　　그걸?

오명근 부인의 심령 속에 처삼촌의 형상을 뒤집어 쓴 사탄 마귀
　　　　가 들어 있는 게 내 눈에 보입니다, 사탄 마귀는 일정한
　　　　형상이 있지 않고 때때로 동물 혹은 사람이 형상으로 가
　　　　장하거나 탈을 쓰고 변형을 하지요. 죽은 삼촌이 예수를

믿었으면 천국에 갔을 것이고 그렇지 않았다면 음부에
떨어졌을 겁니다. 죽은 사람이 원혼이 되어 떠돌아다니
는 건 아닙니다. 그러니까 죽은 삼촌이 귀신에 되어 부
인 집사 속에 들어와 있는 게 아니고 못된 귀신이 교묘
하게 우릴 속이려고 삼촌으로 가장하고 있는 겁니다.

박장로 (어리둥절한 표정을 지으며) 아! 네에, 네에 그래요오.

오명근 (큰 소리로) 이제 안심하십시오. 부인 집사 속에 있는
사탄 마귀는 이미 성령의 능력으로 영권에 눌려서 꼼짝
도 못하는 상태입니다. 저들은 자기의 정체가 드러나면
주의 종이 예수 이름으로 기도하면 즉시 물러가게 되어
있습니다. 그러니 내가 기도할 때 모두 아멘! 하십시오.

박장로 (두 손을 모으고 큰소리로) 아멘! 아멘! 믿습니다.

오명근 (여인의 배에 손을 얹고) 사탄아! 이 더러운 귀신아! 너
의 정체가 드러났다. 이제 더 이상 이 사람 속에 있지
못한다. 이 사람은 예수를 믿는 하나님의 딸이다. 당장
나와라. 성령의 칼로 성령의 불로 너를 찔러 쪼갠다.
천길 만길 물러갈지어다. 예수 이름으로 성령의 능력으
로, 명령하노니 물러갈지어다. 네가 거느리고 들어온
졸개 새끼들도 다 데리고 나갈지어다. 한 놈도 남김없
이 모두 다 나가라. 너 이놈 그동안 오래 살려고 집도
지었구나. 다 뜯어 안고 나가라! 네 놈이 있던 흔적도
남기지 말고 당장 나가라.
(여인 1 바닥을 뒹굴며 아이구 배야 하고 소리 지른다)

(오명근 여인에게 다가가 머리와 배에 손을 대고 계속
　　　기도한다)

**귀신 (E) 아이구! 도저히 안 되겠다 능력 있는 사자, 큰종을 만났
　　구나! 기다려 나간다 나간다고 조금만 조금만.**

오명근 (큰소리로) 이놈아! 나간다가 뭐야? 주의 종이다. 네 정
　　　체를 보이고 너를 추적하는 주의 종이다. 말을 다시 하
　　　라 공손하게.

귀신 (E) 예! 예! 잘못했습니다. 나갑니다. 나가요

오명근 그래! 알았다. 예수 이름으로 명하노니 속히 물러가라
　　　뒤도 돌아보지 말고 영원히 물러가라.

여인1: 으아악!

　　　(그대로 자리에 누워 쭉 뻗는다)

오명근 (간절한 목소리로) 하나님 아버지, 이 딸을 불쌍히 여겨
　　　주옵소서. 이 딸이 흉악한 귀신에 사로잡혀 사람 노릇
　　　못 하였는데 오늘 저희의 기도를 들어주셔서 깨끗하게
　　　치료하여 주시니 감사합니다. 사탄 마귀가 온 몸을 만
　　　신창이로 만들고 괴롭혔사오니 머리부터 발끝까지 오
　　　장육부 속속들이 치료하여 주시니 감사합니다. 원수 마
　　　귀는 떠났으나 영적으로 정신적으로 상처가 남아 있으
　　　니 이것까지 깨끗하게 치유하여 주옵소서.

여인1 목사님 감사합니다. 감사합니다.

　　　(자리에서 일어나 앉는다. 옷매무새 가다듬으며 눈물)

오명근 (교인들 향하여) 여러분 이 분은 귀신들림에서 완전히

해방 되었습니다. 그러나 악령으로 인해 영적인 상처가 남아 있습니다. 그래서 믿음에 바보가 되었습니다. 그 건 어떤 외부의 힘으로 고쳐지는 게 아닙니다. 그러나 걱정 마십시오, 제가 집으로 데려가 기도하고 신앙훈련 시켜서 스스로 회개기도도 하도록 하겠습니다. 영적으로 완전히 회복될 때까지 하겠습니다.

교인들 아멘! 아멘!

50. 오명근 집안

방안에 십자가가 보이고 작은 탁자에 성경 찬송가가 보인다. 깨끗하고 밝은 분위기. 여인 1 방 한가운데 앉아 있고 오명근 아내와 함께 기도하고 있다.

오명근 (여인1을 향해) 자! 그럼 나를 따라서 해보세요.

하늘에 계신 우리 아버지 이름이 거룩히 하옵시며 나라에 임하옵시며 뜻이 하늘에서 이루어진 것같이 땅에서도 이루어지이다. 오늘날 우리에게 일용한 양식을 주옵시고 다만 악에서 구하옵소서 대개 나라와 권세와 영광이 아버지께 영원히 있사옵니다.

여인 1 (따라한다)

하늘에 계신 우리 아버지 이름이 거룩히 하옵시며 나라에 임하옵시며 뜻이 하늘에서 이루어진 것 같이 땅에서도 이루어지이다. 오늘날 우리에게 일용한 양식을 주옵시고 다만 악에서 구하옵소서 대개 나라와 권세와 영광이 아버지께 영원히 있사옵니다.

오명근 아버지, 이 딸의 모든 아픔을 아시오니 갈보리 사랑으로
　　　깨끗이 치유하여 주옵소서, 강하고 담대하게 하시며 말
　　　씀의 능력으로 세상을 이기며 승리하게 하옵소서.

여인1 아멘!(울면서) 주님, 제 죄를 용서해 주세요, 그동안 아
　　　무에게도 말 못했던 죄를 주여 용서해 주세요. 다시는 마
　　　귀의 종이 되지 않겠습니다. 주여! 감사합니다. 감사합니
　　　다.

　　　(일어나 오명근 아내와 얼싸안고 운다.)

51. 순천 승리 기도원

　　　(카메라 기도원 입구 팻말 클로즈업)

　　　기도원 내부 카메라 (FI) 강단 위에 〈목회자 치유 능력
　　　세미나〉 현수막이 보인다.

　　　교인들로 가득 찬 기도원 내부. 앞자리에 들것에 실린
　　　환자와 방바닥에 누워 있는 환자 카메라 클로즈업. 여기
　　　저기서 신음소리 들리고. 강단 밑에 피아노와 성가대석
　　　이 보인다.

　　　강단 위 의자에 앉아 기도 중인 오명근. 얼굴에 땀이 흐
　　　른다.

오명근 주여 오늘 많은 주의 백성들이 모였습니다. 상하고 지친
　　　마음 병든 육신도 있습니다. 중환자 불치병 난치병 환자
　　　도 있습니다. 주여 은혜를 베풀어 주셔서 깨끗이 치료해

주셔서 모두 기뻐 뛰며 돌아가게 하옵소서.

남자2 (아픈 배를 움켜 주며 앞으로 나온다) 목사님. 저는 위암 수술을 두 번이나 받았는데 또 세 번째 재발했습니다. 너무도 통증이 심해 견딜 수가 없습니다. 이젠 치료 방법도 없고 죽을 때만 기다리고 있습니다. 음식도 전혀 먹지 못하고 있습니다.

　　오명근 측은한 눈빛으로 바라본다.

오명근 가까이 와 보세요.

　　남자2 (잔뜩 긴장한 표정으로 나온다)

　　오명근 (손으로 남자의 배와 가슴을 만져보며)

(E) 이 사람의 병은 위암이 아니고 십이지장암이다. 그런데 사람의 뱃속에 딱딱한 돌덩어리가 앉았구나. 크기도 해라.

오명근 믿음을 가지세요. 믿음대로 된다고 했습니다. 믿으세요. 기도하는 동안 아멘! 아멘! 하십시오.

남자2 아멘, 아멘 감사합니다. 예수님.

오명근 나사렛 예수 이름으로! 성령의 능력으로! 이 사람 속에 있는 암세포는 사라지고 돌덩어리 같은 암덩어리는 물같이 녹아버릴지어다. 예수 이름으로 성령의 능력으로 십이지장 암은 깨끗이 고쳐질지어다.

　　(남자 2의 배를 만져보며)

(E) 음, 암덩어리가 말랑말랑해졌군. 무슨 물소리 같은 게 들리네. 참으로 신기한 일이다.

　　오명근 기도원 원장 전도사를 향해

오명근 원장님, 전도사님, 이리 와 보세요. 이 분 배 좀 만져보

세요. 좀 전까지는 돌덩어리처럼 딱딱했는데 지금은 말
랑말랑하고 무슨 물소리 같은 게 들려요.

기도원 원장 남자 2 바라보며

기도원 원장 정말 신기하네요. 뱃속에 돌덩어리가 들어 있는 것
같다고 하더니만 지금은 말랑말랑하고 물소리가 나
는 것 같습니다.

(주변에 둘러선 교인들)

와! 할렐루야 아멘! 감사합니다.

남자1 (자리에서 벌떡 일어서며) 감사합니다 감사합니다. 제 병
이 나았습니다. 그런데 갑자기 화장실 좀(곁에 있는 아
내를 보며) 여보! 나 좀 화장실로 데려다 줘.

아내 네, 어서 화장실로 가요

52. 잠시 후

남자1 (뛰어 들어오며) 목사님 제가 살았어요. 암이 고쳐졌어
요! 보세요! 여기 뱃속에 있던 암 덩어리가 없어졌어요.
배가 홀쭉해졌어요. 제 병이 다 나았어요. 감사합니다.
감사합니다.

(주변에 교인들 우르르 몰려들며)

성도들 목사님, 제 병도 고쳐 주세요. 저도요 제 병도 고쳐 주
세요.

(오명근 팔을 붙잡고 늘어진다)

오명근 여러분 조용히 하시고 질서를 지켜 주십시오, 자리 정돈

하시고 자리에 앉으세요. 개인기도는 낮 공부 마치고 하겠습니다. 지금은 전체 집단 치유를 하겠습니다. 순종하고 따라해 주십시오.

오명근 (좌우를 돌아보며, 침착한 목소리로) 여러분! 조금 전에 여러분이 지켜보는 가운데 내가 기도하여 이 사람 고친 것이 아닙니다. 내 손에 무슨 능력이 따로 있는 게 아닙니다. 병이 고쳐지는 이 능력은 100% 위에서 온 것입니다. 하나님의 능력입니다. 나는 주님의 이름으로 기도를 드리는 종이며 기도자일 뿐입니다. 내 손을 환자의 질병 부위에 얹고 기도할 때에 내 손을 통해서 하나님의 능력이 들어가 암도 녹아져 버린다면 여러분이 자기 손을 얹어도 본인의 손을 통해서도 하나님의 치유능력이 들어가는 것을 믿으시기 바랍니다. 자! 그럼 지금 치유기도를 받아야 할 질병이 있는 분들은 본인의 오른손 왼손을 그 질병 부위에 얹으십시오, 허리에 머리에 팔 다리에 배 귀 눈 입 코 목에, 그리고 믿으십시오. 믿기만 하면 됩니다. 기도하겠습니다.

오명근 (두 손을 높이 들고 큰소리로)

오명근 (두 손을 높이 들고 큰소리로) 하나님 아버지 부족한 이종의 치유기도를 들으사 많은 환자들의 온갖 질병들을 고쳐 주시니 감사합니다. 오늘도 여기 기도원 집회에 찾아와 모인 이 많은 질병을 가진 성도들을 하나님께 맡기고 치유기도를 드리오니 온갖 병들을 고쳐 주시옵

소서! 나사렛 예수 이름으로 성령의 능력으로 본인들의
손을 없은 부위에 본인들의 손을 통해 권세와 능력으로
들어가 여러 가지 질병들이 물러갈지어다! 예수 이름으
로 크고 작은 질병들이 깨끗이 고쳐질지어다! 믿습니
다. 예수님의 이름으로 기도하옵나이다. 아멘!

오명근 지금 기도하는 중에 질병이 실제로 고쳐졌습니다. 믿기
만 하십시오! 지금 병이 고쳐졌다고 생각되는 분들은 손
을 들어 주십시오.

교인1 목사님 저요! 아까 기도하실 때 배의 통증이 깨끗이 사
라졌어요. 지금은 안 아파요. 감사해요.

교인2 저도요, 전 가슴에 있던 암 덩어리가 사라진 것 같아요.
딱딱했던 게 지금은 안 느껴져요.

오명근 (두 손을 들며) 할렐루야~ 감사합니다.

53. 전남 광양

농촌 마을 작은 교회가 보이고. 광양 읍내 거리 보이고
십자가 달린 교회 예배실.
강단 위 오명근 목사 치유 부흥성회 현수막이 보인다.
의자에 앉아 있는 교인들. 대부분 허름한 옷차림이다.
천장에 달린 선풍기 힘없이 돌아간다. 맨 앞에 허리가
180도로 꺾어진 할머니 보이고. (카메라 클로즈업)
강대상 의자에 앉아 있는 담임목사인 정목사와 오명근.
무심히 할머니에게 눈길이 간다.

오명근   저 할머니는 허리가 완전히 접혔네요. 참 불편하시겠습니다.

정목사   네, 꼬부랑 할머니요? 글쎄 6.25 동란 때 인민군 폭격을 맞아 쓰러지면서 저렇게 됐답니다. 처음엔 저 정도는 아니었는데 서서히 허리가 굽더니 저렇게 완전히 접혀지고 말았습니다. 하나님께서 치유해시면 좋겠는데 말입니다.

   (이 때 꼬부랑 할머니 자리에서 일어난다. 지팡이를 창밖으로 휙! 던진다)

   (교인들 모두 놀란 표정으로 주시한다)

꼬부랑 할머니   (목소리가 카랑카랑한) 나 오늘 강사 목사님께 기도 받으면 내 허리 일자로 펴질 것인데 이 따위 지팡이 인제 필요 없어.

   오명근   (안색이 일순간 어두워진다)

   (E) 하나님! 하나님이 못 고치시는 병은 없습니다. 종은 예수님의 이름으로 기도할 뿐입니다. 기도하겠습니다. 하나님 처분만 기다립니다. 주여!

   오명근 강대상에서 내려가며 꼬부랑 할머니를 향해 큰소리로 부른다.

오명근   저 꼬부랑 할머니. 이 앞으로 나오십시오! 그 옆에 집사님 좀 부축해 주세요. 하나님께 맡기고 기도해 보십시다. 일단 바닥에 엎드리는 게 좋겠습니다.

   (꼬부랑 할머니 바닥에 엎드린다. 오명근 할머니의 허리에 손을 얹고 기도)

오명근 나사렛 예수 이름으로! 성령의 능력으로! 굽은 허리, 50
　　　년 꼬부라진 채로 굳어버린 이 등허리가 일자로 꼿꼿이
　　　펴질지어다. 예수 이름으로 등허리의 흉추 요추 척추의
　　　관절이 연하게 풀리고 인대 연골이 정상적으로 제 자리
　　　에 들어가라! 예수의 이름으로 성령의 능력으로 할머니
　　　의 50년 된 허리는 펴질지어다.
　　　(바닥에 누운 할머니 꿈틀끔틀 움직인다. 다리를 쭉 펴
　　　더니 배가 바닥에 닿으며 몸을 움직인다) 카메라 (FI)
교인들 주여! 주여! 믿습니다. 허리가 움직입니다.
꼬부랑 할머니(엎드린 채) 내가 50년 만에 처음 배를 깔고 엎
　　　드립니다.
오명근 (할머니의 허리를 손가락으로 꾹꾹 누르며) 감사합니다.
　　　하나님의 능력으로 고치셨으니 하나님 영광 받으소서.
　　　할머니, 이제 일어나십시오.
　　　꼬부랑 할머니 천천히 쓰러질 듯 조심스레 일어난다.
오명근 일어나라! 예수의 이름으로 일어나라!
　　　꼬부랑 할머니 오명근 손을 잡으며 벌떡 일어선다. 일어
　　　나 교회 안을 왔다 갔다 하며 춤을 춘다.
꼬부랑 할머니 할렐루야! 감사합니다. 감사합니다.
교인들 세상에 하나님 감사합니다. 할렐루야!
꼬부랑 할머니 감사합니더, 감사합니더. 이제부턴 전도하며 살
　　　겠구먼요.

54. 서울 방화동 교회

카메라 교회 내부 비친다. 목회자 성령치유 능력 목회 제15기 세미나 현수막 보이고. 강단 위 오명근 목사 강의 중이다.

오명근 오늘은 능력 있는 치유사역의 보편성에 대하여 강의하겠습니다. 치유 사역 치유 능력은 카리스마적인 어떤 특정인만 하는 게 아닙니다. 특별히 능력 받은 종들만 하는 것이란 선입관을 버리고 나도 할 수 있다는 확신을 가져야 합니다. 세미나에서 배우는 성서적 신학적 치유 원리와 배경을 잘 이해하고 그대로 믿고 그렇게만 기도하면 목회자들에게 이미 치유 은사가 100% 와 있는 것이니 확신을 가지고 치유기도를 하는 것이 곧 믿음입니다. 여기 참석한 모든 목회자들은 이 세미나에서 배우는 대로 환자 앞에서 담대히 믿음으로 질병 추방 명령기도를 하면 됩니다.

회중들 아멘!

(이 때 40초반으로 보이는 사모가 앞으로 나온다)

사모1 강사 목사님 잠시 제게 간증할 시간을 주시겠습니까?

오명근 (당황한 표정으로) 네, 사모님 하십시오.

사모1 여러분 저희 부부는 장로회 신학대학을 나와 김포공항 앞에 있는 방화동에서 목회하고 있습니다. 그런데 개척교회를 하느라 너무 고생한 나머지 남편 목사가 악성 류마치

스 관절염에 걸리고 말았습니다. 관절이란 관절은 모두 염증이 오고 전신이 붓고 비뚤어지고 움직이고 활동하는 것 자체가 고역이었습니다. 밤에는 너무도 통증이 심해 잠도 못 자고 그러다가 이 목회자 세미나에 참석하게 되었습니다. 오늘 세미나에 참석해 한 시간, 한 시간 진행될 때마다 치유에 대한 확신이 생겼습니다. 오늘 배운 대로 기도하면 내 남편이 낫겠구나 싶었습니다. 그래서 오전 강의가 끝나고 5호선 전철 타고 집으로 가 남편 목사님 머리 위에 손을 얹고 치유 명령 기도를 했습니다. 그런데 강사 목사님처럼 기도가 줄줄 나오지 않았습니다. 더듬더듬 겨우 예수 이름으로! 성령의 능력으로! 내 남편 목사님의 류마치스 관절염은 깨끗이 고쳐질지어다. 치료될지어다! 몇 번이고 반복해서 저의 진액이 다 빠지도록 믿음으로 기도했습니다. 하나님의 능력이 들어가는 걸 믿었습니다. 그렇게 한참 기도했을 때 기적이 나타났습니다. 누워서 꼼짝도 못하던 남편이 부축해 주지 않으면 전혀 움직이지도 못하던 남편이 벌떡 일어나 앉는 것이었습니다. 펄쩍펄쩍 뛰면서 양팔을 굽혔다 폈다 하고 열 손가락을 움직이면서, 할렐루야! 우리 남편이 고침 받았습니다. 치유 됐습니다. 오랜만에 내 남편 목사님이 저를 업어 주었습니다. 하나님께 영광 돌립니다.(남편을 향해) 지금 오셨는데 한번 일어나 보세요.

(자리에서 일어난 목사 두 손을 들고 외친다.)

이목사 할렐루야! 감사합니다.

일동 박수친다.

(음악 효과)

복음 성가

주여! 우린 연약합니다.

우린 오늘을 힘겨워 합니다.

주 뜻 이루며 살기엔 부족합니다.

우린 연약합니다.

한없는 주님의 은혜 온 세상 위에 넘칩니다.

가릴 수 없는 주 영광 온 땅 위에 충만합니다

주님만이 길이오니 우린 그 길 따라 갑니다

그 날에 우릴 이루실 주는 완전합니다.

55. 회상

1974년 전라도 광주 시청 앞(카메라 거리 비친다)

거리에 〈전국 새마을 지도자 대회〉 광고 문구가 보인다.

56. 광주 시청 대강당

높은 단이 보이고 위에 〈전국 새마을 지도자 대회〉 현수막이 걸려 있다. 단 위에 오명근을 비롯한 10여명쯤 되는 가슴에 띠를 두른 새마을 지도자들이 앉아 있다. 단 아래 하객들 보인다.

사회자 자! 오늘의 수상자들을 발표하겠습니다. 먼저 경기도 양평 강하교회에서 목회하시면서 마을의 소득증대를 위해 애쓰시고 많은 업적을 이루신 오명근씨. 네 앞으로 나와 주십시오.

(오명근 앞으로 나오며)

사람들 박수친다. 음악 효과

사회자 오명근씨에 대한 새마을 증진 사업에 대한 소개말씀 드리겠습니다. 오명근씨는 개척교회를 하는 전도사로서 마을의 여러 현안문제에 그 누구보다 열심을 갖고 일했으며 많은 성과를 가져 왔습니다. 첫 번째로 전기 전화 가설 사업을 했으며 두 번째로 20킬로 포장도로 개통 사업과 버스 노선 개척이며 세 번째로 마을 안길 다듬기와 꽃마을 조성 사업입니다. 네 번째로는 젖소 비육우 단지 조성이며 다섯 번째 소득증대 사업으로 구약을 재배한 것과 여섯 번째 농촌마을 순회 영농교육을 실시한 것입니다. 이에 그 노고를 치하 드리며 공로를 인정하여 전국 최우수 모범 새마을 지도자상을 드립니다. 이에 대통령께서 주시는 훈장과 부상으로 오백만 원을 드리겠습니다. 축하합니다.

일동 박수 터진다.

(음악 효과)

57. (회상)

2011년 중국 심양 교회

강단 위로 〈심양 지역 선교사 목회자 치유 세미나〉 현수막이 보인다.

150명 회중 모여서 치유의 현장 보고 있다.

58. 러시아 하르빈

하르빈 지역 교회. 강단 위로 〈바울선교회 주최 목회자 치유 세미나〉 현수막이 보인다.

치유의 현장 보며 환호하는 회중들. (FO)

에필로그

오늘날 기독교가 힘을 잃으면서 개독교라는 소리까지 듣고 있다고 합니다.

이는 이단의 농간일 수도 있고 일부 몰지각한 기독교인과 목회자들의 잘못도 크다고 봅니다. 이단은 날로 그 기세가 거세어가 정통교회를 위협하고 있고 20년 후쯤이면 정통교회 교인과 그 숫자가 거의 맞먹을 거란 보도도 있습니다.

이단으로 넘어가는 교인들 중에는 신유나 축사에 대한 문제를 해결 받지 못해 가는 경우도 있다고 합니다. 오늘날 교회에서 말씀 중심으로 사역하다 보니 신유나 축사에 대해 소홀한 면이 없지 않습니다. 예수님께서도 공생애 동안 신유와 축사를 행하셨지 않습니까? 저는 제50년 목회 현장에서 수많은 신유와 축사의 기적이 행해졌던 것을 기억합니다.

성령님의 주권적인 역사하심에 의해 각색 암, 정신병 불치병 난치병 등이 치유되는 것을 보면서 살아계신 하나님을 만날 수 있었습니다. 또 750여 회 목회자 치유능력 세미나를 통해 성령님의 역사하심에 깊은 감동을 받았고 교회가 부흥하는 것을 수 없이 목격했습니다. 하나님은 기적의 하나님이십니다.

신유와 축사 사역은 성령님의 주권 아래 영혼 사랑과 목숨 건 영적전쟁에서 오는 것입니다. 저는 제 목회 현장 속에서 교인들의 영이 치유되고 회복되는 모습을 보면서 그 감동을 〈우짜던동 하나님 감사합니더〉로 집필했고 드라마로 방영하기에 이르렀습니다.

저의 작은 간증이 시청자분들께 작은 감동과 도전이 되었으면 합니다.

〈음악 효과〉
이 땅의 황무함을 보소서, 하늘의 하나님 긍휼을 베푸시는 주여!
우리의 죄악 용서하소서. 이 땅 고쳐주소서
우리 이제 모두 하나 되어 이 땅의 무너진 기초를 다시 쌓을 때 우리의 우상들을 태우실 성령의 불 임하소서.
부흥의 불길 타오르게 하소서. 진리의 말씀 이 땅 새롭게 하소서
은혜의 강물 흐르게 하소서. 성령의 바람 이제 불어와
오! 주의 영광 가득한 새날 주소서. 오! 주님 나라 이 땅에 임하소서!

끝

시나리오

솔로를 위한 애가

2021년 4월 10일 1판 1쇄 인쇄
2021년 4월 15일 1판 1쇄 발행

저 자 신외숙
발행자 심혁창
마케팅 정기영

펴낸곳 도서출판 한글
우편 04116
서울특별시 마포구 신촌로 270(아현동)
수창빌딩 903호

☎ 02-363-0301 / FAX 362-8635
E-mail : simsazang@daum.net
창   업 1980. 2. 20.
이전신고 제2018-000182

* 파본은 교환해 드립니다
* 정가 15,000원
*

ISBN 97889-7073-591-7-13810